CONTRA-BASS

Bildnachweise

Titelfoto: Verlagsarchiv
Landkarten von Algerien: Die Fotos sind gemeinfrei.
Rückseite: Verlagsarchiv

1. Auflage 2020
Ausstattung, Herstellung und ©:
Literarischer Verlag Edition Contra-Bass UG Hamburg
Homepage: www.contra-bass.de
E-mail: contra-bass@orange.fr
Druck+Einband: Centre Littéraire d'Impression Provençal, Marseille
ISBN 978-3-943446-46-3

Das Original erschien 2009 unter dem Titel "Le Feu de la Mémoire"
in der Editions Bouchène ISBN 978-2-35676-014-2.

Die Edition Contra-Bass unterstützt die Förderung einer freien, unabhängigen Verlagslandschaft in der Kurt-Wolff-Stiftung KWS.

www.kurt-wolff-stiftung.de

Anne Beaumanoir

Wir wollten das Leben ändern

Band 2
Kampf für Freiheit
Algerien 1954 – 1965

Übersetzung aus dem Französischen
von Gerd Stange

Mit einem Nachwort
von Mohammed Harbi

INHALTSVERZEICHNIS

Vorwort von Gerd Stange

Dieser 2. Band von Anne Beaumanoirs Erinnerungen hat viel mit Frankreichs Kolonialherrschaft in Algerien seit 1830 zu tun. Als nach dem 2. Weltkrieg die Befreiungsbewegungen erstarkten, versuchte Frankreich es in Indochina mit Krieg (1946-1954) und verlor Vietnam, Laos, Kambodscha ...

Die Kolonialgeschichte Frankreichs ist in Deutschland wenig bekannt. Sie hat 1534 in „Nouvelle-France“ begonnen, dem Königreich von Kanada bis New Orleans in den Südstaaten der USA, und ist bis heute unabgeschlossen.

Marokko und Tunesien wurden nach einigem Widerstand in den 50er Jahren freigelassen, aber an Algerien spaltete sich die „Grande Nation“. Über viele Generationen war das Land von einer Million Franzosen geprägt worden, die es als ihre natürliche Heimat betrachteten. So klar, wie die Linke auf Seiten der Befreiungsbewegungen war (unter Führung der KP), so radikal kämpfte die Rechte dagegen an. Friedliche Proteste gegen die Kolonialpolitik wurden unterdrückt, selbst in Paris kam es zu zahlreichen toten Demonstranten. Das Militär putschte, ein Bürgerkrieg in Frankreich drohte. Es bedurfte eines Generals von hohem Prestige an der Spitze, um dem ein Ende zu setzen. General *De Gaulle* unterzeichnete die Verträge für die Unabhängigkeit Algeriens 1962.

Drei algerische Männer beschlossen, einen demokratischen Staat in Algerien aufzubauen. Oberst *Boumedienne* schickte Oberst *Bouteflika* zu dem Freiheitskämpfer *Ahmed Ben Bella,* damit er ihm die Unterstützung des Militärs zusagte, wenn er sich zum Präsidenten wählen lasse. 1965 putschten die beiden Obristen gegen *Ben Bella* und regierten allein weiter.

Aktuell gab es 2019 wieder eine Aufstandsbewegung in Algerien, weil das Militär seinen greisen Anführer *Bouteflika* wiederwählen lassen wollte.

Anne Beaumanoir hat sich seit 1954 aktiv für die Freiheit Algeriens engagiert, wurde deswegen verhaftet, entzog sich 1959 der Verurteilung durch Flucht nach Tunesien. Dort lernte sie viele Exil-Algerier kennen und begegnete *Frantz Fanon*, der sie begeisterte. Sie knüpfte an seine Arbeit als Arzt und Politiker an. Als 1962 der Arzt *Nekkache* in Algerien Minister wurde, bat er sie um ihre Mitarbeit in seiner Equipe. Sie hat einen klaren Blick auf die Entwicklung Algeriens in diesen ersten drei Jahren, die entscheidende Weichen stellten für das folgende halbe Jahrhundert. Ein wesentlicher Grund für das Scheitern einer freiheitlichen Gesellschaft liegt an der Machtzusammenballung im arabisch dominierten Küstenbereich. Anne Beaumanoirs Aufgabe lautete jedoch, ein funktionierendes Gesundheitswesen für ganz Algerien aufzubauen.

Was ist Algerien? Zwei Karten und ein kurzer Blick in die Geschichte mögen dafür nützlich sein:

Der Norden Afrikas südlich von Spanien, der Maghreb, war zur Römerzeit europäisch, weil Hannibal aus Karthago (im heutigen Tunesien) stammte und gegen Rom verlor. Später herrschte dort der germanische Stamm der Vandalen. Seitdem gab es dort Christen. Durch die arabische Eroberung im 7. Jahrhundert wurde Nordafrika islamisiert, aber nur der Küstenbereich arabisiert. Seit dem Siegeszug des Osmanischen Reiches der Türken waren sie die Oberherren. An der Küste entstanden die drei Maghreb-Staaten Algerien, Marokko und Tunesien, in den Gebirgen und weiter im Inneren lebten nomadische Clans, die bis zur Kolonisierung unabhängig waren. Die Maghreb-Staaten gerieten im 19. Jahrhundert unter französische Herrschaft, wobei formal der Bey in Tunesien und der König in Marokko im Amt blieben und die Staaten zu Protektoraten wurden, während Algerien zu französischem Territorium deklariert, also auch kolonisiert und der französischen Administration, Bildung, Sprache und Kultur unterworfen wurde. Zu den fast 100 Departements im „Mutterland" (Hexagon) kamen fast 50 in Algerien hinzu, die nun auch bis in die Wüste gingen.

Gerd Stange

ORT.
ESPAGNE
Méditerranée
IT.
ALGER
Annaba
Oran
Sétif
Constantine
Batna
Sidi Bel Abbès
Tlemcen
Biskra
Chott Melrhir
TUN.
MAROC
Ghardaïa
Béchar
LIBYE
Tindouf
Algerien
Sah.
S A H A R A
Tahat
Tamanrasset
UR.
MALI
NIGER
0 300 km
0 300 mi

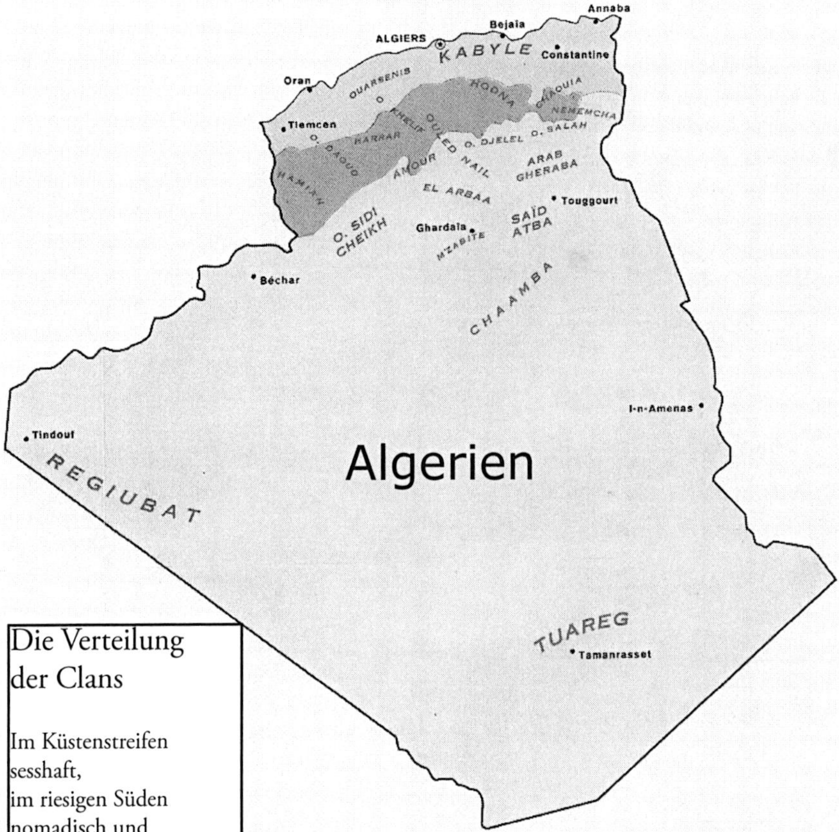

Die Verteilung der Clans

Im Küstenstreifen sesshaft,
im riesigen Süden nomadisch und dazwischen die zum Teil sesshaften Clans.

Für Jane, Amidou, Marissa, Félicie, Paula, Pedro und Lena mit dem Wunsch, dass sie folgende Worte von Ryszard Kapuszinski nie vergessen mögen:

„Drei Plagen sind es, die unsere Welt bedrohen.

Primo, die Plage des Nationalismus.

Sekundo, die Plage des Rassismus.

Tertio, die Plage des religiösen Fundamentalismus.

Drei durch dasselbe Merkmal, denselben gemeinsamen Nenner vereinte Seuchen: die umfassendste, aggressivste und allmächtigste Irrationalität."

Menschen sind keine Krebse:

Ihre amputierten Glieder wachsen nicht von allein nach."

Paul Nizan

Im Alter mögen uns Verhaltensweisen von damals widersinnig erscheinen, wie Jugendsünden, obwohl sich uns zugleich der Gedanke aufdrängt, dass unter ähnlichen Umständen und in derselben Umgebung alles genauso ablaufen würde wie „in der alten Zeit". Seiten von Zwangsläufigkeit vermischt mit Seiten der Freiheit.

Was erzählen Erinnerungen? Was bringen meine anekdotischen Memoiren zur Beantwortung drei meiner Fragen:

Wie folgten die Ereignisse aufeinander, dass ich mich unter denen befand, die an einem Septembermorgen 1944 auf die Ankunft von General De Gaulle in den Salons der Marseiller Präfektur warteten?

Auf diese Frage bin ich im ersten Band meiner Erinnerungen eingegangen:

Leben für Gerechtigkeit.

Wie folgten die Ereignisse aufeinander, dass ich mich unter denen befand, die an einem Septembermorgen 1962 Mitglied in einem Ministerium der ersten postkolonialen Regierung Algeriens wurden?

Wie folgten die Ereignisse aufeinander, dass ich mich unter denen befand, die von den Anführern des Militärputsches verjagt wurden, der im Juni 1965 die erste algerische Republik stürzte?

Diese beiden Fragen sollen im folgenden Band 2 meiner Rückschau beantwortet werden:

Kampf für Freiheit.

Kampf für Freiheit

Algerien 1954 – 1965

Anne Beaumanoir

Algerien

FLN. Das geheime Algerien in Frankreich

Präludien

Anders als auf dem Aushängeschild, das zu einer Seereise einlud, waren wir nicht in *Le Havre*, sondern in *Laghouat* und saßen unter schattigen Palmen auf der Terrasse des Hotels Transatlantik. Im Juli 1954 hatten mich *Pieds-noirs*[1] – damals kannte ich diese Bezeichnung noch nicht – zu einer Reise in das südliche Algerien eingeladen. Während wir gemütlich an unserem Minze-Tee nippten, spürte ich ein Schaudern vor Feindseligkeit, die von den Kellnern ausging. *Jean Saint-Jean* sprach sie auf Arabisch an. Sie brachen in Gelächter aus. Als es langsam nachließ, klang Bitterkeit durch. Sie brachte mich dazu, meinen Freunden, die meine provozierenden Einfälle gewohnt waren, den unmittelbar bevorstehenden Rückzug anzukündigen:

- Sie werden sich endlich erheben.

- Jaja, das behauptet eure Partei…

Ein paar Tage später fuhren wir durch die algerischen Obstplantagen zum „Grab der Christin"[2]. *Jean* zeigte mir die geglättete Erde, die von den Seinen gedüngt worden sei. Er wollte das Algerien aus der Zeit vor 1830 ignorieren. Er kannte die Geschichte und konnte trotzdem behaupten, dass die Erde ohne seinen Großvater und die anderen unfruchtbar geblieben wäre! Das Elend, die Ausbeutung, das stimme! Man müsste Schulen bauen, und bald schon würden seine „*Brüder*" (auch er gebrauchte dieses Wort) ihren Teil der Verantwortung am

1 Schwarzfüße. Franzosen, die in Algerien lebten AdÜ

2 Eigentlich auf Arabisch: „Grab der Römerin" aus der Zeit der Numider. Königliches Mausoleum von Mauretanien nahe *Tipasa*, 60 km von Algier. AdÜ.

Schicksal des Landes mittragen. Er bezweifelte nicht, dass Frau S., Doktor Z. und auch noch Ben und dieser oder jener, denen er zuhause begegnet war, seiner Meinung wären. Man müsse nur Geduld haben. *Jean* reagierte überrascht, skeptisch und ein bisschen amüsiert, als ich ihm sagte, dass er wie ein Kader der französischen Kommunistischen Partei spräche.

Der Besuch auf dem Besitztum meiner Freunde in der *Mitidja* genannten Ebene war Quelle von widersprüchlichen Empfindungen. Die Gerüche der Orangenhaine vermischten sich mit den pfeffrigen der Geranium-Kulturen und wurden schließlich zur Grundlage von subtileren Gerüchen wie zum Beispiel von *Coty*, der vor Ort die Blumen-Essenzen seiner eigenen Domänen produzierte. Der Lärm der Bewässerungsstrahlen antwortete dem Gebrumme der Fliegen, die sich auf die herumliegenden matschigen Früchte stürzten. Die Stimmen der Vorarbeiter, die sich auf Arabisch an die Faulenzer richteten, zerrissen die Stille der Siesta. Ich begriff den abwertenden Sinn von „kleiner Weißer", als ich die Äußerungen des Verwalters ertragen musste, der ein Dutzend Männer beschimpfte, die sich von der Hitze überwältigt unter die Alleebäume gelegt hatten, wo sie darauf warteten, Arbeit für ein paar Stunden zu erhalten oder hoffnungslos in ihre Elendshütten zurückgeschickt zu werden, die hinter den Zäunen aus riesigen Kaktusfeigen verborgen waren. Dieselben oder ihre „*Brüder*" betätigten die Destilliermaschine, als ich 1963 in Begleitung von italienischen Journalisten an diesen Ort zurückkehrte, die mit Interesse sehen wollten, wie eine selbstverwaltete Farm funktionierte. Ich sprach vor den Arbeitern von dem früheren Verwalter, er war verhasst. Den früheren Herren gegenüber war der Ton jedoch anders, neutraler, mit einigen freundschaftlichen Beiklängen.

Kleine Schritte

Die ersten Bomben Pfingsten 1954 schienen mir nicht (wie vielen meiner Freunde) ein einfacher Fieberanfall ohne Folgen zu sein. Es galt noch immer als „*Rebellion*", als im September oder Oktober 1956 der Schulkomplex *Irène Joliot-Curie* von einer der kommunistischen Gemeinden am *Etang de Berre* eingeweiht wurde. Ich wurde mit der Hagiographie der *Joliot-Curie* beauftragt.

Wir saßen vor Ort in einer Kneipe am Tisch und diskutierten unter Genossen über den Inhalt und die Dauer der Beiträge des Bürgermeisters, der Lehrerin und meines eigenen. Auf der Terrasse war ein Tisch von Algeriern besetzt, die ihre Frauen begleiteten und einen Kaffee tranken, während ihre Frauen sich daneben im Schatten einer Platane auf eine Bank gesetzt hatten. Die Genossen kommentierten ihre Anwesenheit und beglückwünschten sich. Begeistert und naiv machte ich den Vorschlag, eine der Frauen, deren Kinder in die Krippe gingen, einzuladen, in die Diskussion einzugreifen. Wie ein Schalter das Licht löscht, so unterbrach die Verblüffung das Stimmengewirr im Saal. Wir waren etwa ein Dutzend erfahrener Aktivisten. Mein Nachbar erkundigte sich ängstlich: „Ist das ein Beschluss…" „Nein, Genosse, das ist Brüderlichkeit." Erneutes Schweigen. Dann herablassend mit der Zustimmung der Gesamtheit: „Aber Genossin Annette, du weißt doch genau, dass es unmöglich ist, die sind wie die Zigeuner!" Man bestellte die erste Runde *Pastis*.

Das war in *Marignane*. Damals schon! Gehen die Kinder von heute immer noch in die Schule *Irène Joliot-Curie*, oder gehen sie in die Schule *Pinochet*, *Aussaresses*[3] oder auch *Maurice Papon*[4] ?

In meinem Vortrag rühmte ich *Irène* und wendete mich mehrfach direkt an die vier Algerierinnen, die nebeneinander in einer Reihe vor ihren Männern saßen.
Zwischen zwei Hymnen auf die „Partei der Intellektuellen" ver-

---

3 Paul Aussaresses provozierte 2000 eine öffentliche Kontroverse, als er zugab, im Algerienkrieg zum Mittel der Folter gegriffen zu haben, und diese auch rechtfertigte. AdÜ

4 Maurice Papon, Kollaborateur der Nazis, Polizeipräfekt von Paris und verantwortlich für das Massaker an den algerischen Demonstranten in Paris 1961, danach Minister und hochgeehrt. AdÜ

trat ich, dass die Verantwortlichen für die elenden Verhältnisse der *Fellachen*[5] in Algerien und der Arbeiter in den Raffinerien von *Berre* bei Marseille ein und dieselben seien. Den Fellachen nicht zu verteidigen, sei er nun über den ihm geraubten Acker gebeugt oder mangels anderer Arbeit beim Reinigen der Raffinerie-Tanks, würde einen zum Komplizen des Ausbeuters machen, was *Irène Joliot-Curie* niemals zugelassen hätte. Meine Schmährede zog mir den Zorn des Bürgermeisters zu, der nicht ganz unbegründet bemerkte, dass wir nicht zum Diskutieren da seien, sondern um ein Ereignis zu feiern, das bedeutsam sei für die gute Verwaltung des Gemeinderates mit kommunistischer Mehrheit.

Nach der Versammlung weigerte ich mich, am gemeinsamen Essen teilzunehmen. Ein Genosse aus dem Komitee der Sektion schloss sich mir an. Er wurde von einem jungen Algerier begleitet, der mit mir über die „Ereignisse" sprach, „Krieg" kratzte noch zu sehr an den Stimmbändern. Wir diskutierten bis in die Nacht hinein. Meine Gesprächspartner hätten gern verstanden, warum unsere Partei so schlaff gegen das jüngste Verbot der algerischen „Bruder"-Partei protestiert hatte, und sie rebellierten gegen die Zaghaftigkeit, mit der wir die Demonstrationen der Einberufenen unterstützten, die ihre Einschiffung verweigerten, die von der KP doch herbeigeredet worden waren, weil sie gehofft hatte, die Stimmen derer zu erhalten, die zur individuellen Desertion rieten. Sie freuten sich, als sie hörten, dass ich mich wie andere Genossen auch über den Rat zur Mäßigung hinweggesetzt hatte.

Als ich nachhause kam, teilte *Jo*[6] mir mit, dass ich auf dem Sitz der Partei erwartet wurde, wie spät es auch immer sein möge. Er fügte hinzu: „Geh hin, sonst werden sie dir zusetzen." *Pierre E.*, der Generalsekretär, erwartete mich. Er trat einige Jahre später aus, aber an diesem Abend hielt er mir

5 Algerische Ackerbauern AdÜ

6 *Anne Beaumanoir's* damaliger Ehemann *Joseph Roger* (1918-2012), ein bedeutender Arzt und Forscher aus Marseille, der sich vor allem für die sozialen Zusammenhange der Epilepsie interessierte.

pflichtbewusst seine Strafpredigt, nachdem er mir erklärt hatte, dass man ihm meine *un-trag-ba-ren* Äußerungen berichtet hätte. Ich sei nicht beauftragt worden, über Algerien zu reden. Einverstanden, ich hatte es nicht getan, aber das sei nicht die Frage, „ohne Direktiven, Genossin, kann man zu viel oder zu wenig sagen". Dieser „Ausflug" war meine letzte Darbietung als Mitglied des „Propaganda-Komitees". Es dürfte im Mai 1956 gewesen sein, den Sonder-Vollmachten, durch die der Kolonialkrieg offiziell wurde, waren von der Gesamtheit der französischen Linken zugestimmt worden, darunter war die KP. Ich wartete auf eine Gelegenheit, sie zu verlassen.

Einige Monate früher wurden wir trotz des Lichtkreises aus Misstrauen, der sich um uns herum abzeichnete, gebeten, einer Genossin Gastfreundschaft zu gewähren, die Mitglied der algerischen KP war – der *PCA* – und deren Mann in Algerien Schwierigkeiten hatte. Sie enthüllte uns seine Identität. Sie unterzubringen war nicht risikolos. Erstaunt über das Schweigen der Partei verlangten wir Erklärungen für dieses Zeichen von Argwohn: sollte man uns als Feiglinge angesehen haben, die vor der Gefahr kneifen, oder schlimmer noch als mögliche Denunzianten? Als wir einige Tage nach der Diskussion mit der „Föderation" über den Begriff der Verantwortung von der Arbeit nachhause kamen, fanden wir unsere Genossin von der *PCA* nicht mehr wieder. „Man" war gekommen, sie unversehens abzuholen. Sie verließ das Haus ohne einen Blick zu meiner Mutter, mit der sie wenige Minuten zuvor noch freundschaftlich geredet hatte, wie sie es auch mehrere Wochen lang getan hatte.

Im Frühjahr 1957 gab es schon die Zeitschriften *Express, Témoignage Chrétien, Obervateur*. Der Verlag *Le Seuil* veröffentlichte *Gegen die Folter* von *Pierre-Henri Simon*. Mit gezügelter Heftigkeit prangerte er den Rassismus an. Er sagte uns, wir würden die „von Hitler Besiegten", wenn wir vor den Ausschreitungen der Armee in Algerien die Augen verschließen. Dieses Denken quälte mich tagelang. Diskussionen konnten nicht mehr genügen. Ein Artikel von *Francis Jeanson* in der Illustrierten *Esprit*, der einige Wochen später erschien, führte die Diskussionen zwischen *Jo* und mir dahin, dass ich unsere Aufgabe zur Solidarität erkannte. Er misstraute jedoch meinen schnellen Erregungen. Er erinnerte mich an die Rolle der Muslimbrüder während der letzten Jahre in ihrem von den USA angezettelten Kampf gegen die sozialistischen Bewegungen im Mittleren Osten. Seitdem beunruhigte ihn ein möglicher schon vorhandener oder künftiger Einfluss der Religion auf die algerischen Verantwortlichen. Ich meinerseits sprach auch von Religion, aber um die „Kathos" zu beglückwünschen und zu beneiden, die mir – wenn auch nicht die Einzigen, so doch die Engagiertesten – auf Seiten der Algerier zu sein schienen. Im Frühjahr 1956 hatte ich einige von ihnen auf den Demonstrationen zur Unterstützung der jungen Soldaten kennengelernt, die in einem ein wenig lächerlichen und aussichtlosen Kampf zur Ehrenrettung verweigerten, in den Krieg verschifft zu werden. Ich war daher nicht erstaunt, als einer der Arbeiterpriester der „Bewegung für den Frieden" mich um Hilfe bat, um algerische Familien zu unterstützen, die nach der Verhaftung ihres Familienoberhauptes in Not gerieten. Wir trafen uns oft in der Französischen Mission in dem Stadtteil des Krankenhauses, in dem ich arbeitete. Es kam vor, dass ich einen Brief hierhin oder dorthin brachte.

In den sechziger Jahren erzählte ein algerischer Kamerad (der 1973 ermordet werden sollte, weil er ein Freund *Arafats* war, des palästinensischen Führers), dass wir uns in Marseille, in dem Elendsviertel von *Saint-Henri*, 1958 begegnet waren, als die Attentate auf die Treibstofflager von *Mourepiane* nahe bei *Berre* vorbereitet wurden. Ich erinnerte mich vage an einen schmalen, finsteren Typen in Begleitung seiner Tochter, deren helle Augen mich überraschten (ich kannte noch nicht die Schönheit der Berber). Beim Treffen in Algier war er rund und jovial. Lange Zeit dachte ich, er würde sich irren. Zehn Jahre später auf den Verbindungswegen zwischen

Frankreich und Genf , als ich einen freundlichen Grenzposten suchte, wurden seine Angaben bestätigt: meine „Priester", die mich nach *Saint-Henri* geschickt hatten, waren dem Beispiel von Abt *Boudouresque* und seinen Kameraden vom Kloster *Le Prado de Lyon* gefolgt und waren nicht nur sozial engagiert.

Kofferträgerin

Die Autoren *Hamon* und *Rotman* behaupten in ihrem Buch mit dem evokativen Titel *Die Kofferträger* von der „französischen Resistance bis zum Algerienkrieg", dass *Robert Bonnaud*, der mutige Autor von *Der Frieden in den Nementchas* mich in „sein" Unterstützungsnetz für Algerier nach einer Diskussion aufgenommen habe, die im Verlauf einer Versammlung von KP-Dissidenten bei mir zuhause stattgefunden hätte. Falsch! Diese Unterstellung hat meine Überzeugung bestätigt, dass eine Anamnese voller Fallstricke ist und ganz besonders dann, wenn man sich nicht an einen direkten Zeugen oder den Akteur des Ereignisses selbst wendet. Ich habe meinen sogenannten Anwerber erst 1966 zum ersten Mal getroffen.

Damals begleitete ihn *Julien*, sein Komplize in den Hilfsnetzen des *FLN*, den ich seit mehreren Jahren kannte, weil meine Kinder auf die Schule gingen, die er in unserem Stadtteil gegründet hatte. Die Beiden und ich waren zu einer Debatte geladen, in deren Verlauf ich meine Erfahrungen in der algerischen Regierung von der Unabhängigkeit bis zu *Ben Bellas* Sturz mitteilte. Mein fehlender Glaube an die Zukunft Algeriens missfiel vielen, die *Boumedienne* für einen heimlichen Demokraten hielten, der Algerien auf die Gipfel des Wohlstands und der Demokratie erheben würde.

Im September 1958 war meine Freundin *Marceline Loridan* gerade von dem „Netzwerk *Jeanson* für den *FLN*" kontaktiert worden. Sie stellte mich „*Vincent*" (*Francis Jeanson*) vor. Wir verstanden uns sofort. Ich war mehrere Monate in Paris. Ich wurde *Jacques Charby* und *Hélène Cuénat* anvertraut, zwei eminenten „Kofferträgern", eine Art Spitzname, den uns die Autoren des gleichnamigen Buches gaben. Die ungefähr 1500 Mitglieder des Netzes waren (abhängig von dem Grad ihrer Beteiligung) in drei Gruppen unterteilt, die von den Permanenten geleitet wurden, das heißt von denen unter uns, die Beruf und Familie für einen Vollzeit-Aktivismus beim *FLN* aufgegeben hatten. Das waren: *Jeanson, Chabry, Vigne, Cuénat, Kaminski* mit seiner Gefährtin *Gloria* in Paris und in der Provinz *Boeglin* für die Region Lyon und ich, damals *Annette Roger*, für den südlichen *Wilaya*[7]. Alle außer *Gloria* (Amerikanerin) und *Hélène* (zu jung) waren während des Zweiten Weltkriegs in verschiedenen Rollen und Netzen aktive Widerstandskämpfer und Ex-Mitglieder der Kommunistischen Partei. Ab 1954 organisierten Katholiken gemäß dem Beispiel der Arbeiterpriester eine soziale Hilfe zugunsten der Algerier, die gegen das koloniale Frankreich kämpften, und nach und nach wandelte sich diese Hilfe, indem sie sich auch dem Hilfsnetz für den *FLN* anschloss. Nach 1960 kamen die Gymnasiasten und Studenten hinzu, was zu einem deutlichen Zuwachs an Trotzkisten führte. Wie andere auch wurde ich eine Nacht im Monat zu einer Schalterbediensteten der „Küchenbank *Rispal*"[8] in *Suresnes*, wo sich die Banknoten stapelten, bevor sie unter Lebensgefahr für die Basis-Aktivisten des *FLN* zu den Schweizer Banken gelangten. Ich trug auch einige Pakete in Paris aus. Ich kam niemals mit leeren Händen von Marseille.

Mein Mann *Jo* hatte inzwischen ebenfalls den Schritt gemacht und besuchte jetzt die „Priester", meine alten Freunde. Ich begegnete regelmäßig *Vincent*, um über die geistige Verfassung des Kreises zu sprechen (zu dem wir oft mit *Marceline* gingen), der aufgeregt die Thesen von *Henri Lefèbvre* diskutierte, dem abtrünnigen Philosophen der KP. Er versammelte nicht nur ehemalige Mitglieder der Partei, sondern auch Freunde wie den Soziologen *Henri Rémond, Claude* und

---

7 Algerische Verwaltungseinheit. Algerien wurde von der Armee des *ALN* in sechs Wilaya (Zonen) eingeteilt, die siebte war Frankreich. AdÜ

8 *Jacques Rispal*, Schauspieler, Widerstandskämpfer, half Juden und später Algeriern, wofür er ins Gefängnis musste. AdÜ

Georges Kiejman und gelegentlich *Victor Leduc, Dominique Desantyi, Edgar Morin, François Chatelet. Jeanson* erzählte mir von seinen Diskussionen mit der KP, während ich ihm meine Meinung über den Geisteszustand der Kommunisten sagte, die sich noch nicht völlig von uns, den „Renegaten"[9] aus der immer noch mächtigen kommunistischen Föderation *Bouches-du-Rhône* abgewendet hatten. Wir fuhren gen Süden in die Landschaft von *Aix-en-Provence*, um Kontakt aufzunehmen zu *Mounin*, dem Philosophen, *Laurent Schwartz*, dem Mathematiker, und *Charles Tillon*, dem Renegaten aus dem Zentralkomitee der Kommunistischen Partei. Das war packend, aber ineffektiv.

Adolfo Kaminski war ein Freund von *Marceline*, er war auch Fotograf. Während ich für ein Rückenporträt posierte und gegen eine Mauer sprach, gelang es mir, *Adolfo* zu indoktrinieren. „Den Kopf etwas weiter vor. Schau das Spinnennetz auf dem Balken an." Er antwortete nicht auf meine Äußerungen. Bei der letzten Pose – „Ganz Feuer und Flamme" taufte meine Tochter einige Jahre später dieses Foto, die beeindruckt war von der Lebhaftigkeit, mit der dieser Nichtraucher sein Feuerzeug galant unter die Nase von Frauen hielt, die rauchten – äußerte er endlich den Wunsch, einen Verantwortlichen des Netzes kennen zu lernen. Was *Ali Haroun*, der damals in der Föderation *FLN* für die Presse verantwortlich war, in *Die siebte Wilaya* nicht sagt, worin dieses Ereignis aus dem Leben der *Französische Föderation des FLN* geschildert wird, das ist die gar nicht so einfache Konversion, nicht deshalb, weil ihn – „Ganz Feuer und Flamme" – seine Vergangenheit als Widerstandskämpfer und danach als Mitglied von *Irgun* genierte, sondern weil er von da an die ideologische Vereinnahmung fürchtete. Nach seinem ersten Treffen mit *Jacques Vigne*, einem der Verantwortlich vom Netz *Jeanson* in der *Rhumérie* auf dem Pariser *Boulevard Saint-Germain*, wo ich ihn hinführte, hatten wir noch nicht gewonnen. Es bedurfte einiger Liköre

9 Renegat, Trotzkist, Opportunist, Reaktionär waren Bezeichnungen für Abtrünnige (Dissidenten). AdÜ

im *Old Navy*, unserem Hauptquartier, damit es *Marceline* und mir gelang, unseren Fotografen-Freund zu überzeugen, dass er so schnell wie möglich sein Talent als Fälscher jeglicher Art von Papieren in den Dienst Algeriens stellte. Ich konnte ihn mit größerer Leichtigkeit dazu bewegen, sich wieder an das Fälschen von Pässen zu machen, als mich einige Jahre später eine Freundin und Kollegin bat, ihn für ihr Unternehmen zu gewinnen, das den Opfern der griechischen „Generäle" half. Wir nahmen ihn auch für die Tschechen in Anspruch, die an den „Prager Frühling" geglaubt hatten, als er nach einem Aufenthalt von mehreren Jahren in Algerien zurückkehrte, wo er keine *persona grata* mehr war, weil er eine junge Algerierin (die Mutter seiner Kinder) vom rechten Weg abgebracht hatte. Die Anstellung von *Adolfo* ist wahrscheinlich der einzige wirkliche Dienst, den ich dem *FLN* geleistet habe.

Wilaya

In Paris hatte ich eine Unterhaltung mit dem Koordinator des *FLN* in Frankreich und einem weiteren Kader, den ich nicht identifizieren konnte. Sie waren für die siebte Wilaya[10] zuständig und legten mir die Schwierigkeiten der Wilaya Süd dar, deren Zentrum Marseille war, indem sie betonten, wie häufig Festnahmen in dieser Zone waren. Ein französischer ständiger Mitarbeiter, ein sogenannter Permanenter – aus dem Netz *Jeanson* oder auch unabhängig von ihm – könnte helfen, die Wilaya wieder in die Hand zu nehmen (das verstand ich), indem er das wurde, was man mir zugedacht hatte, eine Art Boten-Intendant für einen Hauptverantwortlichen (die Rolle kannte ich seit der *Résistance*). Sie wollten wissen, ob ich, wie *Vincent* (*Francis Jeanson*'s Pseudonym) meinte, diese Rolle akzeptieren würde. Den Grad des Verantwortlichen präzisierte man mir nicht. Wir machten ab, dass ich *Zoubir (Georges)* meine Antwort geben würde. Das Pariser Treffen zu akzeptieren

10 Die siebte Wilaya, nämlich Frankreich wurde auch wieder in Zonen mit folgenden Zentren eingeteilt: Paris, Longwy, Lyon, Marseille. AdÜ

bedeutete schon, sich zu engagieren. Ich wurde also eine der vielen tausend Permanenten des *FLN*.

Ich sollte in zwei, drei Wochen nach Marseille zurückkehren und dort ein Hilfswerk für den *FLN* aufbauen.

Der Rahmen gefiel mir mehr als das Netz *Jeanson*, dessen Methoden manchmal gegen meine Pfadfinder-Rigidität einer Untergrund-Aktivistin der KP verstoßen hatten.

Der „Dienst"-Mercedes von *Vincent* vor meiner Haustür hatte mir missfallen, aber auch sein Verhalten:

Ich lachte gezwungen über das Missverständnis der Putzfrau: In aller Frühe verlangte *Jeanson*, der im Salon saß, einen Whisky. Sie suchte in unseren Schreibtischen und stellte fest: *„Ich finde keinen. Ich mache einen Sprung hinunter zur Schreibwarenhandlung!"* Er hielt ihr einen Geldschein hin und sagte: *„Johnny Walker."* Natürlich witzig, doch ich war schockiert... Kult des Verantwortlichen. Dummheit. Beides.

Ich habe immer noch nicht restlos aufgeklärt, was mich in den Beziehungen zum Netz störte. Manchmal empfand ich mich als andersartig mit meinen Gewohnheiten einer früheren Widerstandskämpferin. So auch, als ich von einem Verantwortlichen des Netzes *Jeanson* spät in der Nacht in eine sehr sympathische Kneipe in den Pariser Markthallen bestellt wurde, die zu der Zeit noch etwas vom Bauch von Paris bewahrt hatte (statt des Loches im Film *Die weiße Königin*[11]). Ich wurde dort von einer fröhlichen Tafelrunde empfangen, die heftig mit *Manitas de Plata* diskutierte, der (ein Ohrenschmaus) von Zeit zu Zeit auf seiner Gitarre kratzte, um wieder Ruhe herzustellen. Einer der Tischgenossen, ein Schauspieler, früher im *Grenier de Toulouse*, deklamierte wie ein Spaßmacher: „Genauso wie ich sie gesehen habe!" Dass die anderen auf diese Weise über eine Komplizenschaft zwischen dem Verantwortlichen, der mich treffen sollte, dem Schauspieler, der gleichfalls Mitglied des Netzes war, und mir informiert wurden, beunruhigte

11 Film von 1991, deutscher Titel „Die schöne Lili" AdÜ

mich, vermutlich zu Unrecht.

Die Prägung durch den Untergrund, wo mein Leben auf dem Spiel stand, lässt sich nicht so leicht auslöschen.

Der Höhepunkt *René* stand mir, der neuen Permanenten, bevor. Ich hatte gerade zwei kleine Aktentaschen in Marseille abgeholt. Die jüngsten Verhaftungen hatten alle bisherigen Quartiere ausgeschlossen. Ich schaffte es, das Geld bei einer Freundin meiner Eltern unterzubringen, indem ich ihr nur Bruchstücke von Informationen gab, um dann bei meiner Freundin *Marceline* Rat und Hilfe zu suchen. Ich wurde dort von einem Unbekannten empfangen, der sich als Mitglied des Netzes ausgab. Der Gedanke, dass ich in eine Mausefalle geraten war, drängte sich bis zu *Marcelines* Ankunft auf. Noch außer Atem von den fünf Stockwerken, die sie zwei Stufen auf mal heraufgestürmt war, zog sie mich beiseite, um mir zu erklären, dass *René* vom Netz zu ihr geschickt worden war, weil er offensichtlich auf der Hut sein musste, nachdem ihm eine Glanzleistung gelungen war: die Gefangennahme des gefürchteten Richters *Battigne*. Wir waren perplex. *Marceline* hatte dieses Individuum vor zehn Jahren kennengelernt, was ihr das Recht gab, darüber beunruhigt zu sein, dass dieser Wahnsinnige Mitglied des Netzes war und in was für einer Rolle! Sie war entrüstet, dass ihre Warnungen ihn betreffend von den Verantwortlichen überhört worden waren. Sie stellte mich als eine Freundin aus der Provinz vor, die bei ihr wohnte, wenn sie nach Paris kam, und trug ihm auf, das Versteck aufzusuchen, in dem er sich gemäß den Direktiven seit dem Vorabend hätte befinden müssen. Er ging fort, kam aber am nächsten Tag mit einer Botschaft wieder. Er wusste, wer ich war, ich sollte ihm den Koffer übergeben. Ich hatte ihn nicht bei mir. Er wartete also in einer Wohnung in der *Rue Cardinet*. Ich holte eine der Taschen. Warum habe ich nicht beide genommen, und warum habe ich ihm die leichtere der beiden gegeben? Trotzdem waren es mehrere Millionen Francs! Ich war noch auf der Treppe, als er schon die Tür öffnete, er packte die Tasche mit einer Art Gewalt, die mich überraschte. Als ich verlangte, dass er den Betrag prüfen solle, schaute er überrascht, und außerdem hatte er keine Zeit. Er lud mich zu einer Tasse Kaffee in einer Bar in seiner Straße ein, in die er wohl häufiger ging. Ich grübelte über diese verrückte Geschichte der Entführung eines Richters nach, er spielte am Flipper, da machte es klick in meinem Kopf. Ein Gangster! Nicht nur der lügnerische kleine Gauner, der *Marceline* beunruhigte. So schnell wie möglich den algerischen Verantwortlichen informieren. Es war schwierig, ihn zu erreichen. Ich fand ihn endlich im Elendsviertel von *Nanterre.*

Alles verlief so schlecht, dass die gestohlenen Millionen wohl als Verlust verbucht werden mussten. Ich wurde kaum beglückwünscht, dass ich einen Teil des Geldes gerettet hatte. Für mich war das eine Schande. Ich weinte vor ohnmächtiger Wut, auf einer Kiste sitzend, die mit einem Teppich bedeckt als Sofa diente. Ein kleines Mädchen, dessen Locken ihr im pitschnassen Gesichtchen klebten, trat ein. Sie nahm ein Handtuch, das in der Ecke für die Waschungen hing, vom Haken, als würde sie es stehlen. Sie wischte sich ab und schlang das Tuch um ihren Kopf, wie eine Erwachsene es tun würde. Der Verantwortliche wendete sich an sie. Sie kam, mich zu begrüßen. Da sie meine Bestürzung sah, wollte sie wissen, wer mir Böses angetan hätte. Ich versuchte, ihr zu erklären, dass ich es sei, die ihr Böses angetan hätte. Sie schien das zu bezweifeln und kehrte zum Planschen im Wasser mit ihren Gefährtinnen zurück. Dichter Regen fiel aufs Blechdach. Ich musste das Ende des Gewitters abwarten, bevor ich diesen Ort verließ. Der Jugendliche, der mich begleiten sollte durch das Gewirr des Gettos aus Brettern, dessen Abriss schon begonnen hatte. Seiner Meinung nach war das Wetter günstig für uns.

Mein Hauptverantwortlicher war *Georges* (Pseudonym für *Mohamed Daksi*). Das Trio bestand aus *Georges, Paul-Mourad (Abdel Younsi), Marcel-Youssef (Ould Younes).* Georges hat meine Fragen niemals klar beantwortet, die sich auf dieses Projekt bezogen, das in einigen romanhaften Hirnen wuchs, aber nie zur Ausführung kam und in der Entführung des Untersuchungsrichters *Battigne* bestand, des verbissensten aller Richter – sowohl darin, Algerier zu verurteilen, als auch die Verbrechen ihrer Folterer zu decken.

Die algerische Organisation zog ich deshalb vor, weil ich in die pyramidale Struktur Vertrauen hatte, die auf einer Zelle aus drei Mitgliedern gründete und sich im kommunistischen Widerstand bewährt hatte.

Wir mussten einerseits ein Netz aufbauen, das in Marseille und seiner zentralen Region der weiten *Wilaya* schnell operationell sein könnte, und andererseits allen Forderungen von *Georges* nachkam. Zwei oder drei sichere Zimmer zum Schlafen oder auch sich in Marseille länger aufzuhalten waren notwendig, ein oder zwei Stellen außerhalb der Stadt, um Aktivisten zu „lagern", die evakuiert werden mussten, und noch ein paar Orte, die für die monatlichen Versammlungen der *Wilaya* vorgesehen waren. Für diese Versammlungen musste der Transport und die Unterbringung der beiden anderen Mitglieder des Komitees der *Wilaya* gewährleistet werden: *Areski-Marcel (Old Younes)* und *Mourad-Paul (Younis Abdel)*, dessen verdächtige Kompetenz erst später entdeckt wurde.

Anfangs hatte ich keine Schwierigkeiten, in den Reihen der Ex-Kommunisten und in meinem beruflichen Umfeld zu rekrutieren, das traditionell links orientiert war. Auf *Georges*' Forderung hin knüpfte ich wieder Verbindungen zu den Priestern der Französischen Mission. Nach einer Woche intensiver Kontakte konnte der Verantwortliche der *Wilaya* jede Nacht das Bett wechseln. Ich erinnere mich an den Kommunisten aus *Marignane*, der zwischen zwei Schmähreden gegen die „fast rassistische" Sektion der Partei an die letzte Angelpartie mit seinem algerischen Kumpel erinnerte. Seine Hütte nahe *Salin-de-Giraud* wurde ein Ort für die Durchreise. Die Boote, die dort immer noch neben einigen verlassenen Planwagen lagen, inspirierten die Sonntagsmaler auf ihrer Suche nach der Seele *Van Gogh's.* Man war nicht allein in dieser Umgebung, sie schien sehr bewacht zu sein, aber in Short und Espadrilles und mit einigen Ruderschlägen von Zeit zu Zeit sollte man schon unbemerkt bleiben. In den *Baux-de-Provence* wurde die Jugendherberge von einem Künstler-Handwerker-Paar geführt (sie Weberin, er Kunstschmied), das ich in der Résistance gekannt hatte. Als ich meinen Sermon von mir gab, waren sie erstaunt und irgendwie beleidigt wegen des so späten Kontaktes. In *Beaucaire* war es das Anwesen der Doktoren *Pitot*, in *Nîmes* ihre Wohnung, in *Uzès* das Haus ihrer Freunde. Auf diese Weise konnte der Flüchtling von der Hütte zum beliebten mittelalterlichen Dorf-Haus bis in den Wahnwitz aus dem 18. Jahrhundert ziehen.

In dem Dreieck *Nîmes, Apt, Cannes* hatten wir schnell ein dichtes Netz von vorübergehenden Unterkünften. Wir verfügten auch über einige Ferienwohnungen auf dem Lande mit vier Sternen und mehr im *Vaucluse* und in den *Cevennen*, an der *Loire* und in der *Sologne.* Wenige Freunde weigerten sich, mir den Schlüssel zu ihrer Zweitwohnung anzuvertrauen.

Zu meinen Aufgaben gehörte, *Daksi* dabei zu helfen, sich wie jeder im Untergrund zu verstecken. Er war schön, so groß und schlank, aber sein Aussehen passte nicht zu unseren Vierteln. Ich fand es sympathisch, dass er gegen den Preis für seine neue Bekleidung protestierte. Als wir uns nach *Saint Tropez* begeben mussten, legte ich eine Stoffhose und ein in dem Sommer schon angesagtes Matrosen-Achselshirt auf den Tisch. Er verzog das Gesicht. Ich beschrieb mit erhobener Stimme *Saint Tropez* und seine Fauna. Trotz des Risikos, in diesem damals schon modischen Ort eine Schar meiner Bekannten aus der achtbaren Linken zu treffen, verweigerte *Daksi*, sich wie die Gäste im *Café Sénéquier* anzuziehen. Doch angesichts der ersten Silhouette dieses Stils zog er sein Hemd aus, das diese gestreifte „Sache" bedeckte. Pardauz! Seine Arme hatten wie Spargel nur die äußersten Enden in Farbe. Ich befahl ihm, sein

Hemd wieder anzuziehen, aber offen zu lassen. Sehr schick! Er leistete mit erschreckter Miene Folge. Ich wiederholte, dass ich sicher war, angesprochen zu werden, weil wir den Hafen durchqueren mussten. Ein Treffen auf der Mole wäre verrückt gewesen. Falls nötig würde ich ihn als einen israelischen Kollegen vorstellen. Ein Israeli, der kein Französisch spricht, plausibel, aber kein Englisch, sehr unwahrscheinlich.

Ich entschied mich für den Kai, der sicherer war als die damals angesagte Boutique von *Madame Vachon*. Mit Gladiolen auf dem Tisch im Cockpit lag die Yacht am Kai. Ich versuchte abzubiegen, was mich in die Arme der Besitzerin trieb. Ich musste *Jean Saint-Jean* begrüßen und mit den Freunden an Bord einen Aperitif trinken. Alles „Schwarzfüße". Der israelische Kollege wurde immer blasser. Er schaute auf seine Uhr, als hätte er einen Tick. Natürlich wendete *Jean* sich auf Englisch an ihn. Der Israeli stieß ein zittriges „*Yes*" hervor und verstummte. Ich habe *Jean* nie gefragt, wie er meinen Freund fand, wie immer galant beschloss er bestimmt, dass er ihn besser vergessen sollte. Die anderen waren zu sehr mit dem Klatsch des Hafens beschäftigt, als dass sie sich über den stummen Besucher beunruhigten.

Ankleiderin, ein Beruf, der nicht auf das Theatermilieu beschränkt ist. Die algerischen Aktivisten lebten in ihren Vierteln, oft in Elendssiedlungen. Wenn auf Marseilles Baustellen der *Tarbusch* als Kopfbedeckung nicht selten war, so kleideten sich die Macker auf der *Canebière* wie Zuhälter. Sie trugen nicht den *Borsalino*-Hut und den weißen Schal eines Gangster-Bosses wie im Film, sondern eine taillierte, glänzende Weste , die von den Lackschuhen noch betont wurde. Für viele der Aktivisten, die seit kurzem in Frankreich gelandet waren, sah so die typisch französische Art sich zu kleiden aus.

Der „Bruder", den ich an diesem Sommernachmittag begleitete, hatte sich dem Stil mit Eifer angepasst. Dabei hatte ich deutlich gesagt: leichte Hose und Polo-Hemd. Wir fuhren nach *Baux-de-Provence*, wo er unter den Teilnehmern des Bildhauerkurses unbemerkt bleiben sollte. In *Avignon* war Theaterfestival, ich sollte, wenn ich mein „Paket“ abgegeben hatte – ganz zufällig natürlich – *Jean-Marie Boëglin* am Dorfeingang treffen, der damals Assistent von *Planchon* am Theater in *Villeurbanne* und auch *ef-el-en-ist* war. Wie geplant trafen wir auf Menschenmassen. Ich hatte mir vorgestellt, wir könnten wie ein Touristen-Paar flanieren und hier oder da vor den Butiken stehenbleiben, die damals weniger zahlreich als heute waren. Mein „Bruder“ trug seine „strahlende“ Weste über dem Arm, wie ich von ihm verlangt hatte. Zu meiner Überraschung blieb kein Blick auf seinem prachtvollen Lack hängen. Allerdings stimmt es, dass wir schnellen Schrittes gingen, ohne uns damit aufzuhalten, das Tal unter uns zu bewundern, wo in dieser fast noch intimen Zeit der *Provence* nur ein einziger Hof und die Schmiede von *Bernard* zwei weiße Flecken machten, die auf das Olivengrün warfen, das vom Schwarz der Zypressen begrenzt wurde. Ich stieß meinen Gefährten in die Weberei-Werkstatt, die an die Kapelle angebaut war, in der weiterhin jede Weihnacht lebendige Figuren aus der provenzalischen Krippe die Mitternachtsmesse sangen. Im ehemaligen Pfarrhaus, das zur Jugendherberge geworden war, erwartete *Bernard* uns. Er trug einen Bart und löste niemals den Knoten seines schwarz-roten Halstuchs. Er war vorzeitig ein sanfter Öko. Die Unterbringung des „Bruders“ war die erste Aktion der Herbergsleute. Später trugen sie auch Koffer, organisierten Schlafplätze… An diesem Tag waren sie vom Aufputz ihres Gastes überrascht. Eine Woche später die Metamorphose: wehende Haare, ausschweifende Locken, offene Brust, nackte Beine. Der Aufzug des jungen Mannes im Urlaub war perfekt. Ich fuhr ihn nach *Montpellier*, er kam gut „raus“.

Auf Frankreichs Straßen

Fünf Monate lang fuhren wir über Frankreichs Straßen, wobei wir nur einmal eine Nationalstraße benutzten und dabei über eine Nagelsperre der DST[12] stürzten. Wir liebten die französische Provinz. Es kam vor, dass wir im Verlauf von vier Stunden nur eine dicke Ente trafen, gefolgt von ihren Küken, die zu ihrem Tümpel watschelten. „Frankreich, das ist schon schön" sagte Georges bewundernd, wenn er nach einer nächtlichen Versammlung nicht schlief.

Falls nötig, wie zum Beispiel am *Mont Aigoual*, bestand unser Spiel darin, wie perfekte Touristen zu wirken.

Wir hielten an, um den Ort zu bewundern, machten Fotos mit einem leeren Apparat, kauften Postkarten, die wir in der nächsten Kurve fortwarfen.

Landstraßen können Überraschungen bereiten. Auf der Landkarte eine Straße wie jede andere, etwas abschüssig, die zum Tal des Flusses *Gardon* hinunter führt. Ich fahre blindlings in sie hinein, nach zwanzig Metern erlaubt ihre Enge nicht einmal mehr ein Umdrehen. Die Schlaglöcher werden Krater. Die Motorhaube ist unsichtbar. Die Nase des Autos zeigt zum Abhang, der wie ein umgestürzter Eiffelturm wirkt. Ich kralle mich an das Lenkrad. Um sich zu beruhigen beginnt Georges zu trällern. Plötzlich bricht er in Lachen aus:

„Scheiße…, das hatte ich vergessen, erkennst du das Lied … das ist ‚Marschall, wir sind da', in der Dorfschule haben wir es immer gesungen und dabei zur Fahne salutiert, stell dir unsere Begeisterung vor!"

Noch eine Nadelkurve mit ihrer Hinweistafel auf einer halsbrecherischen Brücke: Hier wurde die letzte Szene aus dem Film „Lohn der Angst" gedreht.

Ich studierte tastend die Wege, die ich nehmen wollte, auf den Michelin-Karten der Departements, die ich zuhause ließ, nachdem ich mir in meinem Verschlüsselungscode die Route notiert hatte, beispielsweise Marseille – Nantes. Die fand ich dann rund zwei Jahrzehnte später in Form von Anmerkungen auf der Ausgabe einer wissenschaftlichen Zeitung

---

12 *Direction de la surveillance du territoire* (Direktion der territorialen Überwachung), ziviler Inlandsnachrichtendienst. AdÜ

vom Mai-Juni 1959. Wir waren auf die Gc 45[13] gefahren, um von *Riom-ès-Montagnes* nach *Ussel* zu gelangen, hatten *Limoges* auf der D20 umfahren und dann die D59 genommen, um über *Vertoux* nach *Nantes* zu kommen. Das Treffen in *Nantes* war in einem Sozialbau der Vorstadt. Das Viertel war einfach unauffindbar.

Les Landes ist auch ein Dorf in unmittelbarer Nachbarschaft der Stadt. Wir klapperten es unter strömendem Regen von allen Seiten ab, bis wir uns entschlossen, einen aktuellen Stadtplan zu kaufen. Im völlig verlassenen Stadtzentrum, wo die Gässchen zu reißenden Strömen geworden waren, blinkte der Zeitschriftenladen mit seiner aggressiven Neonbeleuchtung. Der Blick des Verkäufers informierte mich über die Wirkung eines durchnässten Rockes über den Schenkeln. Der Plan zeigte nicht die Details der Vorstädte. Zu sehr in Verzug fuhren wir zum Ersatzort für das Treffen.

Dort erwartete uns eine etwa dreißigjährige Algerierin, die mit dem gültigen Bild einer maghrebinischen Frau wenig übereinstimmte. Sie übernahm Georges in ihren Lieferwagen einer fliegenden Händlerin und fuhr mit Volldampf los. Bei der Rezeption des Hotels, in dem ich die Nacht verbrachte, erklärte ich mein Aussehen eines begossenen Pudels mit einer Benzinpanne. Vor Mitleid überfließend machte mir der Kumpel vom Hotelier den Hof und prahlte damit, dass er Polizeiinspektor sei. Der Titel war gewiss zu Unrecht angeeignet.

Ich hatte bei meinen Eltern in der *Rue d'Assas* genächtigt. Als ich gegen 5 Uhr morgens meine Füße auf die Straße setzte, musste ich angesichts der zahlreichen Trupps von Bullen an eine Riesenrazzia denken. *Georges* wohnte in der *Rue de Seine*. Ein Dienstmädchenzimmer, fünf Stockwerke auf der Dienstbotentreppe. Er hatte nichts mitbekommen. Richtung *Saint-Sulpice* schien alles ruhig. Der Zeitungs-Kiosk am Odeon-Theater war geschlossen. Die wenigen Passanten wirkten nicht sehr geschäftig. Wir fuhren gen Süden, als mehrere offi-

---

13 Gc = *Grande communication*, d.h. eine Überland-Straße durch mehrere Departements AdÜ

zielle Autos und auch Motorräder uns überholten. Die Hypothese eines Staatsstreiches kam uns in den Sinn. Erst mittags erfuhren wir durch eine Lokalzeitung von dem Schuss, den *Mitterrand* abbekommen hatte.

Das war die zwielichtige Affäre in den Gärten des Observatoriums[14].

Wir zuckelten ruhig über Land im Departement *Nièvre.* Ich veränderte die Route.

Eine Banane beim ersten Magenkrampf war die Diät, die ich für unsere Fahrten vorgeschrieben hatte. An diesem Nachmittag lief uns bei der Erwähnung der kleinen Speisen, die uns erwarteten, schon das Wasser im Munde zusammen. *Suzanne*, die Weberin aus *Les Baux*, war eine herausragende Spitzenköchin, deren Talente wir schon zu schätzen bekommen hatten. Wir begaben uns in ein Haus nahe *Saint-Rémy-de-Provence.* Es war ein ehemaliger Schafstall aus einem einzigen Raum mit einem Kamin, um darin ein Rind und nicht nur ein Schaf zu rösten, drei Feldbetten, einem großen Tisch und seinen Bänken und einigen Hockern. Auf dem sauberen Tisch die betrübliche Nachricht: *„Vor neun Uhr wartet der Korb in der Küche der Werkstatt.“* Es folgte die typische Speisekarte des Wilderers, aber für den nächsten Tag. Eine vergessene Flasche Rotwein stand neben einem Zuckerfass. Das versprach ein kalorienreiches und kräftigendes Getränk. Georges redete sich leicht ein, dass der Alkohol beim Erhitzen verdampft... von wegen!

Kaum hatten wir uns hingelegt, da näherte sich *Daksi* schon meinem Bett und fragte flüsternd, ob ich nichts gehört hätte. Nein. Nichtsdestoweniger spitzte ich die Ohren wie auf Hab acht. Phasen der Spannung, unterbrochen von zäher

---

14 Die „Affäre vom Observatorium“ war ein fingiertes Attentat auf *Mitterrand*, ehemals Innenminister, aber in der Nacht auf den 16. 10.1959 Senator aus der *Nièvre.* Genau einen Monat zuvor hatte Präsident *De Gaulle* in einer Rede die Selbstbestimmung der Algerier proklamiert, so dass ein Attentat der nationalistischen Rechten auf *Mitterand* nicht unwahrscheinlich schien, denn er hatte sich auch gegen ein französisches Algerien positioniert. AdÜ

Schlafsucht. Schritte! An mir, den Gefährten zu wecken. Wir horchten hinter der Tür. Nichts. Besser, er würde wach bleiben, war jedoch sein Schluss. Tastend setzte er sich auf einen der Hocker nahe dem einzigen Fenster. Trotz eines weiteren vollen Glases Wein gelang es mir nicht einzuschlafen. Ich schloss mich dem Späher an. „*Sie sind mehrere ... glaube ich ... nein, glaub ich nicht... ein Streuner, es ist nicht warm, er wollte Schutz suchen.*" Vor wenigen Monaten war diese Bruchbude noch eine Ruine. Der befreundete Journalist, der sie aufpäppelte, wartete auf einige einträgliche Knüller, um Strom dorthin zu legen. Wir versuchten zu reden, um wach zu bleiben. Ich begab mich beim Schein meines Feuerzeugs sogar in die Küche, um noch ein Gläschen zu erhitzen. Es dürfte vier Uhr gewesen sein. Schritte. Diesmal außer Zweifel, das war nicht eine Person, sondern mehrere. „*Sie umzingeln uns.*" Unnötig genauer zu sagen wer. Aktion! Georges machte ein Feuer, er hatte vor, den Umschlag zu verbrennen. „*Rauch, dann stürzen sie sofort herein!*"

Plötzlich ein Lichtstrahl unter der rustikalen Tür. Wir schauen durch das große Schlüsselloch nach draußen. Bestätigung. „*Sie haben die Scheinwerfer angemacht.*" Bericht.

- In fünf Minuten öffne ich heftig die Tür, wenn sie es sind, gehe ich hinaus, du zündest das Feuer an. Und du bewegst dich nicht.

Er legt den Inhalt seiner Aktentasche in den Kamin, nachdem ich ohne zu stocken die wenigen Zeilen aufsagen konnte, die in dem sehr unwahrscheinlichen Fall, dass sie mich nicht festnehmen würden, weitersagen sollte. Dann nahm er seinen Revolver.

- Wenn sie deine Knarre sehen, werden sie schießen! ...

- Und wenn es nicht die Bullen sind?

Er dachte an den *MNA*[15], obwohl es zu der Zeit im Konflikt zwischen *FLN* und *MNA* ruhig war. Ich bestand darauf.

---

15 *Messali Hadj*'s Partei *MNA* vom Beginn des nationalen Befreiungskampfes

Er legte den Revolver auf den Tisch… und nach einem letzten Blick „bereit“, öffnete er die Tür. Spannung. Der runde Vollmond überschwemmte die Welt mit seinem silbrigen Licht. Er beleuchtete taghell das „Höllental“, in dem das Blasen des Mistral-Windes all seine Orgeln zum widerhallen brachte. Ein großartiges Schauspiel.

Nach der Ekstase lachte ich Tränen. *Daksi* fand das nicht lustig. Zu spät oder zu früh, um schlafen zu gehen, in zwei Stunden musste ich los zu einem Treffen mit *Areski-Marcel* in *Salon* und dann *Mourad-Paul* in *Arles* abholen.

Der Mond verschwand bei der Begegnung mit der Sonne, der Mistral hatte aufgehört. Die Olivenbäume bewegten sich kaum, die Luft war etwas stechend, um den Herbst anzukündigen. Ich sah *Georges* unter dem Auto. Als er wieder hochkam, verlangte er von mir die Schlüssel in einem Ton, der keine Widerrede duldete, *„vom Auto?“* Er öffnete es und wollte starten. *„Das geht doch nicht, du kannst nicht fahren …“* *„Mach mir eine Zeichnung für die Gänge.“* Er reichte mir ein Holzstück und machte eine Fläche auf der Erde glatt. Ich musste ein Schema zeichnen, Rückwärtsgang, erster Gang… *„und wenn du mich verlassen willst, gehst du in den zweiten.“* Ich versuchte zu widerstehen, indem ich scherzte. Er blieb unbeirrbar: *„Die Schlüssel und setz dich dahin.“* Ich stellte mich als kleiner Soldat mit den Händen an der Hosennaht vorschriftsmäßig zehn Schritte entfernt hin. Er war im Auto. Ich machte ihm ein spöttisches Zeichen zum Abschied. Das Auto hatte einen gewaltigen Schluckauf mit Qualm, so dass es einen Satz tat. Danach lag ich am Boden in der glitzernden *Garrigue*-Vegetation[16] voller Stacheln. Nein, es war keine Explosion, sondern die Auswirkung der Angst, die mich zum einzigen Opfer dieses Abenteuers machte. Die Kiste erholte sich sofort von dem Test, wohingegen ich mich mit Mercurochrom desinfizierte.

Meine Rolle verlangte Schweigen und absoluten Gehorsam. Anders als in der Résistance diskutierte ich jedoch mit

16 Eine Art Macchia AdÜ

meinem Verantwortlichen, er half mir zum Verständnis des *FLN*, seiner Herkunft und seiner Ziele für Algerien. Ich nahm immer mehr am Leben der französischen Föderation des *FLN* teil oder hatte zumindest den Eindruck.

Nach *De Gaulles*' Konferenz vom 16. September 1959, die den Algeriern das Recht auf Selbstbestimmung zuerkannte, organisierte die Föderation eine umfassende Befragung ihrer Aktivisten und Sympathisanten (200 000 bis 300 000 Personen). *Georges* berichtete mir von ihren Diskussionen, ohne den Schlüssel preiszugeben, der mir möglich gemacht hätte, die politisch-verwaltungstechnisch bestehenden Einheiten zu lokalisieren, die 3000 Personen zusammenfassten, von 200 bis 300 Aktivisten betreut wurden und unter dem Befehl eines Hauptamtlichen standen. Und manchmal von ihren Unstimmigkeiten. Nicht unbedingt sehr politisch lieferten sie doch ein Abbild von dem für eine Untergrundorganisation ungewöhnlich demokratischen Leben. Ihre Auffassungen unterschieden sich entsprechend der Konzentration der Aktivisten, ihren Jahren in Frankreich und ihrer Stellung in der Produktion. Jedoch eine Konstante: Misstrauen, wenn nicht gar Vorbehalt der *provisorischen Regierung der Algerischen Republik (GPRA)* gegenüber, die in Tunis saß. Der Wortlaut der Antwort der „Politiker aus Tunis" an den Chef der französischen Exekutive schien mir nicht von allen wertgeschätzt. Der Aufruf an das französische Volk, der Mitte Oktober von der französischen Föderation veröffentlicht wurde und die Direktiven des *GPRA* berücksichtigte, wurde von einer bestimmten Anzahl Aktiver ausgiebig kritisiert, weil sie unter diesen Umständen mehr geistige Autonomie der französischen Föderation gegenüber der Exilregierung vorgezogen hätten.

Meine Beteiligung am Aktivismus des *FLN*, auch aus der Ferne (oder gerade deshalb), bestätigte mich in meinen Überzeugungen. Algerien werde eine moderne, demokratische, revolutionäre Nation sein. Zu seiner Entstehung beizutragen, bedeutete, an der Emanzipation der unterdrückten

Völker teilzunehmen und in unserem Fall zu helfen, die Verbundenheit zwischen dem künftigen algerischen Staat und unserem Land zu erhalten. Es bedeutete vor allem, das Brot der Brüderlichkeit mit den Kämpfern für die Freiheit zu teilen.

Rückfall.
Sublime Fata Morgana, Desillusionierung in spe.

Die Enttäuschung wurde umso größer, als eine bessere Kenntnis der algerischen Geschichte und vor allem ihrer Befreiungsbewegungen sie hätte vermeiden können. Ich füge deshalb hier einen kurzen Abriss ein.

Kurze Geschichte der algerischen Befreiung

Ab 1848 wurde Algerien eine Siedlungs-Kolonie. So konnten Soldaten, die es wünschten, Land bekommen, das den Algeriern genommen wurde, die die fruchtbaren Ackerböden verlassen und in die steinigen Bergregionen ziehen mussten, wo sie mehrfach Hungersnöte, Deportationen und Cholera-Epidemien erlebten. Sie mussten auch den Verlust ihrer unter türkischer Herrschaft geformten Eliten hinnehmen, weil sie emigriert waren.

Der besondere Status Algeriens unter französischer Herrschaft mit seinen drei neuen französischen Departements machte aus ihm ein nützliches Land, wobei man damals noch nichts vom unterirdischen Reichtum der Sahara wusste. Die sozio-politische Organisation war ebenfalls eine besondere, weil die Algerier einen „Eingeborenen"-Status (*Code de l'indigénat*[17]) hatten, der sich erst nach den beiden Weltkriegen verbesserte, in denen sich die zumeist zwangsrekrutierten Algerier auszeichneten, insbesondere am *Monte Cassino* 1944. Der Film *Les Indigènes* zeigt sehr schön, dass aber auch antifaschistische Algerier freiwillig für Frankreich mitgekämpft haben.

17 Franzose ist, wer auf französischem Boden geboren ist. Die *Indigenen* Algeriens jedoch nicht, sie wurden wie Sklaven betrachtet. AdÜ

1947 wurde ein algerisches Parlament gewählt mit jeweils 120 Mitgliedern, die von zwei Wahlkollegien gewählt wurden. Das erste Kollegium umfasste die 1 300 000 französischen Staatsbürger mit vollem Recht, das zweite die 7 700 000 Muslime. Ein Fortschritt gewiss, aber nicht für die Gerechtigkeit, denn fast sieben Eingeborene kamen auf einen Franzosen. Am 8. Mai 1945 feierte die Welt, also auch Algerien das Kriegsende. Aus diesem Anlass defilierten nationalistische Bewegungen ruhig, aber mit Transparenten, auf denen die Unabhängigkeit Algeriens gefordert wurde. In *Setif, Guelma* und *Kherata* kam es zum Aufruhr, nachdem ein Polizist absichtlich einen unbewaffneten jungen Nationalisten erschossen hatte. Die wilde Repression, die mehrere tausend Opfer auf algerischer Seite kostete, hatte Folgen in der Bevölkerung, wo man offen von einem bewaffneten Kampf gegen Frankreich sprach, den es versteckt immer schon gegeben hatte – andererseits aber auch die Emigration nach Frankreich seit dem Anfang des 20. Jahrhunderts. In den zwanziger Jahren, schätzt man, waren es 35000 Personen, überwiegend Kabylen. Unter ihnen *Messali Hadj*, der in Paris im Juni 1926 die *Etoile Nord-Africaine (ENA)*[18] gründete. Ideologisch geprägt durch die europäischen Arbeiterbewegungen fühlte sich die *ENA* mit ihren 3600 kämpferischen Aktivisten so stark, die Unabhängigkeit Algeriens und der Gesamtheit der Maghreb-Staaten zu fordern. 1937 wurde sie aufgelöst und ihr Anführer eingesperrt. Sein Beispiel inspirierte die Algerier in Algerien. Sie gründeten die Partei *Parti du Peuple Algérien (PPA)*[19], die den Prinzipien der *ENA* von 1926 treu blieb, das heißt: Abschaffung des *Code de l'indigénat*, demokratische Freiheiten, Unabhängigkeit vermittels einer souveränen Verfassung, Ablehnung der politischen Anbindung Algeriens an Frankreich.

Nach seinem Wahlsieg bei den Gemeindewahlen 1938 wurden der *PPA* per Dekret aufgelöst und seine Zeitungen ver-

18 Nordafrikanischer Stern. AdÜ

19 Partei des algerischen Volkes. AdÜ

boten. Als Antwort auf dieses Verbot entstand der *Mouvement pour le triomphe des libertés démocratiques (MLTD)*[20] als legale Partei, aber zum ersten Mal mit einem paramilitärischen Flügel im Untergrund, der *Organisation Spéciale (OS).*

Zwischen 1949 und 1954 machte die Bewegung *PPA-MTLD* mehrere interne Krisen durch, die 1954 zu einer Spaltung in drei Tendenzen führte: den *Messalismus* von *Hadj*, der den *MNA* schuf, der vor allem in Frankreich verankert war, den Zentrismus mit dem Gros der Mitglieder und die Aktivisten vom bewaffneten Kampf.

Außer dem *MTLD* gab es seit 1931 noch drei weitere Formationen, die für Veränderungen des *Code de l'indigénat* kämpften:

L'Association des oulémas musulmans algériens (AOMA), Verein der Rechtsgelehrten

L'Union démocratique du manifeste algérien (UDMA), Partei für einen mit Frankreich assoziierten Staat Algerien

Die *Kommunistische Partei Algeriens* (*PCA*), die 1936 aus der Verwandlung der algerischen Sektion der französischen KP in eine gesonderte Einheit entstand, aber in den dreißiger Jahren unter der Fuchtel von *Thorez* blieb, der die sich herausbildende algerische Nation nicht reif für die Unabhängigkeit hielt.

Am 31. Oktober 1954 wurde der *Front de libération nationale (FLN)*[21] gegründet, dessen Ziel war „die Wiederherstellung des souveränen, demokratischen und sozialen algerischen Staates im Rahmen der islamischen Prinzipien" mit sofortigem Beginn des Befreiungskrieges am 1. November, der von der *Armée de libération nationale (ALN)* geführt wurde. Alle oben genannten Bewegungen mit Ausnahme des *MNA* schlossen sich dem *FLN* an. Der *ALN* mit seiner Basis in Marokko und in Tunesien, wo sich die militärischen Einheiten (die *Armee der Grenzen*) und die Untergrundgruppen sammelten, die ihre

20 Bewegung für den Triumph der demokratischen Freiheiten. AdÜ

21 Front der nationalen Befreiung. AdÜ

Waffen im Wesentlichen von *Nasser*'s Ägypten erhielten, führte einen Guerillakrieg gegen Frankreichs Armee, wobei ihm die Aktivisten in den Städten halfen.

Die *Fédération de France du FLN*, auch Wilaya VII genannt, wurde ebenfalls 1954 gegründet. Ihre Hauptaufgabe war das Sammeln von Geld von den algerischen Arbeitern, das zur Anschaffung von Waffen für die Untergrundbewegung in Algerien bestimmt war. Die Höhe der Finanzhilfe zwischen 1955 und 1962 wird auf 40 Milliarden alter Francs geschätzt.[22] Die andere Aufgabe des französischen *FLN* bestand im Bruderkrieg gegen den *MNA* von *Hadj*, der zwischen Jahresende 1954 und Jahresende 1958 ungefähr 4000 Tote brachte, ohne die Verletzten zu zählen.

Seine Untergrundorganisation (OS) machte Sabotageakte wie gegen das Treibstofflager in *Mourépiane* nahe Marseille in der Nacht vom 25. zum 26. August 1958.

Ab 1954 kämpften in Algerien linke französische Kolonisatoren an der Seite der Algerier.

1955 wurde vor allem von Arbeiter-Priestern eine Organisation der sozialen Hilfe für algerische Familien aufgebaut, die auf Grund ihres Aktivismus in Not waren; diese Hilfsorganisation verwandelte sich in eine Zusammenarbeit mit dem französischen *FLN.*

Dann konstituierten sich noch weitere Hilfs-Netze, dessen bestorganisiertes und aktivstes, das Netz *Jeanson*, vom *FLN* als nützliche Erweiterung seiner Aktion und als wesentlich für das Eindringen in alle sozio-ökonomischen französischen Milieus anerkannt wurde. Neben der Beherbung von *FLN*-Aktivisten wurde der Transport seiner Verantwortlichen (vor allem in die Schweiz und nach Deutschland) diesem Netz von „Kofferträgern" übertragen.

In Tunis war der Sitz der der *provisorischen Regierung der algerischen Republik (GPRA)*, deren Beziehungen zum *Etat Major Général (EMG)*[23] wegen der Kämpfe zwischen Clans und

22 Ca 60 Millionen Euro, wobei die Inflation nicht berechnet ist. AdÜ

23 Generalstab der Armee der Grenzen. AdÜ

zwischen den arabisch-sprachigen und den berberisch sprechenden Gemeinschaften sehr häufig stürmisch waren.

Die *Armee der Grenzen* war militärisch stark, stand unter der Leitung von *Houari Boumedienne* und *Abdelaziz Bouteflika* und wollte an der Macht beteiligt sein.

Im Verlauf der Machtkämpfe zwischen *GPRA* und *EMG* im Sommer 1962 gab es zahlreiche Opfer.[24] 1961 hatten die Verhandlungen der *GPRA* mit Frankreich begonnen und zu den Verträgen von *Evian* und dem Waffenstillstand am 18. März 1962 geführt. Das folgende Referendum über die Selbstbestimmung Algeriens am 1. Juli 1962 bekam massenhafte Zustimmung der Algerier und in Frankreich.

Verhaftung und die Folge

Pont-Saint-Esprit

Am Tag zuvor musste ich auf Grund eines Ausfalls im Netz *Paul-Mourad* nach *Alès* begleiten. Zweimal nacheinander zwang Erbrechen mich anzuhalten. *Paul-Mourad* gab vor, sehr besorgt zu sein. Später begriff ich, dass er beunruhigt war zu sehen, wie ich das Tempo drosselte. Er hatte bestimmt ein dringendes Treffen. Er schien sich zu beruhigen, als ich ihm anvertraute, dass diese Übelkeiten meinem Zustand als Schwangere geschuldet waren. In *Alès* brachte ich ihn in ein kleines Haus am Berghang, zu dem man nach einigen Minuten auf einem steinigen Weg gelangte. Er gab vor, mich seiner Familie zu präsentieren, was ich bezweifelte. Dort waren ein älterer Mann und eine große, schöne Frau, die nur wenige französische Wörter zu kennen schien. Zwei hinreißende Buben spielten unter dem Vordach, der jüngere hieß *Ferhat „wie der Präsident*“ (der damalige Präsident der provisorischen Regierung der algeri-

24 Im März 1962 wurde *Bouteflika* von *Boumedienne* zu *Ben Bella* nach Frankreich geschickt, der das Angebot einer Zusammenarbeit gern annahm. Die Armee brauchte einen zivilen Führer, und der Zivile brauchte die Unterstützung militärischer Macht. 1965 putschten *Boumedienne* und *Bouteflika* gegen *Ben Bella* und setzten ihn ab. AdÜ

schen Republik). Die Frau wechselte nur selten Worte mit den Männern und tat beschäftigt, während ich mich mit ihrem Vater an den Tisch setzte, sofern es nicht ihr Ehemann war?! Ihre Sprache war Kabylisch, aber die beiden Männer redeten untereinander Arabisch. Wenn ich ihre Worte auch nicht verstand, offenbarte mir *Paul-Mourads* Ton seine Verärgerung.

Ich mochte *Paul-Mourad* nicht. Sein ausweichender Blick, seine Allüren eines hinterhältigen Beichtvaters, seine durchtriebenen Hervorhebungen irritierten und mehr noch beunruhigten mich. Er veranlasste, dass ich zu Essen bekam, während er „Brüder" aufsuchen wollte, die eine Botschaft für *Georges* haben könnten. Ich bemerkte darauf zu ihm, dass letzterer mir nichts davon gesagt hätte, was aber nicht verhinderte, ihn brav trotz dieser angespannten Atmosphäre zu erwarten, so sehr verstand er es, überzeugend zu sein. Ich folgte ihm bis zur Tür. Er schwang sich auf ein Fahrrad, begleitete sein versicherndes *„Ich bin gleich wieder da"* mit einem beruhigenden Handzeichen und fuhr den Weg zurück in die Stadt.

Ich war dennoch auf der Hut, fragte mich, was sich zusammenbrauen könnte, wobei ich mir vorwarf, dort geblieben zu sein, obwohl abgemacht war, dass ich *Paul-Mourad* in *Alès* ohne anzuhalten absetzen sollte. Nach einer Dreiviertelstunde ungefähr tauchte er wieder auf und vertraute mir einen Brief an, den ich *Georges* übergeben sollte. Er präzisierte *„noch am selben Abend"*, was ich als einen Wink verstand, ihm zu sagen, wo ich den Verantwortlichen der *Wilaya* treffen würde. Misstrauisch tat ich nichts dergleichen, zumal mir klar wurde, dass er mehrfach vergeblich versucht hatte zu erfahren, welche Route wir nehmen würden, um am folgenden Tag nach Paris zu gelangen. Wenn ich ausweichend war und diejenige spielte, die nicht wusste, dass eine außerordentliche Fahrt nach Paris vorgesehen war, dann deshalb, weil ich ohne formelle Gründe an seiner Aufrichtigkeit zweifelte.

Einige Wochen später, als ich auf meiner Gefangenenpritsche lag, fragte ich mich, welche Gründe meine tief verwurzelte Antipathie *Paul-Mourad* gegenüber hatte, und durchlebte noch einmal gelassen die Szenen, die dahin geführt hatten. Eine Situation war in *Montpellier* in dem Garten einer katholischen Privatschule. Er zog unser Zweiergespräch in die Länge, indem er mit mir in den Alleen spazieren ging. Plötzlich bekam ich die Gewissheit, dass er versuchte, mich identifizieren zu lassen. Ich ließ ihn dort auf der Stelle stehen und ging in das Schulgebäude. Ich bat darum, empfangen zu werden, um über die Einschreibung eines meiner Kinder beim nächsten Schuljahresbeginn zu diskutieren. Ich erfand mir einen fünfzehnjährigen Sohn, einen Name und eine geliehene Adresse. Nach einem Gespräch von mehr als einer halben Stunde ging ich durch eine Tür zur Straße hin aus dem Schulgebäude, wohingegen ich vom Park aus hineingegangen war. Ich wartete noch einige Zeit, bis ich zu meinem Auto zurückkehrte, das ich gemäß den Vorschriften des Untergrunds weit vom Ort des Treffens und in einer Gegend, die *Paul-Mourad* nicht kannte, geparkt hatte.

Das unbeschreibliche Unwohlsein, das ich in dem Park der Schule in *Montpellier* empfunden hatte, war dasselbe, das ich einige Tage vorher in *Avignon* verspürte. Er hatte mich aufgefordert, ihn vor einem Haus abzuholen, das er in dem Moment verlassen würde, wo er mein Auto an der Ecke jener von ihm für unser Treffen ausgewählten Straße mit einigen Wohnhäusern sehen würde. Ich bemerkte drei Männer, die einige Meter von dem Gang entfernt, wo er mich erwartete, miteinander redeten. Ich hatte den seltsamen Eindruck eines heimlichen Einverständnisses zwischen diesen dreien und *Paul-Mourad*.

Da ich mein Misstrauen meiner unkontrollierten Aversion zuschrieb, versuchte ich, es zu unterdrücken, was ich auch in *Nîmes* tat, als ich mich weigerte, in ein Café zu gehen, in dem ich nichts zu suchen hatte. Jedoch ging meine Verstörtheit nach dem Ereignis in *Montpellier* so tief, dass ich mit *Georges* darüber sprach. Der gab jedoch keinen Kommentar von sich, aber ich nahm ein leichtes und trotzdem genervtes Schulterzucken wahr.

Vor unserer Fahrt nach *Alès* waren das Trio *Georges* (*Mohamed Daksi*), *Paul-Mourad (Abdel Younsi)*, *Marcel-Youssef (Ould Younes)* und dazu *Jo* und ich an einem prachtvollen Flecken nahe *Tarascon*. Obwohl es der Besitz von belgischen Freunden war, spielten mein Mann und ich die Rolle der Hausherren, indem wir uns um den Garten kümmerten, wie es sich für gute Eigentümer eines Zweitsitzes gehört. Als ich zu der Versammlung zugelassen wurde, unterrichtete *Georges* mich offiziell (aber ich wusste es schon), dass er zu anderen Aufgaben abgerufen werde. *Paul-Mourad* würde ihn ersetzen. Er forderte mich auf, die großen Linien meiner kleinen Organisation darzulegen, ohne Namen kundzutun, und redete mir zu, über die Person nachzudenken, die ich vorschlagen würde, um mich zu ersetzen. Die beiden anderen wirkten überrascht. *Georges* verkündete ihnen, dass die Leitung mir eine andere Rolle zugedacht habe. Ich hatte einen solchen Widerwillen gezeigt, mit *Paul-Mourad* zu „arbeiten", dass ich erhört worden war.

Nachdem ich *Mourad* nach Alès gebracht hatte, haben wir uns in einem unbewohnten Appartement der Marseiller Vorstadt wiedergetroffen. Wir wussten, dass mehrere Verhaftungen in *Toulon* und auch in der Pariser Region stattgefunden hatten. *Georges* riet mir, mich in Paris in dem Hotel einzumieten, das an den ehemaligen Bahnhof vom *Orsay* anschloss und Museum geworden war, weil es leicht inkognito zu verlassen sei. Ich hätte dort bleiben sollen bis zur Entgegennahme des Koffers, den *Jo* mit der Bahn bringen sollte, und der Auslieferung an die Person, die *Georges* mir nach unserer Ankunft in Paris benannt hätte. So war der Plan.

Ich verzichtete darauf, Georges meinen „Seelenzustand" auszubreiten, zumal ich wusste, dass ich *Paul-Mourad* nach dieser Aktion nicht mehr begegnen musste.

Als ich *Georges* den Brief aus *Alès* überbrachte, wirkte er besorgt, sagte jedoch nichts. Er war kein mitteilsamer Mann. Er suchte fieberhaft den Wecker, denn „*wir fahren nicht sehr früh los, du kannst schlafen, ich werde dich wecken*". Eine Revolution. Zum ersten Mal in sechs Monaten diskutierte er mit mir die Route, die ich vorgesehen hatte. Seiner Meinung nach sollten wir uns so schnell wie möglich nach Paris begeben und demzufolge die Nationalstraße 7 nehmen. Ich erinnerte ihn daran, dass wir noch nicht verhaftet wurden, obwohl wir Frankreich ohne Führungsfahrzeug durchquerten, weil wir nur Nebenstraßen, Landstraßen der Departements oder sogar der Gemeinden benutzten. Wir könnten gegen 4 Uhr losfahren oder gleich sofort wenn nötig, ohne den Routenplan zu verändern. Kein Argument erschütterte seine Entscheidung, deren Grund ich erst später begriff, allein in meiner Zelle mit meinen Zweifeln. Wir wurden auf der Nationalstraße auf der Höhe von *Pont-Saint-Esprit* angehalten. Als die drei Insassen eines Mercedes, der uns überholte, uns „wie ein einziger Mann" ansahen, wusste ich, dass sie uns jagten. Die Sperre war 300 m weiter. Sie warfen Nagelsperren auf die Straße. Dachten sie wirklich, dass wir so verrückt wären durchzustarten? Ich hatte noch Zeit genug, *Georges* nach dem Namen zu fragen, der auf seinem Pass stand. Durch den Stress verstand ich seine Antwort nicht, schnappte jedoch einen Vornamen auf wie *Albert? Gilbert? Robert?* Ich entschied mich für *Bébert*. Während den zwei Verhörtagen, wenn man mir gegenüber von *Daksi* sprach, dem Nachnamen von *Georges*, den ich in den Polizeiräumen lernte, antwortete ich unablässig: „*reden Sie mit mir über* Bébert?"

Das ähnelte einer Szene aus einem Thriller der B-Movies. Jeder in seiner Rolle, aber alle gaben sich ein wichtiges Aussehen. Der eine spielte den arroganten Sheriff. Ein anderer, wahrscheinlich vom Inlandsnachrichtendienst *DST,* gab sich weltmännische Allüren. Er benutzte eine gewählte Sprache und wendete sich an mich, indem er ein zeremonielles „*Madame*" benutzte, während er *Georges* duzte. Da er nicht „*Doktor*" sagte, dachte ich mir, dass meine falschen Papiere ihnen etwas vormachten. In dem Augenblick jedenfalls war ihnen meine Identität noch unbekannt. Sie suchten in psychiatrischen Kreisen, denn das Auto gehörte einer Klinik, die Geisteskranke aufnahm. Deren Direktor würde schon den Unschuldigen spielen können und sich zu helfen wissen, um *Jo* zu warnen. Die Polizei konnte auch nicht das Risiko eingehen, unsere Verhaftung bekannt zu machen, bevor wir dem Untersuchungsrichter vorgeführt wurden. Wenn sie meinen Namen nicht wussten, musste ich ihn mindestens bis zum Ende des Nachmittags verheimlichen, um zu vermeiden, dass *Jo* in flagranti als „Kofferträger" verhaftet wurde.

Wir wurden zur Gendarmerie von *Pont-Saint-Esprit* gebracht. Ich kannte einige der Einwohner dieses kleinen Städtchens im Rhône-Tal, weil ich bei ihnen Elektro-Enzephalogramme durchgeführt hatte. Das war in den Jahren nach dem Krieg während der Vergiftung durch das Mutterkorn im Roggen, die die ganze Bevölkerung verrückt gemacht hatte, nachdem sie Brot gegessen hatten, das mit verfälschtem Mehl hergestellt worden war. Während Mechanik-Virtuosen mein Auto entbeinten, wurden wir, jeder mit seinem Wächter an der Seite, in einen Raum gebracht, der einem Refektorium glich. Als Zeichen der Galanterie nahm man mir die Handschellen ab. Jeder saß an einem Tischende und kehrte dem anderen den Rücken zu. Die Tür wurde von einem dritten Wächter geschützt. Sie öffnete sich häufig. Mein Versuch, den zu erkennen, der uns besuchte, wurde durch einen mit Tressen besetzten Arm gestoppt. Mein Scherge war schwarz, vermutlich ein Bewohner der Antillen. Mit Erlaubnis desjenigen, der uns inkognito besuchte, zündete ich mir eine Zigarette an. *Georges* bat mich auch um eine. Das wurde abgelehnt. „*Sie dürfen sich in keiner Weise austauschen, verstanden*?!" Ohne instrumentale Begleitung machte ich einen kleinen Sprechgesang folgender Art: „*Erstaunlich wie eine Uniform die Erniedrigungen vergessen macht, die man durch die Eltern, durch einen selbst erlitten hat, weil man anders ist, Schwarzer oder Jude oder Araber.*"

Ich denke, mein Wächter verstand mich. Als mir der Abstand zwischen unserer Verhaftung und meinem vorgeblich dringenden Bedürfnis, auf die Toilette zu gehen, plausibel schien, bat ich darum, mir zu erlauben, dass ich mein Bedürfnis befriedigte. Nach einigen Minuten kam der Türsteher, der sich nach dem Chef erkundigt hatte, zurück und sagte: „*Das ist unmöglich, ich finde den Boss nicht.*“ Wider Erwarten stand mein „Eingeborener“ auf: „*Kommen Sie!*“ Er führte mich auf den Hof.

Unter der Platane lag mein Auto ausgebreitet wie Bettwäsche auf einer Wiese. Ich lächelte und dachte an meine Söhne, die bestimmt gern bei dieser Operation in echter Lebensgröße dabei gewesen wären. Es war mir gelungen, das Bund mit fünf oder sechs Schlüsseln für unsere Verstecke zu verbergen, indem ich meinen Mantel von einem Arm auf den anderen legte. Ich musste sie vor der wirklichen Durchsuchung loswerden, die zwangsläufig kommen würde. Die Toiletten waren die einzige Möglichkeit. Ich fürchtete, dass mein persönlicher Wächter es merkwürdig finden könnte, dass ich mittags an einem sonnigen Tag meinen Mantel nahm, obwohl ich nicht wusste, dass wir nach draußen gehen würden. Dem war nicht so. Uff! Die Örtlichkeiten waren abgenutzt, zum Hinhocken wie in der Türkei. Die Schlüssel ließen sich leicht versenken. Die Eigentümer des ehemaligen Pastorats in der *Nièvre*, der alten Mühle in der *Yonne* und der Wohnungen in *Sceaux* und *Paris* brauchten ihre Schlösser nicht zu erneuern.

Ich staunte sehr, als man mich wieder in mein Auto stieß, das einige Stunden zuvor noch im Bausatz war. Kaum in Marseille angekommen erkannte ich den Sitz der Polizei, ehemals des Bischofs, gegenüber von dem hässlichsten Gebäude Marseilles, der ultra-neo-barocken Kathedrale. Unverzüglich begann das Verhör in einem engen Raum, der mit einer leichten Trennwand aus mattem Glas noch zweigeteilt wurde. Man setzte mich vor zwei Männer, von denen sich der eine schon über die Schreibmaschine gebeugt hatte. Sie hatten 62 Stunden, die erlaubte Dauer des Polizeigewahrsams, von dem jeder einzelne Augenblick in mein Gedächtnis eingraviert ist wie ein unauslöschliches Bild, das Rechenschaft über die Spannung dieser Konfrontation ablegt.

Verhör

Jetzt kannten sie meinen Namen.

Man kann entweder seine Motive darlegen, die einen in ihre Klauen geführt haben, oder sich zum Schweigen entschließen. Schwer zu sagen, warum ich die erste Lösung gewählt habe. Vielleicht war es an der Zeit für eine Klarstellung. Als ich die Gründe für mein Engagement im Hilfsnetz für den FLN darlegte, hatte ich nicht die Hoffnung, von der Rechtmäßigkeit meines Handelns zu überzeugen. Doch empfand ich bei der Darlegung meiner politischen und moralischen Beweggründe, die mich hierhin geführt hatten, einen gewissen Stolz, und – eine merkwürdige Spaltung – ich fühlte mich deplatziert und ein wenig lächerlich. Aber zugleich stolz auf mich. Das war, als würde ich mir gegenüberstehen. Überrascht hörte ich mich sogar, mit der Gleichgültigkeit eines selbstsicheren Lehrmeisters, einige Maximen folgender Art äußern: *„Ein Volk, das ein anderes unterdrückt, könnte nicht frei sein.“* Nach Lektüre und Unterzeichnung ließ man mich mit *Monsieur Marcel* allein. Ein etwa fünfzigjähriger Typ im Pullover, den ihm seine Frau gestrickt hatte, es sei denn, das war seine ledige Schwester. Ich war über mich selbst verärgert, weil ich ihn sympathisch fand. Seine Rolle war schlecht festgelegt. Er griff nie während des Verhörs ein. Er schien da zu sein wie die Ordonnanz von Offizieren, indem er eine beständige Anwesenheit für die Gefangene gewährleistete und ihr zugleich als Kammerdiener half. Nach zehn Minuten ungefähr, der Zeit für einen von *Monsieur Marcel* servierten Kaffee, begann das Verhör. Zwei Typen, dreißigjährig, Allerweltsgestalten wie für eine Bar, die bis zur Decke verdreckt ist. Einer der beiden stieß hervor:

- Nutte für Araber! Wie sind sie? Du sagst nichts! Man gefällt dir nicht, unsereins? ...

Ich konnte nicht widerstehen:

- Nein, Sie gefallen mir überhaupt nicht!

Und mit einem Ton, der ernst klingen sollte, verlangte

ich, dass sie mich nicht weiter duzten. Eine Ohrfeige hierhin, eine weitere dorthin. Ich verstehe immer noch nicht, warum sie mich von Anfang an diesen beiden Typen auslieferten.

Wenn sie mir Eindruck machen wollten, war das vermasselt.

Der erste Inspektor kam in Begleitung eines weiteren Polizisten zurück, zweireihiger Sakko, Höflichkeit. Ohne weiteres erkundigte er sich nach meinem Mann. Sein Nachdruck machte mir klar, dass sie *Jo* noch nicht in ihren Händen hatten. Infolgedessen wusste *Jo* nichts von meiner Anwesenheit an diesem Ort. Ich beschloss, die Strategie zu wechseln. Mit Andeutungen und einem Blick zu dem graugekleideten Mann, der ihm anzeigen sollte, *Ihnen kann ich ein Geständnis machen*, säuselte ich:

- Wissen Sie, wir sind nicht mehr jungverheiratet, schon seit mehreren Jahren sagt mein Mann mir nicht mehr, wohin er geht und mit wem, dafür bin ich dann genauso frei wie er. Sie sagen mir, dass er nicht in Marseille ist, dessen bin ich mir nicht so sicher wie Sie, auf jeden Fall weiß ich nicht, wo er steckt.

Ich fügte hinzu, als langweilte es mich:

- Er hat mich nicht über seine Abwesenheit von zuhause informiert.

Zweifelndes Schweigen.

- Mittwochabend wollten wir uns in Paris wiedersehen.

Ich wusste, dass die Einladung zum Abendessen zu Ehren meines Cousins, der die Ehrenlegion empfing, in ihren Händen war.

Es ging weiter mit der Identifikation. Die Abteilung des Erkennungsdienstes befand sich im Untergeschoss. Auf dem Flur traf ich *Georges*, er wirkte heiter.

Hausdurchsuchung. Folter. Ich flehte sie an, die Kinder während der Besichtigung zu entfernen, und versuchte vergeblich, den Mann in Grau zu überreden, sie an einen Polizisten zu übergeben, damit er sie zu Nachbarn führte. Sie schafften es, dass ich vor meinem Domizil ausflippte. Ich weigerte mich, aus dem Auto zu steigen, bevor ich nicht gesehen hätte, wie meine Kinder das Haus verließen. Ich hatte meine Krallen ausgefahren und rang mit ihnen.

- Beruhigen Sie sich, sonst kriegen Sie Handschellen.

Ich bekam einige Minuten, um mich ein wenig herzurichten, bevor ich meine Kleinen traf. Mein Tumult dürfte ihnen zu weit gegangen sein, denn sie betraten arrogant den Vorraum, der mit Büchern tapeziert war, und telefonierten, um Verstärkung zu erhalten, kaum dass sie drinnen waren. Bald schon waren sie sechs oder sieben, die unter der Knute desjenigen, der mir mit Handschellen gedroht hatte, herumwühlten. Ich gewann äußerlich wieder Ruhe, weil ich auf die Kaltblütigkeit von *Elise* vertraute, die Ersatzmutter für meine beiden Jungen, und wusste, dass kein kompromittierendes Dokument gefunden werden könnte. Die Durchsuchung dauerte ungefähr zwei Stunden. Sie machten sich dran, der eine auf der Trittleiter balancierend, die anderen beiden auf den Sesseln stehend, jedes Buch aus der umfangreichen Bibliothek im Eingang zu kontrollieren, indem sie es öffneten. Sie gaben ziemlich schnell auf, vermutlich abgeschreckt durch die Schwere der Aufgabe.

Ich versuchte, mit heiterer Miene meine Kinder zu beruhigen, indem ich ihnen erklärte, dass ich mit den Umzugsmännern wieder wegfahren müsste und dass sie mit *Elise* und *Lucien*, ihrem Mann, der auch mit uns wohnte, brav sein sollten. Die Inspektoren ließen die Steppkes um mich herum in Erwartung des Fehlers, den ich machen würde, wenn ich auf ihre *„Warum?"* *„Wie?"* ... *„Wo ist Papa?"* antwortete. Mein Ältester, *Jean-Ri*, verstand, dass diese Männer Bullen waren, aber hatte wohl seinem kleinen Bruder gegenüber präzisieren müssen, dass es sich um üble Faschisten handelte, die Mama verfolgten. Von da an baute sich das kleine Lakritz-Männchen *Gillou* wütend vor einem nach dem anderen auf und schrie die schlimmste Beschimpfung: *„Kichererbsen, Kichererbsen!"* Was *Jean-Ri* betraf, bedeutete er mir mit kleinen, liebevollen Gesten, dass er mir helfen würde. *Elise* bügelte, sie verbrannte unter ihrem Eisen – in einer solchen Situation kann man sie dafür entschuldigen, dürften die Inspektoren gedacht haben – das einzige Fitzelchen Papier, das für die Hausgemeinschaft hätte kompromittierend sein können…

Einer der Polizisten nahm ein altes Passfoto von mir aus der Schublade, dasjenige, das einige Tage später von der Presse veröffentlicht wurde – in ganz groß von der *Voici* aus der damaligen Zeit und von dem Käseblatt *Carrefour*. Kleine Vergünstigungen waren nicht zu haben!

Die erste Nacht war kräftezehrend. Der Stuhl zersägte meine Schenkel. Nichts geschah. Ich fühlte mich wie der Fußball bei einem Spiel, in dem sich die Spieler sehr ungeschickt anstellen. Wenn ich es mir überlegte, konnten alle unnötigen Vorlagen berechnet gewesen sein. Es war ein Defilee von Prüfern. Dasselbe Lied der Namen, wieder und immer wieder.! Einer der Polizisten, den ich mit meinem Schweigen zur Verzweiflung brachte, stieß hervor:

- Das ist niemand, dem man einen Handel vorschlägt!

Einige betonten lautstark, teils mit Aggressivität, teils mit Anteilnahme:

- Der Andere jedenfalls redet!

Heftige Kopfschmerzen begannen. An diesem Abend machte ich den Versuch, dass die Migräne die Unannehmlichkeiten vertreibt, wie der Sturm die Wolken verjagt. Ich schwankte so stark, dass ich mich an dem Schreibtisch festhalten musste, krallte mich an ihm fest und verlor schließlich das Bewusstsein. Als ich wieder zu mir kam, wurde ich von *Monsieur Marcel* gehalten, der mir sagte: *„Sie sind los, eine Matratze zu holen.“* Man legte mich in den Bereich hinter der matten Glasscheibe. Eine schöne Vollmondnacht, von Gitterstäben durchstreift, beleuchtete den Raum. *Monsieur Marcel* flüsterte mir murmelnd zu:

- Sie wissen viele Dinge… Der Volksschullehrer und der Andere, der Kahle, kommen oft hierher.

Ich weigerte mich, das zu glauben, prüfte jedoch, was er gerade gesagt hatte. „Der Volksschullehrer , ach was… Er will mich destabilisieren." Ich kannte keinen Volksschullehrer, es sei denn, er wollte von dem Direktor der Klitsche reden, die Nachhilfeunterricht gab. Seitdem habe ich durch das Buch von *Hamon* und *Rotman* „Die Kofferträger" vermutlich den Lehrer ausfindig gemacht, auf den *Monsieur Marcel* mich hingewiesen hatte. Was den Kahlen betraf, versuchte ich, meine Aversion gegen *Paul-Mourad* und seine kahle Stirn zu bekämpfen. Ich war durcheinandergebracht und über meine schändlichen Gedanken bestürzt: „*Vielleicht lügt der Bulle nicht! … aber warum sollte er mir helfen? Vielleicht ist seine Rolle, mich für sich zu gewinnen. Blöd … Also warum?*"

Ich wurde von meinen sorgenvollen Überlegungen durch eine vertraute Stimme hinter der Wand abgelenkt, die von *Lucien, Elises* Mann. Sie kümmerte sich um die Kinder und lebte mit uns. Die Vorstellung, sie könnten ihre Rolle in unserem Netz verstanden haben, bestürzte mich, ich fühlte mich auf törichte Weise schuldig, als hätte ich sie gezwungen, sich mit uns zu engagieren. Ich verstand *Luciens* Worte nicht, obwohl ich ihn zweimal „*Herr Jo*" sagen hörte. War es eine Illusion oder nicht? Diese beiden Wörter machten mich wieder zuversichtlich, sie zeigten an, dass *Jo* nicht gefunden worden war. Was wird er tun? In Paris bleiben? Die Ausarbeitung möglicher Szenarien machte mich alarmbereit. Am besten wäre es, er käme nachhause. Er würde befragt, aber war vorbereitet und konnte sich etwas einfallen lassen.

Es war wirklich idiotisch, dass wir uns nicht über unser Verhalten im Falle einer Verhaftung abgesprochen hatten, wie wir es im Untergrund machten. Aber nicht vergleichbar, wir riskierten nicht den Tod, das Engagement war anders, außerdem glaubt man immer an seine Baraka[25], sonst würde man nichts wagen.

Es war schon wieder Morgen, *Monsieur Marcel* erkundigte sich nach meinem Gesundheitszustand. Er dachte, ich hätte geschlafen, er selbst hatte geschnarcht. Ich bat ihn, mir

25 Arabisch für Segenskraft (AdÜ)

Aspirin zu besorgen.

- Verlangen Sie den Arzt, er ist nett!

Nicht vor einem Bullen schwach werden.

- Ich bin nicht krank.

Da fügte er an:

- Heute Morgen kommen sie aus Paris… das wird hart!

Plötzlich hatte ich Lust, diesem Liebhaber des *Boule*-Spiels zu vertrauen, der mich vor den Parisern warnte, bevor er sich zur Ruhe begab. Man ließ den Toubib[26] holen. Kompetent. Nichts sprach dagegen, das Verhör fortzusetzen.

Neue Köpfe tauchten auf. Einer der Neuankömmlinge, ein Inspektor namens *Laurent*, fing ganz von vorn an. Er warf Namen von Kollegen, die bekannt dafür waren, links zu sein, einfach in den Raum, aber auch Namen von befreundeten Anwälten aus Paris oder von anderswo, Namen von Journalisten, aber niemals sprach er den Namen eines unserer Komplizen aus. Von der Provinz wusste er nichts. Außerdem kam er von Zeit zu Zeit auf *Jo* und unseren Umgang zurück. Auf eindringliche Weise sagte er zu mir: *„Es stimmt also, dass Sie schwanger sind“*, und dann schnell darauf: *„Ich habe den Arztbericht gelesen.“* Falsch, er überflog ihn zum ersten Mal, während er mit mir sprach. Wer außer *Jo* weiß, dass ich schwanger bin? Eine einzige Person, *Paul-Mourad*… Die Bestätigung von *Laurent* (*Es stimmt also*) könnte ein Indiz sein, dass *Monsieur Marcel* vielleicht nicht lügt. .. Von Zeit zu Zeit stand *Laurent* auf. *„Soll ich Ihnen einen Kaffee bringen lassen?“* Dann verschwand er. Bei seiner Rückkehr nahm er den Faden wieder auf und stellte Fragen wie diese: *„Also waren sie in Limoges, zwölf Uhr mittags am wievielten?“* Nicht sehr beruhigt. *„Schau mal an zum Beispiel…“ „Oh ja, sieh da…“* Und er gab mir ein Blatt Papier in die Hand. Ich heuchelte Gleichgültigkeit, warf jedoch einen flüchtigen Blick darauf. *„Fahrzeug X in reservierter Zone geparkt.“* Sofort sah ich mich im Milchgeschäft, während *Georges* einige Kilometer entfernt an einem schattigen und versteckten Ort

26 Aus dem Arabischen: Arzt (AdÜ)

auf den Imbiss wartete. Wir waren unterwegs nach *Nantes*. Ich konnte mit scherzhafter Miene antworten:

- Ich ändere gern meine Routen, wenn ich zu meiner Mutter in die Bretagne fahre.

Er sprach mich auf meine wissenschaftlichen Arbeiten im *Institut Marey* in Paris an, er suchte nach Verbindungen zu denen, die er „die lieben Freunde vom FLN“ nannte. Ich begriff, dass er schwamm. Er fragte mich:

- Warum sind Sie nach Moskau gefahren? Ich habe von Ihren Konferenzen nach Ihrer Rückkehr erfahren. Sie waren enttäuscht. Sie waren kein Mitglied der KP mehr, ich verstehe nicht, wieso Sie sich dort hinten haben hinbegeben können.

Alles wurde durchgenommen. Die Resistance:

- Sie waren ganz schön jung. Die Gründe, die dazu geführt haben, dass Sie hier sind, knüpfen nicht an diese Vergangenheit an.

Am Ende des Nachmittags tauchte er nach einer der Kaffeepausen wieder auf, fröhlich rufend *„Ihr Gatte ist da, nebenan, ich werde ihn zu Ihnen führen“*. Er verzog sich. Es gab keine Gegenüberstellung. An seiner Miene wurde mir klar, dass *Jo* frei nachhause zurückgekehrt war. Die Kleinen würden ihren Vater abends und den folgenden Tag haben. Welche Erleichterung! Ich hatte einen Satz gewonnen, denn von Anfang an war meine ganze Energie darauf gerichtet, *Jo* reinzuwaschen. Wieder aufgemöbelt erlaubte ich mir, mein Erstaunen zu äußern, dass man delirierenden, vor Eifersucht zänkischen Interpretationen eines Krämers oder eines Flickschusters Glauben schenken könne, die ans Fenster gepresst angeblich die Dienerin im großen Salon gesehen hatten, wie sie mit den Herrschaften und in Begleitung von verdächtigen Personen Kaffee trank. *Laurent* kam auf diese Zeugenaussagen von Hauswarten nicht mehr zurück. Er wollte wissen, wann ich zum letzten Mal dieses oder jenes Marseiller Parteimitglied der KP gesehen hätte, denen ich nie begegnete. Er interessierte sich für andere Kommunisten aus dem Departement *Gard*, die mir unbekannt waren, erwähnte jedoch nicht die Doktoren *Pitot*, unsere „Vermieter“ aus *Nîmes*. Ich staunte, dass er *Espana*, einen bekannten kommunistischen Aktivisten, nicht erwähnte, der regelmäßiger Gast in unserem Haus war, jedoch mehrfach auf *Léa Shultz* zu sprechen kam. Weder sie, noch er gehörten meines Wissens zu einem Netz. Sie waren führende Mitglieder der Friedensbewegung, einer der Brutstätten der KP, von denen die meisten nicht-kommunistischen Mitglieder – so wie *Léa* – Gallionsfiguren waren, wie der Journalist *Pierre Hervé* sie beschrieb, als er sich von der Partei entfernt hatte.

Espana war ein Freund, den ich vergebens anzuwerben suchte. Da er von seinen Jahren als Funktionär der KP nicht zu sehr ramponiert war, blieb er offen für Diskussionen – sogar mit Abtrünnigen. Während *Laurent* sich nach unseren Beziehungen erkundigte, rief ich mir die Sätze von *Espana* bei unserem letzten Treffen in Erinnerung. Am Sonntag vor meiner Verhaftung tauchte er ziemlich angeschlagen bei uns zuhause gegen 9 Uhr abends auf. Er kam in aller Eile, um uns vor etwas zu warnen, das er für eine Gefahr hielt. Er war zusammen mit Mitgliedern der Sektion der KP im Departement *Vaucluse*, als der Abgesandte der Hierarchie ihn ausquetschte, um zu erfahren, ob ich ihn kontaktiert hätte, damit er bei den Aktionen mitmachte, die ich zugunsten des FLN organisierte. Auf demselben Podest befand sich ein ehemaliger Aktivist der Marseiller Friedensbewegung, der sich aufs Land zurückgezogen hatte. Ein paar Wochen zuvor, unter dem Vorwand eines Besuches bei einem Kranken, der sich nebenan in einer Psychiatrie befand, hatte ich ihn „im Vorbeigehen“ aufgesucht. Sein Hof schien mir besonders geeignet, dort Druckmaterialien zu lagern oder besser noch erstellen zu lassen. Er hatte nicht angebissen, ich verließ ihn also nach einigen Umarmungen und Beteuerungen, zur Zeit der Ernte mit all den alten Kumpeln wiederzukommen, denen ich seine Einladung übermitteln sollte. Finster dachte *Espana* mehrere Minuten nach, bevor er schlussfolgerte:

- Obwohl Laurent kein Parteimitglied ist, hat er wahrscheinlich ihnen gegenüber geredet… Sei auf der Hut, sie sind fähig, dich zu denunzieren.

Mein Freund blieb bei seiner Überzeugung, dass die KP an meiner Verhaftung nicht unbeteiligt war, auch noch nachdem ich ihm die Wahrheit offenbart hatte. Meinerseits habe ich diese Hypothese nie in Betracht gezogen. *De Gaulle* hatte gerade seine erste Tournee nach Algerien beendet. Man sprach von geheimen Verhandlungen. Seitdem war es zu gefährlich für die Partei, *Georges*, einen Verantwortlichen des FLN, verhaften zu lassen. Sich zu entsolidarisieren, *Annette Roger* und andere Häretiker zu verurteilen: ja! Aber das Risiko zusätzlicher Probleme mit dem FLN einzugehen, die dazu geeignet waren, den Propaganda-Verantwortlichen in Verlegenheit zu bringen, wenn die Zeit kommen würde, die nicht mehr weit entfernt war, wo man sich an die Lokomotive hängen wollte, das jedenfalls war nicht meine Auffassung.

Inspektor *Laurent* versuchte, mich zum Sprechen über meine Jahre als kommunistische Aktivistin zu bringen. Auch wenn mir seine Kenntnis der Funktionsweise der Partei und ihrer geheimen Räderwerke beachtlich schien, schrieb er mir einen Einfluss in den intellektuellen Kreisen zu, den ich niemals besaß. Mein Aufenthalt in der UDSSR, als ich schon nicht mehr Parteimitglied war, quälte ihn offensichtlich. Gegen 19 Uhr trennten wir uns fast wie Kameraden. Ich hatte nichts preisgegeben. *Jo* wurde nicht verhaftet. Das Schlüsselbund befand sich im Schlamm bei den Gesetzeshütern von *Pont-Saint-Esprit*. *Elise* und *Lucien* schienen reingewaschen. Der Koffer war nach Paris gelangt. *Laurent* hatte auch Punkte gesammelt mit seinen Parkverboten, Kilometerberechnungen, der Reifenabnutzung, nach der sich die gefahrene Distanz bemessen lässt. Ich konnte niemals leugnen, dass ich in den vergangenen Monaten sehr viel gefahren war, und dabei wusste er nicht, dass ich mich auch anderer Fahrzeuge bediente! Er hatte auch einige Anhaltspunkte: Fahrten nach *Paris, Alès, Saint-Rémy, Montpellier*. Zu dem Zeitpunkt bemerkte ich noch nicht, was mir später auffiel, sobald ich Muße hatte nachzudenken: diese

Orte waren diejenigen, die *Mourad* der Kahle kannte, dessen Anwesenheit in den Polizeiräumen mir von meinem Schutzengel, dem Bullen *Marcel*, signalisiert worden war.

Ich konnte ein Abendessen bestellen. Ich hoffte auf eine leichtere Nacht als die vorangegangene. Welch ein Irrtum!

Gegen 21 Uhr tauchte ein spindeldürrer Mann auf. Marcel flüsterte mir zu: „*Das ist Oberst Galet*" oder so ähnlich. Wahrscheinlich war es *Gaudet*. Der Inlandsnachrichtendienst DST schien davon auszugehen, dass es in der Bude Nachlässigkeit gab.

- Ich habe angeordnet, dass Sie sich ausruhen sollen.

Eine gute Nachricht. Die angespannte Nervosität meines Gesprächspartners dämpfte meine Zufriedenheit. Man brachte mich in einen Raum mit einem Relax-Sessel, der vor einem Schreibtisch stand.

- Setzen Sie sich, wir gehen raus.

Auf dem Tisch thronte einzig eine Akte, auf der kunstfertig geschrieben stand: *Roger*, geborene *Beaumanoir*. Wie soll ich das Auf und Ab meiner Regungen beschreiben: lesen, nicht lesen? Nicht bewegen, das ist eine Falle! Auf diesen Sessel setzen, die Augen schließen und an meine Söhne denken. Nach einiger Zeit ging die Tür für einen der schlechtgelaunten Bullen vom Vortag auf, der mit einem Jahrmarktschreier liiert schien, denn er konnte mit dem Zuhälter von *Gesolmina* konkurrieren, dem Helden aus *La Strada*. Sie präsentierten sich mehrfach mit aufgekrempelten Ärmeln und trompeteten: „*Er packt aus, dein Angeber!*" Bald schon war der Flur voll mit Schmerzensschreien und Gekeuche. Der Orang-Utan trat wieder auf.

- Das schmeckt, ist aber die Mühe wert. Sie sind ja keine Ärsche, die Kameltreiber. Bald bist du an der Reihe. Dann haben wir was zu lachen, nicht wahr?

Selbst wenn man vermutet, dass es sich um eine finstere Farce handelt, lässt es einen nicht unberührt.

In früheren Zeiten hatte ich oft an Folter gedacht. Kein

Widerstandskämpfer konnte der Frage entweichen: *„Bin ich fähig standzuhalten?“* Ich wusste, dass man mir in dieser Nacht kein Haar krümmen würde. Das verkrampfte Gesicht von *Laurent*, als ich mich gegen die Beschimpfungen und Grobheiten auflehnte, die ich in den ersten Stunden in diesen Räumlichkeiten erlitt, konnte mir Sicherheit geben. Die Rollen sind gut verteilt: es gibt die Psychologen und die Boxer. Mir wurden erstere zugeteilt. Ich verlangte, zu den Toiletten geführt zu werden, ich suchte auf den Fluren ein Anzeichen dafür, dass es Lautsprecher gab. Ich sah nichts. Es stimmt, dass die Übertragung aufgehört hatte. Vielleicht war sie eine Initiative der Muskelpakete.

Gegen Mitternacht unternahm man mit mir eine lange Wanderung durch Flure und über Treppen. Dort saß er, der Oberst, vor einem kleinen Tisch in der Ecke eines riesigen Raumes unter dem Dach, der Fenster hatte. Alle Wände waren genauso wie die Regale in der Mitte voller Dossiers. Damals hatte man noch keine Chips. Die Schreibmaschine des Sekretärs war noch nicht elektrisch. Sie stand auf einem winzigen Klapptisch. Man setzte mich auf die einzige verfügbare Sitzgelegenheit dem Oberst gegenüber. Es war sehr dunkel, und nur eine Lampe warf einen bleichen Lichtkreis auf das „Dossier“. Aus der Schublade zog er den in Zellophan verpackten Revolver.

- Sie kennen diese Waffe? …
- Nein! …
- Nein? Sie lag im Handschuhfach ihres Wagens! …
- Ja, gesehen habe ich sie, aber kennen tu ich sie nicht.
- Sie kennen die Marke dieses Revolvers nicht?

Ich versuchte es mit einem zweifelnden Gesichtsausdruck.

- Und das, was ist das?

Er zeigte mit seinem Finger auf die Trommel.

- Ich bin keine Krimi-Liebhaberin.

Er war sehr verärgert.

- Ich habe den Beweis, dass sie so eine schon in der Hand hatten!

Er wurde immer wütender. Ein Galliger, dieser Mann. Ein Blick zum Sekretär, der aufstand und seine Maschine gegen eine Taschenlampe tauschte, um hinter einer der Aktenwände zu verschwinden – wir waren noch nicht im Zeitalter des Internets. „Was mochte er wohl suchen?" Er kam mit einem Dossier zurück, aus dem er ein Heft mit etwas vergilbten Durchschlägen entnahm, das blauweißrot unterstrichen war.

- Sieh an. Sie haben eine identische Waffe besessen, eine Beretta mit Trommel. Sagen Sie mir nicht, das sei nicht wahr, denn sie ist auf den Namen *Anne Leveneur*. Das war ihre falsche Identität ab Juni 1944.

Ich rebellierte:

- Das wollen Sie mir auch noch vorwerfen?

Keine Antwort. Betont lässig durchblätterte er von neuem das Dossier, wobei er von Zeit zu Zeit ausstieß:

- Mai 44 in Lyon… welchen Decknamen hatten Sie? Ihr Pseudonym war Alle… Ich verstehe, ich verstehe.

Was eigentlich verstand er? Dann kehrte er zur Aktualität zurück, bevor er wieder zu Treffen der französischen KP kam, zu bestimmten Beiträgen von mir auf Versammlungen. Die Liste der Teilnehmer aus Gesprächen der Dissidenten in den Jahren 54 bis 56, stimmte sie denn? Oft sah er mich mit sicherer Miene an: *„Sieh an, Joseph Roger?"* Er las Abschnitte aus dem Polizeibericht über die Demonstration *Ridgway Go Home*[27] vor.

- Dieser Doktor *Terzian*, ein Italiener, und er schlägt einen französischen Polizisten… aber das war zu Ihrer Verteidigung… Sieh an, sie waren schwanger, genau wie heute…

Einige Blätter weiter:

- Ah, auf dem *Boulevard Baille* also wurden Sie mit Ihrem Gatten abgeführt… sie mögen die Amerikaner nicht…

---

27 Demonstration der Friedensbewegung in Paris am 28.5.1952 während des Korea-Krieges mit Toten und vielen Verletzten gegen den amerikanischen Nato-General *Matthew Ridgway*. AdÜ

Und die Russen auch nicht, nachdem Sie sie von nahem sahen… Soll ich das glauben?

Er ging zeitlich rückwärts:

- Sie waren also Mitglied der Säuberungskommission?

Er zeigte stolz meinen Passierschein der mir im August 1944 den Zugang zur Präfektur erlaubte. In den Akten!

War die Geschichte aller Marseiller hier konserviert? Wie aktualisierten sie die Biografien? Ich erinnerte mich mehrfach an meinen Vater, der vertreten hatte, dass in der KP die eine Hälfte die andere ausspioniert. In dieser Nacht, auf diesem Dachboden ließ ich mich belehren, dass ein großer Teil der Gesellschaft nach dem Prinzip der Denunziation funktioniert. Mein Abscheu ging bis zum Ekel und dann dem Kotzen. Er hörte mit dem Blättern in meinem Leben auf, erhob sich und sagte mildtätig: *„Sie brauchen Schlaf.“* Es dürfte vier Uhr gewesen sein, als der Sekretär mich in das Arbeitszimmer zurückbrachte, aus dem er mich geholt hatte, um mich zum Verhör unter das nicht ausgebaute Dach zu führen. Von dieser Sitzung am Boden zerstört fiel ich in einen bleischweren Schlaf.

Marcel, mein „Hausdiener“, weckte mich. Es war 7 Uhr, und schon tönte ein höllisches Durcheinander auf den Fluren. Ich hatte nichts gehört. *„Sie haben verlangt, dass der Polizeigewahrsam verlängert wird“* flüsterte *Marcel* mir zu. Als er mir einige Minuten später den Kaffee brachte, murmelte er niedergeschlagen *„er ist da“*. Wer, der Pauker? Welcher Pauker? Der Andere, der Kahle, *Paul-Mourad*, das konnte nur er sein.

Sie wussten nicht mehr als am Vortag. Sie kannten *Georges*‘ Rolle und meine, eine Art Sekretär-Chauffeur. *Laurent* hatte seinen Auftritt.

- Man wird Sie mitnehmen, damit Sie sich frisch machen können… wenn sie sich umziehen möchten, kann man Ihnen Ihren Koffer bringen.

Sauber geht es einem besser. Die Dusche kam, als er mir sagte:

- Die kleine Wohnung Ihrer Putzfrau ist nicht schlecht, nur das Stadtviertel. Waren Sie nicht von der Nähe zum Gefängnis beeindruckt?

Er sprach vom Gefängnis der *Baumettes*, das sich neben der Wohnanlage befand, in der das Versteck lag, das tatsächlich das unbewohnte Appartement von *Elise* und *Lucien* war. Wie waren sie so weit gekommen? Wer kannte diesen Ort außer *Elise, Lucien, Jo, Georges* und mir… *Mourad* wusste nichts von ihm! Untersuchungsroutine. Unsere herzlichen Beziehungen mit den Angestellten waren ihnen ein Rätsel und schockierten sie zweifellos. Sie hatten versucht, mehr darüber zu erfahren, und herausgefunden, dass die erst kürzlich von *Elise* und *Lucien* gekaufte Wohnung noch unbewohnt war. Konnten die Nachbarn *Georges* gesehen haben? Ich war jedenfalls jemandem im Treppenhaus begegnet. Konnte ich es abstreiten, *Elise* entlasten? Sie haben die beiden Zimmer unaufgeräumt vorgefunden, die Betten waren nicht gemacht.

Nach dieser schnellen Bilanz ließ ich fallen:

- Unter Frauen sind wir oft Komplizen. Elise hat mir einen Schlüssel zu ihrer Wohnung gegeben.

Laurent deutete ein ironisches Lächeln an, das genauso gut bedeuten konnte *„Ihr Privatleben ist mir egal…“* wie *„gib dir keine Mühe!“*. Noch ein paar Namen als Köder hingeworfen: *Henri Lefebvre, Victor Leduc …* Ich kannte sie, ja. Aus Paris? Dann war nur noch von Paris die Rede.

Der Trubel auf dem Flur wurde stärker, ich hatte den Eindruck, jemand würde eskortiert… *Georges*? Der glattrasierte Oberst trat ein. An *Laurent* und die Schreibkraft gewendet verkündete er, bitter enttäuscht:

- Sie haben abgelehnt. Wir müssen in einer halben Stunde ihm Palast sein.

Dann Laurent an mich gerichtet:

- Sie werden dem Untersuchungsrichter vorgeführt.

Wir trennten uns – fast mit Bedauern.

Ein sauberes Verhör ist ein Spiel. Ein grausames Spiel – wie das um das Gesetz von *Roger Vailland*[28].

Unterwegs in die *Baumettes*…

Gefängnis

Eine Erfahrung, die Begegnung mit sich selbst, die Bemessung der Freundschaft und paradoxerweise die Konfrontation mit der weiten Welt, ihren Rändern und ihrem Herzen. Ich saß noch in Isolationshaft, als die „Chefin", Frau A., bereit war, mir Papier und Bleistift zu geben. Fünfzehn Jahre später ließ sie mir das Heft wieder zukommen, das sie aufbewahrt hatte.

Das Heft meines Tagesbuches wurde am 16. November 1959 geöffnet und am 10. Januar 1960 wieder geschlossen. Zwei Monate des platten Alltags eines Lebens. Die Einzelhaft in totaler Isolation währte nur zwei Wochen. In den ersten Tagen schlief ich: Erschöpfung, Depression, durchzogen von Erinnerungsausbrüchen. In dieser Wüste bleibt nur das Selbst, mit dem man sich austauschen kann. Es ist nicht die Phantasterei der Leere, sondern ein intensives Gehämmer aus Fakten, Gesten, Sätzen, die in der Phase der Aktion verdrängt wurden und nun ihren Platz in unserer Geschichte einklagen. Man nennt es Film, doch handelte es sich eher um einen Text, der in sorgfältiger Schönschrift geschrieben wurde mit *Verräter-Mourad* in Großbuchstaben.

Das für Frauen reservierte Untersuchungsgefängnis von Marseille gliedert sich in die weiträumigen Gebäude des Gefängnisses *Baumettes* ein. Die Zellen im Parterre bekommen nur bei hellem Himmel Tageslicht, ich wurde bei Regenwetter dorthin gebracht. Die Uhr wurde beschlagnahmt,

---

28 Im Roman von 1957 „Das Gesetz", auch unter dem Titel „Hart auf hart". AdÜ

zweifellos mit der Absicht, von der realen Welt noch mehr zu isolieren, auch wenn es nur die des Gefängnisses war. Man betritt eine kleine Ecke der Blindenwelt. Die zeitlichen Orientierungspunkte stellen sich schnell ein. Abfahrt des Essenwagens mit seinen „eckigen“ Rädern: 7, 12, 18 Uhr; Öffnung der Werkstatt: 8 Uhr; Tohuwabohu bei der Vorbereitung für die „Promenade“ auf einem geschlossenen Platz, der kleiner war als die Terrasse eines stattlichen Wohnhauses: 14 Uhr… Ein Flüstern hinter der schweren Tür ist zu vernehmen, ein Auge, das sich in den Spion drückt, ist zu sehen. Das Getuschel vor meiner Tür erinnerte mich mehrmals am Tag an meine Sicherungsverwahrung. Es handelte sich weder um Überwachung, noch um Feindseligkeit, sondern um Neugier. Die Wärterinnen schienen genauso, wenn nicht mehr als ich unter der Isolation zu leiden. Wie sollten sie die Fragen der Kolleginnen beantworten, die begierig auf pikante Einzelheiten über die „rote Doktorin“ waren, wenn sie sie nicht gesehen hatten? Einige Wochen später stahl mir die Bäckerin den ersten Platz, die ihren Ehemann beseitigt hatte (ich würde am liebsten sagen: endlich, trotz des Leichnams des Bäckers), aber im November 1959 war ich der Star der *Baumettes*.

Die Zuständige für die Suppe, die immer von einer Wärterin begleitet wurde, warf einen verstohlenen Blick zu ihr hin und errötete dann, während sie mich anblickte. Sie schaute zugleich ängstlich und triumphierend, als sie mir einen ungewöhnlich großen Kanten Brot übergab. Hektisch entdeckte ich Geschenke: vier Zigaretten, einige Streichhölzer mit einer Reibefläche zum Zünden und ein kleines Stück lila Seife, das stark synthetisch roch, aber in Herzform. Auf der Verpackung drei Namen: *Nadia, Halima, Zineb* und mit kindlicher Schrift „die Brüder sagt dass die Isolation ist beendet“. Also waren Algerierinnen vor Ort. Wieso wussten sie von mir seit zehn Tagen hier? Wer hatte ihnen Bescheid gesagt, dass ich rauchte…? Wie kommunizierten sie mit den Männern? Fragestellungen einer Novizin.

Das Schwierigste in der Isolation war die „Promenade"! So notierte ich am 15. November:

„Sonderbare Promenade. Man wird in einem vergitterten Hof geparkt, was mir unwiderstehlich die letzte Szene von Klop[29] *heraufbeschwört, als der Held von Majakowski triumphierend aus seinem Zoo-Käfig kommt, weil er es geschafft hat, seine Wanze zu schützen, dieses Relikt aus früheren Zeiten, in denen sich noch niemand um unser Glück kümmerte..."*

Am selben Tag:

„Ich habe gerade meinen kleinen Abwasch gemacht: wie kann man sich mit einem derart leeren, monotonen Leben abfinden: vielleicht ist es Weisheit, eher jedoch intellektuelle Bedürftigkeit, ziemlich traurig!"

Ich verlangte eine Unterredung mit der Direktorin, es war der Direktor der *Baumettes*, der mich besuchte.

„Korrekt, wohlwollend, besorgt um meine Gesundheit. Das Geheimnis: er ist es nicht, der darüber entscheidet. Ich solle warten. Er hat jemanden geschickt, meinen Koffer zu holen, damit ich mein Lieblingsbuch aus ihm nehmen kann. Er konnte sein Erstaunen nicht verhehlen angesichts der Memoiren *von General De Gaulle. Er hat in ihm geblättert und bei einigen Randnotizen aufgemerkt: ‚Interessant, sehr interessant.' Vielleicht geschieht es auf Grund meines Lesestoffes, dass er mir erlaubt, vom heutigen Tag an die* Monde *zu abonnieren, weil ich bestimmt als Politische anerkannt werde, Regime A*[30]*. Er hat mir eine weitere Visite angekündigt, wenn wir so weit seien."*

Am folgenden Tag: *„Es ist merkwürdig, wie sich die Tage*

---

29 Wladimir Majakowski *Die Wanze*. Originaltitel: *Klop* AdÜ

30 Im Algerienkrieg beschlossen die Gefängnisbehörden von *Fresnes, Loos* und *Baumettes* gegen den heftigen Widerstand der Regierung eine besondere Haftordnung für die algerischen Insassen, weil sie die Gefängnisse füllten und schwer zu disziplinieren waren. Deshalb wurde ihnen erlaubt, ein Komitee zu wählen, das der Verhandlungspartner wurde und selbst den Alltag organisierte: Verwaltung der Spargroschen und der Essensverteilung, Alphabetisierung, Sprachkurse, Mathematik- und Geographieunterricht, Theateraufführungen, Informationsaustausch, Disziplinfragen. Sie wurden aber nicht als politische Gefangene anerkannt. AdÜ

hinziehen. Nichts passiert und sie vergehen… und jeden Tag entleere ich mich etwas mehr, ich werde zu einem Tier… Wolf oder Lamm?"

Am Dienstag den 24. Die erste Post. *„Mehrere Briefe von Jo. Die G., Yvette, Henri und Danielle haben alle ihren eigenen Brief geschrieben und an verschiedenen Stellen eingeworfen. Mireille, Henri Rémond, Roger Vailland kündigen längere Schriftstücke an. Acht Ausgaben der* Monde *zu lesen, das Leben kehrt wieder hier ein. Die Postmeisterin Frau B., die auch Beigeordnete der Direktorin ist, strahlte. Sie ist jung, eine lebhafte, kokette und sympathische Frau. Die Post kam wenige Minuten vor dem Direx. Merkwürdig, ich finde meinen Pennäler-Wortschatz wieder! Er hat mir von den Gefängnissen in Algerien erzählt, er war in der Untersuchungskommission. ‚Bei ihm' im Haus sind ungefähr 300 FLN-Algerier. Nachdem er sich mit seiner Organisation des ‚Festhaltens' (ein neues Wort für mich) gebrüstet hatte, vertraute er mir an, dass er einen Algerier in Spezialbehandlung ‚habe', ohne mir dessen Namen zu verraten. Es handelt sich um Lacheraf[31]. Endlich ist er zu meinem Anliegen gekommen: der Isolation. Da sie für Georges-Daksi beendet ist, aber durch einen Zaubertrick (welchen, das hat er mir nicht verraten), verlangen die Richter, dass wir so lange ohne Kontakt zu anderen ‚Politischen' bleiben, wie die Untersuchung dauert. Ohne sich weiter auszulassen, legt er mir ein anderes Vorgehen nahe, denn – wenn er es* für D*aksi nachvollziehen* könne *– schiene es ihm für mich doch ein bisschen willkürlich. Ich werde den Brief morgen an Frau B. übergeben. Ich spüre, wie sich zwischen uns beiden ein stummes Einverständnis herstellt. Was für ein Tag! Die Krankenschwester-Gefangene Mado hat mich besucht. Ich war ihr nach der Durchsuchung begegnet, sie hatte im Heft der Sanitätsstation notiert, dass mein Gesundheitszustand keine sofortige Visite erforderte. Sie hat mir anvertraut, dass mein Umzug schon ab dem morgigen Tag geplant sei. Auf dem Stockwerk würde ich ihre Nachbarin sein. Sie hat mir den Besuch ihrer Kameradin Mireille angekündigt, die mir einen Kräutertee bringen*

31 Mostefa Lacheraf (1917-2007), algerischer Historiker AdÜ

werde! Ich begreife, dass diese ‚Chef-Damen' die Direktiven des Justizministers auf ihre Weise auslegen. Ich könnte in Kontakt mit den Gefangenen sein, mit Ausnahme der Politischen. Mado hat mir bestätigt, dass sie wirklich zu dritt sind, sie weiß, dass ein ‚Kontingent' aus Algier für die kommenden Tage erwartet wird. Diese Mado weiß ganz schön Bescheid! Vorsicht, falls es nun ein Zellenspitzel ist!"

Am 20. *Heute Morgen die Entdeckung, dasselbe Bett, derselbe Abortkübel, dasselbe ‚Nichts', aber das Fenster. Hügel, Zypressen, Garrigue. Zur Rechten wird der Horizont von einem riesigen Tier verstellt, dessen elegante Antenne pausenlos den Himmel fegt. Ein großer Kran. Wenn ich mein Ohr dorthin wende, höre ich das fröhliche Geschrei eines Schulhofs. Die Mauern verbergen ihn. Sein Leben macht sie durchsichtig. Die Schulpause werde ich jeden Tag anhören, wie die Einen den Angelus, die Anderen den Muezzin."*

Die „Schwestern"

Mittwoch 9. Dezember um 2 Uhr, Ende der Isolation

„Ich bin in den Raum hinuntergegangen, der für die Politischen vorbehalten ist. Sie sind sechs. Djamila Bouhired, Latifa und Eliette kommen tatsächlich gerade aus Algier. Die drei Bekannten sind schon meine Freundinnen. Ich habe sie in den letzten Tagen beobachtet, als sie auf dem Gang waren. Das sind die junge Zineb mit Marseiller Akzent, die turbulente Nadia und die sanfte Halima. Sie sind um mich herum, singen und tanzen. Sie wissen, dass ich schwanger bin, kennen die Vornamen meiner Jungen. Ein Gefängnis? ein riesiges Ohr! Djamila und Eliette sind zurückhaltender gewesen. Ob ihre Haltung mit dem zu tun hat, was ich über die Verachtung der Leute aus dem Landesinneren gegenüber denen aus Frankreich gehört habe, obwohl sie doch der entscheidende Faktor für den Krieg sind. Ein zu schwacher Eindruck, um überzeugend zu sein. Vielleicht ist Djamila böse

auf mich, weil ich als Verteidiger ihren Anwalt, Vergès[32], *abgelehnt habe, von dem man sagt, er sei ihr Verlobter? Ich werde bei Gelegenheit mit ihr darüber sprechen. Sie wird besser als irgendjemand sonst verstehen, dass ich von Freunden verteidigt werden möchte, denen ich blind vertrauen kann. Vergès* ist bestimmt als Anwalt sehr stark. Er ist mutig, das ist unbestreitbar. Seine Art, von einer äußerst ätzenden Kritik zur schleimigsten Höflichkeit überzugehen, gefällt mir nicht. Ich finde ihn übereifrig.

Das didaktische Material im Raum der Politischen war noch nicht ausgepackt worden, und das aus gutem Grund. *Zineb*, die einzige „Gebildete", war nicht über die 5. Klasse hinausgekommen. *Nadia* konnte auch einige Silben stockend lesen, worauf die gute *Halima* neidisch war.

Der Ort hieß dennoch Studier-Raum, die drei „Schwestern" kabbelten sich dort genauso wie in ihrer Zelle. *Nadia* und *Halima* waren nach dem Sabotageakt an den *Lavera*-Raffinerien verhaftet worden, an dem sie sich beteiligt hatten. Das war länger als ein Jahr her. *Zinebs* Ambitionen waren nicht nur patriotisch (das auch), sie träumte davon, Miss Algerien zu werden, ersatzweise Miss Marseille. Ihre Verhaftung in Begleitung eines Freundes lag einige Monate zurück. *Nadia* war die Anführerin. Intelligent, wie sie war, hätte sie ihre Haftjahre zum Lernen nutzen können. Anders, als *Djamila* dachte, wünschte sie es, aber sie schaffte es nicht auf Grund ihrer neurotischen Regungen in Reaktion auf die Haftbedingungen – vor allem das Zusammengepfercht-Sein. *Halima* bekam auch unstillbare Wutausbrüche, wobei sie die meiste Zeit apathisch war. Diese Störungen machten beide Frauen zum roten Tuch im Gefängnis, obwohl sie so freundlich waren, wenn man wusste, wie sie zu nehmen und zu verstehen waren. Ich habe mich ihnen sehr verbunden, auch wenn meine Bemühungen, ihnen zu helfen,

---

32 *Jacques Vergès* (1925-2013) war zeitweilig KP-Mitglied, FLN-Unterstützer und mit der kämpferischen Ikone *Djamila Bouhired* verheiratet. 1970 verließ er Frau und Kinder, tauchte unter und wurde später bekannt als Anwalt zweifelhafter Personen wie Pol-Pot, Gestapo-Chef *Klaus Barbie* oder Serbiens Präsident *Slobodan Milošević*. AdÜ

meist vergeblich waren.

Einige Tage hatten wir auch *Latifa*, die kaum oder gar nicht Französisch sprach. Ich musste sie wegen einer Dermatose behandeln lassen, die im Gefängnis in *Oran* vernachlässigt worden war und bewirkte, dass sie mit den Fingernägeln ihre Folternarben aufkratzte, die in ihre Waden geprägt waren. Mit *Eliette Loup*, einem kommunistischen „*Schwarzfuß*“, die schon früh am Kampf des FLN teilnahm, konnten die Diskussionen stürmisch werden, insbesondere in Bezug auf die UDSSR.

Eine ihrer Bekannten oder sie selbst, das erinnere ich nicht mehr, hatte eine Reise dorthin gemacht und dort alles gesehen, was man sehen musste… und was ich während meines mehrmonatigen Aufenthaltes in Moskau nicht einmal flüchtig gesehen hatte! Sie war noch bei den strahlenden Mädchen auf ihren Traktoren beim Mähen der goldenen Weizenwogen und den wackeren Erbauern des Staudamms am „friedlichen Don“. Als ich ihr von meinem Erlebnis mit den Kartoffelsammlerinnen in der Kolchose erzählte, vom silbergoldenen Besteck in *Bikov*, von den Krankenhäusern ohne Medikamente und den rassistischen Äußerungen auf den Gängen der Universität *Lermontov*, beschimpfte sie mich als „*dreckige Lügnerin*“! Ich beehrte sie mit einem „*Eliette, armer Trottel*“! Ich sagte es schon, das Gefängnis verjüngte mich. Wir vertrugen uns wieder, bevor sie uns verließ, als sie am 14. Dezember entlassen wurde. Zwischen *Djamila* und mir konnte die Beziehung angespannter sein. Ich fand sie zu streng mit *Nadia* und *Halima*. Sie waren keine Heldinnen, die beiden, obwohl sie sogar Bomben gelegt hatten. In jenen Zeiten wurde man als „Bomberin“ zur Heldin erhoben. Mir scheint heute, dass ich dieser Auffassung gegenüber eher verhalten war, jedenfalls wenn es darum ging, exemplarische Tote zu machen. Aber sicher bin ich mir nicht, und ich schäme mich, dass ich nicht ein weiteres Mal die Moralität von „*der Zweck heiligt die Mittel*“ hinterfragt habe.

Nadia war ein Mädchen aus der Kasbah, aber sie sprach davon nicht wie *Djamila*, eine wunderbare Erzählerin. Sie wurde, nachdem sie ihren Panzer „Symbol Algerien“ abgelegt hatte, eine phantastische Freundin voller Begeisterung und Freundlichkeit. Glorifiziert und mit einem Heiligenschein achtungsvoll umgeben nahm sie sich manchmal zu ernst. Als ich von der Direx die Erlaubnis zu einem gemeinsamen Essen in unserem Unterrichtsraum erhalten hatte, ließ ich uns ein Weihnachtsessen liefern: Vorspeise, Pute, unseren Weihnachtskuchen. *Djamila* wurde befragt und gab zu, weil Weihnachten nicht die Geburt des Propheten feiert, dass man im Gefängnis sich nicht die Gelegenheit entgehen lassen sollte, den Alltag zu verschönern. Am 24. öffneten die aufgeregten Mädchen ihre Pakete. Schulmeisterlich befragte mich *Djamila* zum Opferritual. Die Pute mit ihrer Füllung war in einer Fleischerei mit dem Stempel *Halal* bestellt worden. Sie machte weiter: wo wurde sie gebacken? ... Bei mir Zuhause! ... und die Soße? ... Nun ja! Ihre Rede auf Arabisch verbot den „*Schwestern*" zu essen. Ich verteilte die Kuchenstücke, nahm das Geflügel und kehrte in meine Zelle zurück, um über das Geflügelklein zu weinen, das auf den Tellern der Kinder und dem von *Halima* endete. Letztere teilte meine Wut, wobei sie ausnahmsweise verstand, sie zu beherrschen. Sie erklärte, von *Latifa* unterstützt, auch wenn sie als nicht Praktizierende akzeptierte, die Vorschriften der Verantwortlichen bezüglich gewisser religiösen Prinzipien zu respektieren, dass sie nicht einsehe, warum sie meinem Wort nicht glauben und darüber hinaus noch riskieren solle, mir Kummer zu bereiten. Diese Episode blieb mir sozusagen auf dem Magen liegen, ohne mir jedoch das Vergnügen zu nehmen, das ich beim Diskutieren mit *Djamila* empfand, über die ich am 14. Januar 1960 schrieb: „*Ich bin heute allein. Djamila ist krank, sie ist oft schlecht drauf. Es stimmt, drei Jahre Gefängnis und davon sechs Monate Warten auf die Guillotine – denn man guillotiniert wie zu Zeiten von* Julien Sorel[33]*! – und die Hungerstreiks. Ich werde nochmal mit ihr über die Mädchen sprechen; sie begreift nicht, dass die Einsamkeit sie durcheinander bringt. Sie waren die ganze Zeit allein, die Familie meldet sich nicht, sie sind Analphabeten, ohne Zukunft. Sie hätten sich*

33 Held des Romans „Rot und Schwarz" von Stendhal. AdÜ

bestimmt am Gemeinschaftsleben beteiligt, wenn sie die Chance gehabt hätten, in einem politischen Gefängnis zu sein. Sind sie nicht bass erstaunt, wenn sie ihnen von ihrer Erfahrung im Maison-Carrée (Gefängnis in Algier) *erzählt? Ich muss Djamila wieder Mut machen. Wir müssen zusammenhalten. Ich werde nochmal mit ihr reden, ich werde mich um Halima kümmern. In zwei Monaten muss sie lesen und abschreiben können..."*

Einige Tage später: *„Djamila hat mir gerade gesagt, dass sie ihre Versetzung nach* Pau *für sehr nahe hält. Ich werde ganz schön allein sein. Wir sind nicht immer einer Meinung, weit entfernt davon, aber langweilen uns nicht zusammen. Sie bringt mir viel über Algerien bei, oder zumindest über Algier, denn ich bin mir nicht sicher, ob sie das Dorfleben kennt. Bei ihr zuhause geht man zur Schule, die Religion wird respektiert, ist aber nicht erdrückend. In ihrer Familie sind sie traditionell Aktivisten. Sie spricht vom Volk immer mit Großbuchstaben, ohne sich um Kategorien zu scheren. Sie wurde* böse, wenn ich vorbringe, dass sie als Städterin, *Tochter eines kleinen Händlers, die in einem Land von Analphabeten zur Schule gegangen ist, zu einer Schicht gehört, die man Kleinbürgertum nennen könnte. Sie ist das Volk, es gibt nur das Volk, das ist alles, Punktum. Sie ist sehr empfindlich, was Prinzipien betrifft. Mit ihr zu sprechen lässt mich begreifen, wie sehr die Algerier erniedrigt wurden. Dieser starre Stolz an der Grenze zur Arroganz ist die Folge davon. Ich werde sie vermissen, auch wenn ich ihr diese Abreise wünsche."*

Djamila Bouhired-Vergès kämpft heute gemeinsam mit allen algerischen Frauen, um zu versuchen, ihre Kinder, alle algerischen Kinder, vor der tödlichen Hydra des religiösen Fanatismus zu schützen.

Die Anderen

Das Gefängnis nahm im Prinzip nur Angeklagte auf. Zwei Ausnahmen jedoch: eine zu einer sehr hohen Strafe verurteilte Blinde und Mado, die Ehefrau von *Monsieur Joseph*, wie sie ihn nannte, ein Gangsterboss, der anscheinend nicht nur das Milieu in Toulon beherrschte.

Zahlreiche Faktoren strukturieren die Gefängnis-Gesellschaft. Abgesehen vom Zusammenpferchen erinnerten die *Baumettes*-Frauen an kein aus Literatur oder Film bekanntes Bild. Heute würde das Gefängnis explodieren.

Ein Jahrzehnt vor Mai 68 fühlten sich die Knastschwestern zu vergessen, als dass sie das Wort ergriffen hätten.

Trotz der Überbelegung verhinderte die noch erträgliche Anzahl der Gefangenen zusammen mit der Ungleichheit der Delikte und der Heterogenität der sozialen und ethnischen Herkunft jegliches Zusammengehen und verwandelte die *Baumettes* in ein *Clochemerle*[34] ohne Männer. Es gab allerdings nicht nur üble Nachrede und Kleinlichkeit. Es gab die großzügige Zigeunerin, die dort mit ihrem kleinen Jungen *Lucien* lebte, der immer wie ein Herr gekleidet war. Es gab die Bäuerin, die ihren Mann um die Ecke gebracht hatte, nachdem sie sich vierzig Jahre mit dem Wunsch getragen hatte, zur Tat zu schreiten. Sie tat es mit einer Axt. Was die Pensionärin von der Post betraf, hatte sie in kleinen, aber sicheren Mengen die mächtige Nationallotterie hintergangen. Die Bäckerin hatte ihren Mord so gut kaschiert, dass ein armer Kerl auch einige Monate in den *Baumettes* verbracht hatte, weil man ihn „eines ekelhaften Verbrechens, das eine Familie im Unglück zurückließ“ verdächtigte. *Mireille*, Hochstaplerin, brüstete sich, dass sie die Welt des Piaster-Handels, einem der Skandale aus dem Indochina-Krieg, gut gekannt hätte. Sie verließ den Arrest, denn ihr Prozess konnte nicht vor Zuhörern und Geschworenen stattfinden, denen die ehrenwerte *Rue Paradis* bekannt war. Und vor Prostituierten auf der Durchreise, gerade die Zeit für eine Gesundheitskontrolle, und vor Kleinen, Minderjährigen, und schließlich noch den wenigen Politischen, zu denen ich gehörte.

34 Ein Städtchen im Aufruhr um moralische Fragen. Novelle von Gabriel Chevallier 1934. AdÜ

Die Minderjährigen, abgehauene Jugendliche, kamen stoßweise an, meistens nach einem Ausbruch aus dem Übel, das „Gute Hilfe“ hieß. Eine Erste kletterte über die Mauer und kam nicht zurück, die anderen wagten also, es ihr gleich zu tun. Alle trafen sich am Hafen wieder, wo man natürlich irgendwie leben musste. Niemand hatte ihnen die beiden Zellen beschrieben, die ihnen in den *Baumettes* reserviert waren. Drei pro Zelle war schon eng, aber wenn es vier oder gar fünf wurden, war es haarsträubend. Sie bekriegten sich. In einer besonders heißen Nacht wurde ich von der Wärterin um Hilfe gerufen. Pflaster auf den Wangen waren nötig, jedoch weniger wirksam als Küsschen, die ich darauf gab. Diese Kinder wurden am Ausgang von *Monsieur Josephs* Beschaffern erwartet. Sie konnten auch Professionelle kennenlernen, denn den Hofgang machten sie gemeinsam mit den Huren. Meine Entrüstung bewirkte, dass ich dem Justizminister schrieb. Auch wenn ich überzeugt war, dass meine Botschaft direkt im Papierkorb landete, war ich erleichtert, dass ich sie geschrieben hatte. Himmlische Überraschung. Einige Wochen später gab mir die Oberaufseherin, die mit dem Generaldirektor schon mehrere Schritte unternommen hatte in Hinblick auf eine verbesserte Betreuung der Minderjährigen, einen Brief des Ministers zu lesen, der meine Intervention anzeigte und seine Versprechungen dem Direktor gegenüber erneuerte. Wurden sie eingehalten, ich weiß es nicht. Ich hatte mir nicht vorstellen können, dass man sich in seiner Zelle beglückwünschen könnte, in einem demokratischen Land zu leben.

Wenn ich all diese Frauen kennenlernen und mit ihnen sprechen konnte, lag es daran, dass ich einem besonderen Vollzug unterlag. Als „Politische“ wurde mir meine Zelle von 9 bis 18 Uhr geöffnet. Ich verfügte über eine eigene Zelle ebenso wie *Mireille*, die Bekanntschaften im Marseiller Geschäftsmilieu hatte, und wie *Mado*, die wegen Kuppelei „gestürzt“ war. Eine schöne Gesellschaft! Meine guten Freundinnen! Anderswo hätte ich sie abgewehrt, aber im Gefängnis mochte ich sie gern.

Meine Zelle lag neben der von *Mado*, die *Mireilles* Nachbarin war. *Mireille* immer herausgeputzt, dunkler Rock, helle Korsage, mattierter Teint, leicht gerötete Lippen, ihr verbotenes Schminkköfferchen immer griffbereit, weil in der Sanitätsstation versteckt, wo sie das Amt einer Verteilerin von Säuglingsflaschen und Kräutertees ausübte. Sie hatte viel Geld besessen und die besseren Stadtteile frequentiert. Sie wurde in vermögenden Kreisen empfangen, die sie fallen ließen, wie man einen Kirschkern ausspuckt, als sie kein Geld mehr bekamen. Das war die Affäre der Piaster. Ihre Tricks waren genial, nach Mireilles Aussagen. Ich habe sie nie verstanden, obwohl sie mir alles leidenschaftlich gern erklärte. Sie war eine Spielerin, die auf die Betrügerei als einziges Ventil für ihre waghalsigen Triebe gestoßen war.

Mado, ein exemplarisches Mädchen.

Eine brave Schülerin auf dem *Collège*[35], die zu ihrem Vater kam, einem Offizier der „Königlichen"[36], wo ihr Blick dem von *Monsieur Joseph* in Alpaka-Anzug mit Panamahut begegnete. Er entführte, schwängerte und heiratete sie ein Jahr später, als sie zwanzig wurde. Ihr inzwischen sechzehnjähriger Sohn *Bertrand* war in *Toulon* bei den katholischen Maristen-Schulbrüdern im Internat, deren Ruf als Erzieher die Jungen aus der Schickeria Marseilles und Toulons in ihr *Collège* zog. Ihr Mann war sehr streng zu seinem Sohn, was *Mado* manchmal Kummer bereitete, ohne dass sie wagte, es ihm gegenüber anzusprechen. Sie fürchtete, falls man dem Burschen alle Partys verbieten würde, dass es ihn dazu bringen könnte, sich über Sitte und Anstand hinwegzusetzen, wie sie selbst es auch getan hatte. *Bertrand* hatte seine Eltern nur in dem Familienanwesen getroffen, das zwischen Olivenbäumen und Zypressen eines riesigen Parks versteckt lag, dessen Terrasse einen überwältigenden Blick auf die Bucht von Toulon bot. Er wusste nicht, dass seine Mutter, die Patronin einer „angesagten" Bar ihres

35 Vierjährige Mittelstufe zwischen 12 und 16 Jahren. AdÜ

36 Name der Marine vor der französischen Revolution 1789, aber 200 Jahre später immer noch gebräuchlich. AdÜ

väterlichen Paten war, im Gefängnis saß. *Mado* hatte absolutes Vertrauen mit einem Schuss Bewunderung für das Urteilsvermögen ihres Gatten. Sie hielt es für nötig, über Urteilssprüche zu reden. Brüderlich übermittelte sie mir voller Überzeugung ihre Ratschläge und Ansichten: „*Wenn ich die Klappe halte, werde ich zwei, vielleicht drei Jahre drin sein, danach ein paar Jahre* Feme.“ *Mado* war überrascht und entrüstete sich gar, dass dieser Begriff nicht zu meinem Wortschatz gehörte. Ich wusste nicht, dass der „Verfemte“ an einem festgelegten Ort leben muss, üblicherweise in einem Dorf, wo seine Anwesenheit täglich kontrolliert wird. *Monsieur Joseph* war „verfemt“ gewesen. *Mado* hat sich nie eine Zeitung von mir geliehen, sie konnte sich niemals vorstellen, dass außer ihrem Mann auch noch andere über das informiert sein könnten, was auf der Welt passierte. Sie fragte ihn anlässlich seiner vierzehntägigen Besuche aus, was in der Stadt, im Land und anderswo passierte, um mich auf dem Laufenden zu halten. Als Zugabe bekam ich noch die Meinungen aus dem „Milieu“. Das dachte nämlich, dass es leicht sein würde, falls es mir gelänge, aus den *Baumettes* zu fliehen, mich heimlich auf ein Schiff zu bringen, ohne zu viel Geld auszugeben (weil von *Monsieur Joseph* empfohlen). Ich wagte nicht, *Mado* zu fragen, ob das Schiff nach Südamerika oder in den Mittleren Osten ginge. Sie hatte keinen Humor!

Die Nachrichten hörte ich, indem ich das Fenster zur Sanitätsstation öffnete, die sich gegenüber der Zelle von *Mostefa Lacheraf* befand, dem Historiker, der 1956 zusammen mit *Ben Bella* und anderen algerischen Verantwortlichen des FLN in einem marokkanischen Flugzeug verhaftet worden war, das von der französischen Armee zur Landung gezwungen wurde.

Dieser außergewöhnliche Gefangene genoss unter anderem das Privileg eines Radios. Das Ergebnis unseres täglichen Treffens um 13 Uhr war den meteorologischen Unwägbarkeiten unterworfen. Regen und Wind brachten die Laute zum Verstummen. Auch die Schreierinnen der Häftlinge konnten die Stimme des Radiosprechers übertönen – trotz der ungebrochenen Versessenheit meines Freundes am Lautstärkeregler.

Nach der Verlegung von *Mireille* in ein anders Gefängnis, folgte ich ihr in dem Amt einer Verteilerin von Säuglingsflaschen und Kräutertees unter der Aufsicht von *Mado*, der Verantwortlichen für die Krankenstation. Die Direktion erklärte mir verlegen, weil sie eine Medizinerin zur Hilfskraft einer Puffmutter ernannte, dass das Gesundheitswesen sein eigenes Statut habe. Diese Information klärte mich über die außerordentlich besondere Epidemiologie der Marseiller Gefängniswelt auf, wo gemäß bestimmten Informanten große Kaliber und große Geldbeutel besonders häufig die schlimmsten Krankheiten bekamen (und heute noch bekommen?), die mit Gefängnis unvereinbar waren. Von dem Moment an beschloss ich, zu dieser Kohorte zu gehören.

Mein Aufgabenkatalog betraf zwei Bereiche; erstens: die Flaschen der Kinder im Gefängnis vorzubereiten und darauf zu achten, dass sie getrunken wurden – *Lucien*, mein einziger Kunde, zischte die Flasche, die ich noch mit Leckereien aus der Kantine begleiten konnte, morgens wie abends in einem Zug herunter–; zweitens: jeden Abend allen Insassen einen Lindentee reichen. Mein Rundgang vor dem Auslöschen der Lichter brachte mich in jede Zelle, wo ich bald schon den Job einer Sozialfürsorgerin, einer Vertrauten, einer Richterin auch und manchmal gar einer Ärztin übernahm. Ich litt mit der alten Frau, die seit der Rückkehr ihres Gatten aus dem Krieg 1918 alle moralischen und physischen Foltern erlitten hatte, die ein Säufer seinen Angehörigen aufzwingt. Sie fand die richtigen Worte, mit denen sie erklärte, warum sie in Frieden sterben konnte, von dem wilden Tier befreit, das zu erschlagen oder aber zu verlassen sie nicht den Mut gefunden hatte – bis zu dem Tag, an dem der liebe Gott ihr gebieterisch befohlen hatte: „Los jetzt!“

Ich lachte mit dem Künstler, der entgegen der Gefängnisordnung, jedoch mit dem Segen der „Chefs“ die Babywäsche für meinen Kleinen strickte. Ein Maschengewebe, das den Spezialisten von Moden und Arbeiten vor Neid den Atem verschlagen hätte. Wenn man fähig ist, aus drei oder vier Lotterielosen, die man im Papierkorb gefunden hat, eine richtige Nummer zu verfertigen, dann sind Strickarbeiten mit Nadeln schlichte Handarbeit.

Die Bäckerin wollte keinen Kräutertee mehr und auch kein Gespräch. Über ihren zunehmenden Erschöpfungszustand informierte ich die medizinischen Autoritäten auf dem hierarchischen Weg: also zuerst *Mado*, die es am Dienstag der Krankenschwester weitersagte, die es für angelegen hielt, den Arzt *„bei Gelegenheit"* darauf anzusprechen.

Die Blinde verweigerte knurrend den Tee. Ich las ihr Briefe ihres Freundes vor, der seine Strafe in einer Zentrale absaß. Zärtlich entschuldigte er sich alle Augenblicke, dass er keine parfümierten Seifenstücke oder Menthol-Bonbons hatte schicken können… Sie beschimpfte ihn unter meiner Feder, beschuldigte ihn, dass er mit X und mit Y reden würde, die ihn von ihr abbringen wollten, die sie ihn doch immer noch wahnsinnig lieben würde. So viele Worte der Liebe zu lesen und zu schreiben machte es schwer, sich daran zu erinnern, dass dieses Paar eines der gemeinsten Verbrechen der letzten Jahre begangen hatte. Diese Frau in ihrer totalen Isolation dachte an nichts anderes als ihren Mann. Außer wenn sie mir mit zärtlicher Stimme liebevolle und heißblütige Wörter diktierte, habe ich sie immer nur ein mürrisches Ja oder Nein murmeln gehört. In ihrer Nacht war sie immer allein, die anderen Gefangenen wichen ihr aus, als hätten sie Angst, von ihren kriminellen Trieben angesteckt zu werden.

Die Wärterinnen

Abgesehen von der Leiterin und ihrer Stellvertreterin hatten die Wärterinnen ihre Herzchen. Sie mochten die Algerierinnen nicht. Gewöhnlicher Rassismus, genährt von der ständigen Verärgerung über die zeitversetzten Dienstpläne für die „Politischen“, die den lässigen Trott der Aufsichtsfunktion zerschlugen, die nur einen gutgepolsterten Hintern brauchte, um vier Stunden im Stück mit unbeschäftigten Händen auf einem Stuhl durchzuhalten.

Die einzige Magere und Bissige wählte ihre Lieblinge aus dem Chor, der seine Gesänge auf dem Gang probte. Wenn einige die Messe schwänzten, überwachte das „Pfarrermädchen“ sie. Da dieses eine mögliche Nachlässigkeit des Allmächtigen missbilligte, wurden sie schonungslos fertig gemacht, bevor der liebe Gott eingreifen konnte. Alle anderen hassten diese Wärterin. Sie wurde für einen Spitzel gehalten.

Das bärtige „Knuddelchen“ sprach weder mit den Kolleginnen, noch mit den Gefangenen. Sie schmollte, seufzte lautstark, schimpfte über den Schlendrian, wie sie ihn in der Zentrale, von der sie kam, nicht gekannt hatte. *Volkes Stimme* machte sie zu einer Lesbierin, die strafversetzt worden sei, indem man sie vor einigen Monaten in die *Baumettes* schickte.

Baldoche[37], eine Frau aus dem Norden mit stählernem Blick, sehr strammer Haltung, aber gerecht, erstaunte mich, als sie mir ihre Vergangenheit erzählte. Sie war Volksschullehrerin gewesen, wie ihr Ehemann, der nach der Rückkehr aus den Todeslagern beschlossen hatte, Knastwächter zu werden. Diese Versetzung schien mir so aberwitzig, dass die Symptome mich nicht überraschten, die den Mann von *Baldoche* seit einigen Jahren in eine Pariser psychiatrische Beratungsstelle brachten, die ehemaligen Deportierten vorbehalten war. Bestimmte Symptome brachten mich jedoch dazu, ihn zum Dienst der Neurochirurgie zu schicken.

Einige Tage später wurde Herr *Baldoche* auf meine Empfehlung hin vom Chef selbst an einem gutartigen, aber umfangreichen Tumor operiert, der schon lange sein Gehirn vernebelte.

Baldoche wollte ihre Dankbarkeit demonstrieren: Was konnte sie für mich tun? Jede Woche ein Päckchen Kaffee in den Kräutertee-Schrank legen. Da er als gefährlich aufput-

37 Schwiegermutter AdÜ

schend klassifiziert war (von welcher medizinischen Autorität?), konnte man in der Kantine keinen Kaffee bekommen. Auch wenn er mir wirklich fehlte, fürchte ich doch, dass mein Wunsch danach mehr mit Sadismus als mit Bedürfnis zu tun hatte. *Baldoche* zögerte einen Augenblick. Sie zählte die Strafen auf, die darauf standen, aber korrekt wie immer brachte sie pünktlich ihre Schuld derjenigen, die sie von nun an vertraulich *Doktor Annette* nannte.

Prout[38], deren Furze die ganze Etage aufwecken konnten, war die einzige richtige Marseillerin. Sie quetschte ihre Fettpolster in Seide, so dass man ihre blaue Bluse bewundern musste, die immer zwischen den ebenfalls knallenden Knöpfen klaffte. Sie war eine einfache Frau, ein braves Mädchen, das seine Trägheit nicht kaschierte. Sie hinkte. Sie sagte mir, es seien Hühneraugen. In einer Ecke der Sanitätsstation fand ich einige verbotene Instrumente zum Schneiden. Eines Abends nach Verlöschen der Lichter schlug ich *Prout* vor, ihr Erleichterung zu verschaffen. Ich wurde ihre Fee. Ich machte ihr eine Wasserwelle, für eine Wärterin nicht ganz den Normen entsprechend mit Lockenwicklern! Wir plauderten wie beim Frisör. Ihre Geschichten, aus ihrem Viertel und von ihrer Familie, lenkten mich ab und informierten mich zugleich über den ritualisierten Kreis der „kleinen" Spieler. Ich war bei der Dreier-Wette, *Prout* wollte Tipps von mir, als sie mir erklärte, worin sich die Risiken unterschieden zwischen *PMU*- Wetten und lokalen Pferderennen, denen von *Pont-de-Vivaux* und vom Strand. Es gelang mir zu *Prout*s Verzweiflung nicht, mich für die Gäule zu interessieren. Ich teilte jedoch ihre Freude, wenn sie gewonnen hatte. Schlaff auf ihrem Stuhl, unberührt vom umgebenden Durcheinander errichtete sie wachträumend Schlösser in Spanien, die sie fertigstellen würde, wenn ein gelungener Einsatz sie endlich von ihrem Mann und seinen Knackis befreit haben würde. Das war eines unserer Geheimnisse, nicht das schädlichste!

---

38 Furz AdÜ

Es dürfte zwei Uhr morgens gewesen sein, als man mich aus dem Schlaf holte. *Prout* niedergeschlagen, die Löckchen zerzaust hielt sie mir, als wäre es ihr krankes Kind, einen Gegenstand hin, der mir eine Trinkflasche zu sein schien. Ihre überstürzten Erläuterungen klärten mich weder über das brutale Wecken, noch den Gegenstand auf, den sie in den Händen hielt. Es handelte sich um den „Spitzel", ein Aufnahmegerät, das auf einem Band festhielt, wann der Schlüssel für die fünf Zwischentüren des Rundgangs nach dem Schließen des Gitters in das Schloss dieses Gegenstands eingeführt worden war. Und genau darin war der dritte Schlüssel verklemmt. Die mühselige, jedoch systematische Rekonstruktion des Verbrechens lehrte mich, dass *Prout* ebenso wie andere Wärterinnen die Schlüssel beim ersten Rundgang verschwinden ließ und bei der letzten Runde zwischen 5 und 6 Uhr wieder einsetzte. In der Zwischenzeit schlief sie, nicht ohne den kleinen Wecker, den sie seit mehreren Jahren im selben Schrank versteckt hatte, auf die jede Nacht veränderten Uhrzeiten eingestellt zu haben, die auf dem Blatt der Nachtwache für die fünf vorgeschriebenen Runden festgelegt waren. Da sie wussten, wie viel Zeit nötig war, um von einer Tür zur nächsten zu gelangen, konnte die Runde im warmen Bett unter der Decke gemacht werden. Unvorhergesehener Unfall. Gemäß Wärterin-Erinnerungen noch niemals passiert. Ich müsste das wieder hinkriegen, bei all den Studien, die ich gemacht hätte! Wenn der Schlüssel kam, gab mir ein quälendes *Rererererrree* zu verstehen, dass das Band sich aufregte. Ich leitete die Operationen. Die Schwierigkeit war, dass wir uns theoretisch um 1 Uhr 40 zwischen den Türen 3 und 4 befanden. Es war bald 3 Uhr. Zu spät, um dieses Hindernis dem Nachtposten der Männerabteilung mitzuteilen, was wir hätten tun müssen. Wir entschieden uns für das Geständnis. Der Bericht, den wir in *Prout*'s Worten aufsetzten, gab unsere Überraschung zu Protokoll, als der Schlüssel Nummer 3 ein Geräusch im Gerät erzeugte, das aufhörte zu funktionieren. Wir machten uns Gedanken über die Folgen dieses Vorfalls und befürchteten, dass es am Morgen keine Zeugnisse für unsere Runden geben würde. *Prout* verbrachte den Rest der Nacht damit, das Blatt abzuschreiben, das ihrer Meinung nach ihr aus der Patsche half. Von da an kannte ich den Rundgang und wie er unter das Eingangsportal führte… und dann? Weiterzuverfolgen.

Es gab auch noch die Besucher. Die Priester, Dominikaner, zelebrierten ihre Messe auf dem Flur. Der Altar befand sich auf der Höhe meiner Tür, so profitierte ich während meines zwangsweise müßigen Vormittags von der Predigt, die sich immer auf den Algerienkrieg bezog. Ich kannte einen der beiden Zelebranten, weil ich ihn beim Transport eines FLN-Kämpfers getroffen hatte, den seine Kongregation versteckte. Ich wartete ungeduldig auf seinen Besuch nach der Messe. Wir hatten gemeinsame Freunde, einige von ihnen im Gefängnis gegenüber. Die Heilsarmee jedoch empfing nicht bei mir, die gleichfalls jede Woche ihr Glöckchen auf dem Flur erklingen ließ. Den Besuch der wohltätigen Frauen donnerstags hatte ich nicht in meinem Kalender notiert. Deshalb war ich überrascht, als ich ins Büro einer von ihnen gebeten wurde, die mich erwartete. Diese Dame war überhaupt nicht der Typ „verspäteter Pfadfinder“, sondern die Mutter einer Mitarbeiterin aus der Equipe des Laboratoriums, in dem ich arbeitete. Sie sprach nicht über Physiologie, und trotzdem beschloss ich nach ihrem Besuch, die Bitten meines Chefs nicht mehr abzulehnen, ohne dass ich mir den Mechanismus erklären konnte. In seinen mehr oder weniger wöchentlichen Briefen flehte er mich an, über das Thema des Kolloquiums zu arbeiten, das er organisierte. Das kleine Brett an der Wand meiner Zelle war schnell voller Bücher, Zeitschriften und Schemata.

Der Direktor erlaubte, dass die „Damen“ (wie er sie mit Herablassung nannte) der Leitung mir einen kleinen Tisch im Stil eines *Guéridon* überließen, um darauf meine Dokumente zu stapeln. Sie übergaben mir in einer Art achtungsvollem Stolz die Schreibmaschinenblätter, die mein Chef durchgesehen hatte. Die Briefe wurden vor der Übergabe an mich wie jeder andere empfangene oder verschickte Schriftverkehr von der Direktorin geöffnet. An dem Tag, an dem sie mir errötend gestand, als hätte sie einen Fehler begangen, dass sie von Zeit zu Zeit einige Zeilen über myoklonische Enzephalopathie mit Hypsarrhythmie beim Säugling gelesen hätte, sprach sie von ihrer Tochter *Armelle*. Diese hätte sehr gern etwas Medizinisches gemacht, aber sie hatte ihr Abitur nicht bestanden. Ich beschrieb die Aufgaben des technischen Assistenten in klinischer Neurophysiologie.

Die Direktorin teilte mir mit, wie begeistert *Armelle* sei, die mir einige Jahrzehnte später im Auftrag ihrer Mutter mein Tagebuch-Heft überbrachte, das eigentlich hätte zerstört werden müssen.

Das Leben ging weiter. Ich durchlebte meine Schwangerschaft sehnsuchtsvoll und angstlos. Ich war glücklich, als plötzlich aus dem Hinterhalt (um besser zuschlagen zu können) die Qual hervorbrach. Meine Jungen. Die Neuigkeiten, die *Jo* mir mitteilte, schienen immer getränkt von Zweckoptimismus. Ich versuchte, mir die Dinge von meinem Anwalt, meinem lieben *François* (*François Vidal-Naquet*, der jüngere Bruder des kürzlich verstorbenen Historikers *Pierre*) genauer erklären zu lassen.

Er kam täglich zu Besuch, manchmal schnell auf ein „guten Tag", aber oft länger mit genügend Zeit, um über anderes zu reden als die Bosheiten des Eingesperrtseins. Die Eltern von *François* waren den Kindern von den Nazis entrissen worden, ich wusste, dass er fähig war zu begreifen, was meine Kleinen durchlitten. Er gab mir auch Zuversicht.

Wie für alle Gefangenen war auch für mich, obwohl ich keine wirklich unangenehme Erinnerung an diese paar Monate im Schatten behalten werde, die quälende Fragestellung: wie hinauskommen? Mit *François* und *Georges Kiejman* haben wir viel darüber nachgedacht.

Der Plan von *Georges* setzte sich zu Lasten viel abenteuerlicherer Projekte durch.

Ihm gemäß ging es darum, eine provisorische Freilassung zu erreichen, die mir erlauben sollte, anderswo als in der Sanitätsstation des Gefängnisses zu gebären, und die vor allem den Prozess hinauszögerte, wenn nicht bis zum St. Nimmerleinstag, so doch wenigstens bis zum Herbst nach den ersten Vorgesprächen zwischen der Regierung von *De Gaulle* und den algerischen Vertretern (von denen schon die Rede war und die tatsächlich im Juni 1960 in *Melun* stattfanden), und auch nach dem Prozess gegen die „Störer", der während der „Woche der Barrikaden"[39] die Algerienfranzosen im Februar 1960 auf das Straßenpflaster gelockt hatte. Die Gefahr bestand, nach der Verurteilung meiner Pariser Freunde dran zu sein, die wie ich zum Netz *Jeanson* gehörten.

Die Freunde mussten mobilisiert werden, um eine ärztliche Untersuchung mit Experten zu erreichen, die verstehen und unterschreiben würden. Das wurde gemacht.

Dank eines Komplizen unter den medizinischen Experten, die bestimmt worden waren, um meine Klagen zu begutachten, befand ich mich Ende Mai in dem Gefängnisdienst des heruntergekommensten Flügels des heruntergekommensten Krankenhauses der Stadt. Die Geburt war für Mitte Juni vorgesehen; laut dem Bericht könnte sie für mich verhängnisvoll sein. Die beiden Wochen in diesem Zimmer, das finsterer war als die Gefängniszelle, war für mich ein wahres Fegefeuer. Ich spreche nicht von Hölle, weil die Beine meines Babys hämmerten: „*Geduld, reg dich nicht auf, ich komme.*"

Unser Plan gelang. Ein Freund konnte die Probe einer seiner Kranken in sehr schlechtem Zustand gegen meine tauschen. Mit derartigen biologischen Ergebnissen konnte ich es nicht mehr lange machen. *Kiejman* und *Vidal-Naquet* tobten herum wie die Teufel im Weihwasser.

Am 2. Juni tauchte die Gefängnisleiterin in meinem Zimmer auf… und ließ mich vor Überraschung verstummen… sie umarmte mich…

39 24.1.-1.2.1960 Putschversuch französischer Militärs in Algier gegen die Selbstbestimmung Algeriens, aus dem die Untergrundbewegung OAS der Algerienfranzosen entstand. AdÜ

- Ich habe das Papier. Ich bin sofort gekommen… Ich versuche, die Haftentlassung vor 16 Uhr zu erlangen. Annette, machen Sie sich schnell fertig, man wird kommen, um Sie zu holen und ‚nachhause' zu bringen… Sowie ich alles in der Hand habe, schicke ich den Transportwagen, sie warten.

Ich war wie vor den Kopf geschlagen, wusste von nichts. Madame A. war noch da, als *Georges Kiejman* kam, um die frohe Botschaft zu überbringen. Es gab mir einen Stich ins Herz, ihn mit dem Geständnis zu enttäuschen, schon informiert zu sein.

Nach einem spektakulären Nachmittag kam ich gegen 18 Uhr zuhause an.

Man kündigte den Blumenhändler an: die Karte zum großartigen Strauß war von S. unterschrieben, dem Untersuchungsrichter. Unerwartet, aber bedeutungsvoll.

Der Algerienkrieg fand eindeutig keine allgemeine Zustimmung!

Prozess

Der Salon dröhnte. Man kam, man ging, alle redeten gleichzeitig. Einen Moment lang überkam mich die Sehnsucht nach meiner Zelle. Da waren Freunde, meine Anwälte *François Vidal-Naquet* und *Georges Kiejman* und auch die Dame *Beauvillard*. Sie war anwesend als Mitglied des Anwaltskollektivs zur Verteidigung der *FLN*-Mitglieder, auch wenn sie nicht bestallt worden war. Wir wollten meine Leumundszeugen proben und spielen lassen. Am nächsten Tag wollte der Sicherheitsrat des Staates über mich urteilen. Beim Militär keine Geschworenen aus dem Volk: Der Plebs hat nicht darüber zu entscheiden, was für Frankreich gut oder schlecht ist! Das Vaterland ist die Angelegenheit der steinernen Soldaten unserer Monumente in den Dörfern und der schneidigen Offiziere als Vertreter der drei Waffengattungen wie auch der Offiziere, die mich verurteilen würden.

Der Prozess gegen das *Jeanson*-Netz hatte einige Wochen zuvor geendet. Meine Freunde waren zu zehn Jahren Gefängnis verurteilt worden. Wir meinten, dass sie alles in eine Suppe schmeißen würden, obwohl auf höchster Ebene die Entscheidung gefällt worden war, das Gericht nicht in eine politische Tribüne zu verwandeln. Fern von Paris mit dem *Flore*, dem *Deux Magots* und der *Coupole* würden wir nur zu zweit auf der Anklagebank gegenüber drei Militärs sein. Die Rolle meiner Anwälte war weder, auf der Straße zu mobilisieren, um dem *FLN* zu nützen, noch das Herz der Soldaten-Richter zu erweichen, indem sie meine Kinder zur Sprache brachten, sondern ihnen aufzuzeigen, dass meine Vergangenheit im Widerstand und anschliessend mein Berufsleben Zeugnis ablegten von der gelungenen Integration in unsere Gesellschaft von der Vertreterin einer Generation, die nicht ertrug, dass ihr Land sich in einem ausweglosen Kampf entehrt, in dem zu oft Massaker und Folter an die Stelle von militärischer Strategie traten.

Es ging darum zu zeigen, dass mein Engagement auf Seiten der Algerier, denen ihre Identität geraubt wurde, auf derselben Stufe stand wie das, mit dem ich zur Widerstandskämpferin geworden war. Die Vorstellung, mit Typen konfrontiert zu werden, die mittels der Uniform *de fact*o zu Zensoren gemacht wurden, setzte mir zu. Zum Glück war mein schmerzender Mund derart präsent, dass er meinen mentalen Raum vollständig belegte. Ich vermutete, dass in einer Kaserne der Fremdenlegion jede Frau der Geilheit verdächtigt wird, insbesondere wenn „*sie von ihren schwarzen Augen verführt wurde*", wie ein Journalist – vermutlich mit blauen Augen – geschrieben hatte. Ich stellte mir vor, dass sich diese betressten Richter von der Vorstellung erregen lassen könnten, das Leben einer Bourgeoisen zu zerstören, die schlechten Umgang hat. Sie könnten es lustig finden, sich zu rühmen, ihre *Mata Hari* aus der Provinz verurteilt zu haben. Ich lag völlig falsch. Sie waren überhaupt nicht arrogant, und falls in diesen Stunden, als ich ihnen gegenüber stand, ihre Mimik ein Gefühl ausdrückte, ist es Langeweile gewesen. Die Leumundszeugen sollten sich an sie wenden, indem sie sie gedanklich ihrer Uniform entkleideten.

Die Generalprobe vor der Premiere begann mit den renommiertesten meiner Zeugen: Professor *Fessard*, ein herausragender Name in der Neurophysiologie, Professor am *Collège de France* und Mitglied des *Institut*. Er war schüchtern, in Kleidung, Stimme und Gesten diskret. Die Anwälte versuchten zu erreichen, dass er die zu feierliche Reserviertheit fallen ließ. Er sollte sagen, was er von der Forscherin *Annette Roger* hielt, und die Bittschriften an den Präsidenten der Republik vorlesen, die Milde verlangten, damit ich meinen Platz inmitten der Forschungsgemeinde wiedereinnehmen könnte. Ich war verblüfft, betroffen und auch geschmeichelt, das Zeugnis von zahlreichen Koryphäen erhalten zu haben, unter ihnen ein Nobelpreisträger, dem ich niemals begegnet war.

Ich war besonders glücklich, zwischen den Unterschriften auch die von *Moruzzi* zu finden, ein kostbarer Mann, dessen menschliche Qualitäten ich bei einem Aufenthalt in seinem Institut schätzen gelernt hatte, der über alle Kontinente strahlte, obwohl er sich in seinem *Pisaner* Garten fern vom Tumult der strapaziösen „un"-wissenschaftlichen Kontroversen vergraben hatte. Professor *Fessard* breitete sich über die Arbeit aus, die ich in *Pisa* und in seinem eigenen Laboratorium vollbracht hatte, bevor er die Botschaft las, die von der Gesamtheit der Forscher am Institut von *Pisa* und denen am *Institut Marey* an den Gerichtspräsidenten gerichtet war. Er spürte es, entschuldigte sich dafür, nicht auf der Höhe der Aufgabe zu sein. Ich bat um Vergebung für ihn. Er lächelte mir zu, bevor er in seine Träumereien eines Gelehrten zurückkehrte.

Man kam zu *Simone* und *Daniel*. Sie hatten ihren Beitrag vorbereitet und holten ihre Zettel hervor. *Daniel* erzählte unser gemeinsames Abenteuer, wie ich sie vor der Deportation, gerettet und meinen Eltern anvertraut hatte, während ihr Vater in *Auschwitz* starb. Er sollte damit schließen, das Schlusswort aus der Zeugenaussage von *Pierre-Henri Teitgen* im Prozess gegen das *Jeanson*-Netz vorzulesen, das die Worte aus seinem

Schreiben wiederholt, mit dem er seinen Rücktritt als Hauptkommissar von Algier erklärt.

„Sie können nicht, Herr Minister, von mir verlangen, dass ich mich nicht daran erinnere, warum so viele nicht zurückgekehrt sind, an das, wovon die Überlebenden, zu denen mein Vater gehört (ein Gefährte von De Gaulle und ehemaliger Minister) und ich selbst weiterhin Zeugnis ablegen müssen.“

Dann kam *Simone*, die phantastisch war. Vehement erklärte sie, dass sie als Jüdin verstand, warum ich mich mit diesen verfolgten Algeriern, Demütigungen unterworfener Ausgestoßener verbunden hatte. Das war normal, so war ich! Und sie erzählte ein banales Ereignis, das sie jedoch geprägt hatte. Wir waren einem Mann begegnet, der außer Atem zu sein schien. Er legte sich tatsächlich auf eine Bank, von der er hinunter rutschte. Die Passanten passierten. Ich kehrte um und trotz der Mahnungen meiner Freunde, die protestierten, der Typ sei betrunken, ging ich zurück zu ihm und brachte ihn mit einem Taxi ins Krankenhaus. Diese Geste war für *Simone* der Beweis, dass meine Hilfe für die Algerier aus Großzügigkeit geschah, einer zu seltenen Eigenschaft, als dass man mich der Freiheit berauben sollte, weiterhin den Schwachen zu helfen. Übrigens sei die Großzügigkeit genetisch bei mir, meine Eltern seien auch schon so gewesen. Die Anwälte waren mit ihrer Leistung zufrieden. Da das Wort ihr Beruf war, realisierten sie wohl nicht, dass es nicht die Eloquenz des Gerichtssaals ist, wenn man sein Herz sprechen lässt. Ich bezweifelte, dass die schüchterne *Simone* am nächsten Tag dieselben Äußerungen machen würde. Vielleicht hatte sie andere, aber ebenso gewöhnliche Geschichten mit derselben Nachsicht brüderlicher Liebe zu erzählen.

Dann kam der Auftritt von *Claudine Petit*, einer Hochschullehrerin von Rang, die das Gericht, das mich wegen Gefährdung der Sicherheit des Staates verurteilen wollte, daran erinnern sollte, dass ich zwei Jahre lang fern von meiner Familie und meinem Studium aktive Widerstandskämpferin gewesen war.

Ich war ihr dankbar, weil sie sich über die Anordnungen der kommunistischen Partei hinwegsetzen musste, deren Mitglied sie zu der Zeit noch war. Ich war „ihr Briefträger" gewesen. Sicher und effektiv, präzisierte sie.

Ich wagte nicht, ihr zu gestehen, dass ich sie 1943 noch für eine Volksschullehrerin gehalten hatte, deren Klasse im Gleichschritt marschierte. Während ihres Auftritts durchlebte ich freudlos erneut die Szene, in der sie mich damals zwang, ein Blatt aus ihrem Notizbuch zu zerkauen. Sie hatte den Zettel sehen wollen, auf dem ich meine Treffen aufschrieb.

Ich hatte keinen, mein Gedächtnis einer Zwanzigjährigen machte mir das möglich. Die Partei hatte es aber beschlossen, und ich musste schlucken… Kleine, winzige Natter im Vergleich zu den Pythons, die noch kommen sollten.

Mein Chef *Gastaut* hatte seinen Beitrag schon diskutiert. Sehr spät kam er zurück. Er hatte über seine langweilige Rede nochmal nachgedacht und wollte sie anreichern, verfeinern. Ich weiß nicht mehr, was er erzählte, auf jeden Fall war es aufrüttelnd. Der Anwalt *Beauvillard* war beeindruckt und rief aus: „ *Sie wären hervorragend für eine Falschaussage geeignet*!"

Mein Kiefer erstarrte zunehmend. Eine heftige Zahnentzündung! Ein ständiges Klopfen, ich war nur noch eine verquollene Fresse, die schmerzvoll eine glibberige Hirnmasse zusammendrückte. Es musste gezogen werden. Unter Hausarrest und von Bullen bewacht musste ich mich in einem geliehenen Mantel zu einem Zahnchirurgen der Marseiller „Gesellschaft" begeben, der operierte. Es war ein Weisheitszahn, eine Festung. Er hatte große Mühe, zumal er ohne Assistenz war, Verschwiegenheit verpflichtet.

Der Prozess begann ein paar Stunden später im *Fort St-Nicolas* von Marseille, man wollte dort „*die rote Doktorin und ihren Komplizen, einen Verantwortlichen vom FLN*" wegen Gefährdung der Sicherheit des Staates verurteilen. So lautete die Schlagzeile der lokalen Blätter. Diese Umkehrung in Bezug auf die Komplizenschaft spricht Bände über den Informationsgehalt einer gewissen Presse.

Schwankend, einen nach Nelken riechenden Speichel ausspuckend, dessen natürliche Tendenz war, sofern ich nicht beständig tupfte, wie ein dicker Saft aus der Wassermelone zu tropfen, in die sich meine Backe verwandelt hatte, so bereitete ich mich darauf vor, meinen uniformierten Verfechtern der Gerechtigkeit entgegen zu treten.

Da das Gefängnis nicht die Zukunft sein konnte, würde es also das Exil sein. Ich sagte es nicht, aber an die *Baumettes* hätte ich mich gewöhnen können. Das Risiko war, dass ich nach der Verurteilung in eine Zentrale, *Rennes* oder *Pau*, verlegt würde. Die *Baumettes* waren für Untersuchungshäftlinge reserviert. Die leitenden Wärterinnen informierten mich unter der Hand, dass eine Bitte um eine Ausnahmeregelung mit einem Kind Erfolgschancen hätte. Sie gaben mir eine Liste der Ausnahmen, die bis dahin genehmigt worden waren. Sie hofften, dass das unserem Vorhaben helfen könnte, sofern wir es in Angriff nähmen. Ich hatte mir so sehr mein Leben mit meinem geliebten kleinen Mädchen in den *Baumettes* vorgestellt, dass ich auf das Scheitern unseres Planes hoffte. Nach Tunesien oder Marokko gelangen, bedeutete weitermachen… was weitermachen? Es stimmte, dass ich mit *Jo* abgesprochen hatte, zwei bis drei Monate später würden die Kinder bei mir sein.

Der Plan des Grenzübertritts war mit Pariser Kollegen ausgearbeitet worden. Es ist ein wahres Glück, wenn man eine Kurve verfehlt hat, auf Helfer zu treffen, die sich eifrig um einen bemühen, und ganz besonders dann, wenn es nicht die erwarteten sind. Ich fand ihren Plan raffiniert, fürchtete jedoch, nicht auf der Höhe der sportlichen Hochleistung zu sein, die von einer Skifahrerin verlangt wurde, die mit dem Stemm-Schwung Mühe hatte. Ich hatte aber Lust, es zu versuchen, schon allein um tiefgefroren, fluchend aber stoisch meinen Freund *Terzian* in einer Ski-Kleidung zu treffen, die für diesen in einem Palast des Negus aufgewachsenen byzantinisch-armenischen Äthiopier karnevalsmäßig wäre. Er hatte seine Frau (mich) zu seinem Lieblings-Ski-Ort *Courmayeur* begleiten sollen. Ein Stinkstiefel, seine Frau, die sie dazu gezwungen hätte, das Hotel zu wechseln, denn das reservierte wäre nicht angemessen für sie gewesen. Mein Pass war schon in *Chamonix*. Die Anwälte hatten kalkuliert, dass der Prozess zwei bis drei Tage dauern würde. Falls nötig würden sie ihn mit Hilfe der Zeugen in die Länge ziehen können, bevor sie ihre Geschütze hervorholten.

Die Forts von *Saint-Jean* und *Saint-Nicolas* wachen majestätisch über die Einfahrt zum Alten Hafen von Marseille.

Bis August 1944 hatte die von den Nazis gesprengte Schwebefähre ihre Schatten auf die weißen Mauern geworfen. An jenem Morgen, als ich in die Festung von *Saint-Nicolas* trat, hielten zwei Legionäre Wache in ihrem Häuschen. Im Hof, vor dem Transporter, der *Georges-Daksi* aus den *Baumettes* gebracht hatte, diskutierten Soldaten, die uns höflich begrüßten. Als man mich auf die Bank vor der mit *Daksi* setzte, drehte ich mich um, ihn zu begrüßen. Er stand auf und küsste meine Hand. Unerwartet und gleichermaßen aufmunternd. Vielleicht ist es diese Geste, die den Journalisten vom *Provençal* dazu brachte zu schreiben: *„Er mit seinem Aussehen eines Hidalgo, sie elegant in ihrem bronzefarbenen Kostüm.*"

Zweifellos kann ein Elektriker aus *Constantine* [40]adlig sein, aber die Eleganz eines Kostüms, sehenswert! Ich hatte *Nadia*, einer Gefährtin aus dem Gefängnis, versprochen, es jedes Mal zu tragen, wenn ich mit einem Richter zu tun hätte. Ich hatte es ihr für ihren ersten Prozess geliehen, der annulliert wurde. Alle Säume waren mit Glücksbringern beschwert, in die Tasche war (sehr fein, um durch die Kontrolle zu kommen) ein Zwickel genäht worden, der mit Plazentapulver gefüllt war. Absolute Wirkungskraft! Im Bereich der Zauberkunst würde es sich um *„ein Waschmittel, das weißer als weiß wäscht*" handeln.

Sie waren in keiner Weise beeindruckend, die Richter, überhaupt nicht wie im Kino. Die Aufteilung des Verhandlungsraumes, der ganz offensichtlich anderen Zwecken diente, versetzte mich ganz in ihre Nähe. Ich konnte in ihrem Gesicht lesen und sogar ihren Blick einfangen. Es war voll in diesem

40 Stadt im Nordosten Algeriens. AdÜ

kleinen Raum. Ich konnte auf das Lächeln von den Freunden, von allen aus dem Labor und sogar von zwei amerikanischen Kollegen, die am Abend zuvor angekommen waren und man zum Spektakel mitgezogen hatte, antworten.

Ich war die Komplizin. Man begann mit *Daksi*. Das dauerte. Ich hatte zugegeben, mit dem *FLN* zusammengearbeitet zu haben. Deshalb wurde ich angeklagt, die Sicherheit des Staates zu gefährden, und musste mit einer Strafe rechnen, die jeder gute Franzose niemals als streng genug beurteilen würde…

Sie lasen ein langes Dokument vor, das alle Motive der Strafverfolgung vermerkte. Die Unvorsichtigen hatten nicht mit dem Talent und der Seriosität meiner Freunde *François Vidal-Naquet* und *Georges Kiejman* gerechnet. Zu ihrer Entlastung sei gesagt, dass sie noch junge, in der Öffentlichkeit unbekannte Anwälte waren.

Der Schnitzer!

Sie, die Offiziere, die hier zu urteilen hatten über Hochverrat der Nation gegenüber, lassen sich herab, mich zu beschuldigen, mit falschen Papieren unterwegs zu sein – ein winziger Fehler, weil es sich um den Pass einer Kollegin handelte, der von unserem Experten *Kaminski* ein wenig bearbeitet worden war. „*Aber das, meine Herren Offiziere, ist Sache des Zivilgerichts. Unsere Mandantin hat ein Vergehen begangen, gewiss, aber das darf Ihnen eigentlich nicht bekannt sein.*" Und dann dieser Artikel und noch jener und noch… *Vidal-Naquet* verwies sie immer wieder auf ihren *Dalloz*[41]. Man wird nicht Jurist, nur weil der Kriegsminister es dekretiert hat! Nein, nein und nein, sie durften sich nicht darüber hinwegsetzen, so tun, als ob sie sich die Verwaltungsdokumente nicht widerrechtlich angeeignet hätten. Wir verlangten die Annullation des Verfahrens, um ihnen (unausgesprochen) die Zeit zu lassen, ihre Schrift in aller Ruhe noch einmal zu überarbeiten und eine bessere Bibliografie zu erstellen. Sie waren entsetzt,

41 Gesetzessammlung. AdÜ

wie wir alle, über die Möglichkeit einer Annullation wegen formaler Fehler, die sie nicht erwogen hatten. Es gab eine Sitzungspause. Sie dauerte eine gute Stunde, so lange wie nötig um fachkompetente Juristen zu konsultieren und den höheren militärischen Autoritäten zu berichten. Die Sitzung ging weiter. Nach mannigfachen jämmerlichen Abschweifungen verkündete der Präsident, dass er sich der Meinung der Verteidigung anschloss und der Prozess für mehrere Tage ausgesetzt würde.

Daksi kehrte zurück in die Baumettes und ich nachhaus.

Ausbruch

Ich bekam dadurch ein paar Tage Atempause, Zeit genug für die Ausarbeitung eines neuen Fluchtplans, zumal das schlechte Wetter wenig Sicherheit im Gebirge versprach und den Plan, eine Passage über *Courmayeur* zu finden, sehr vom Zufall abhängig machte. Der *FLN* wurde kontaktiert und ließ mich durch einen algerischen Anwalt wissen, dass er für meine Weiterleitung nach Tunesien oder Marokko sorgen würde. Der Bote fügte in vertraulichem Ton hinzu: „*Man wird Ihnen eine goldene Brücke bauen.*" Eine Beleidigung! Was für ein Idiot! Ich gab zur Antwort, dass ich allein zurechtkäme.

Erneute Mobilmachung. Meine gute Freundin *Mireille* übernahm es mit S., einem Kollegen aus Österreich, mich aus der Stadt Marseille zu bringen und bis nach Lyon zu fahren. Ich installierte mich in ihrem winzigen Auto wie die Partnerin des Zauberers, die er in der Mitte durchschneiden wird. Ich faltete mich auf dem Parkplatz des Flughafens von *Marignane* wieder auseinander… *Jo* stieg im selben Augenblick in ein Flugzeug nach Korsika, um dort an irgendeiner unwichtigen medizinischen Expertise mitzuwirken. Der Wagen des Freundes stand auf einem anderen Parkplatz, selbstverständlich war er Werkstattgepflegt und garantierte damit unsere Sicherheit. Leicht geschminkt und unter einer Perücke nach dem Geschmack einer meiner Freundinnen, der Gattin von *Gaston Deferre's* Nachfolger auf dem Bürgermeisterposten von Marseille, so verkleidet stieg ich in das Auto, das in Österreich zugelassen war. Ich ließ mich beim Bahnhof *Perrache* in Lyon in einer kleinen Seitenstraße absetzen, deren Namen ich mir gemerkt hatte. Schneller Wechsel in den Wagen von *Suzanne Dumont*, einer renommierten Physiologin, die zwar in Paris arbeitete, aber aus Genf stammte. Wir fuhren zügig bis zu einem Weiler auf der Nebenstraße *Annemasse-Thonon*, wo ihre Mutter uns mit ihrer Schwester erwartete, die mir Mantel, Turban und Brille lieh und sich dann neben S. setzte, um zurück nach Genf zu fahren. Nach einigen Empfehlungen fuhr *Madame Dumont* mich zu sich nachhause, ohne jemals ihre lächelnde Gelassenheit abzulegen. Die kleinen Grenzposten wurden nur von Streifen kontrolliert. Sobald man uns signalisierte, dass die Passage frei war, fuhren wir los. Die Zöllner kannten *Madame Dumont*, weil sie sie oft sahen. Sie hatten sie eine Stunde zuvor begrüßt, als sie mit ihrer Tochter zum Einkaufen gefahren war. Da es schon fast dunkel geworden war, machten sie uns beiden Frauen nur einen kleines freundschaftliches Handzeichen.

Ich begab mich nach Bern, um in der tunesischen Botschaft *Boudaoud* zu treffen, den Verantwortlichen für die französische Föderation des *FLN*. Ich sollte den Zug über Mailand nach Rom nehmen und von dort das Flugzeug nach Tunis. Es würde reichen, am römischen Schalter von *Tunis-Air* nach Herrn X. zu fragen, der sich meiner annehmen und nach *Fiumicino* bringen würde. Ich meldete mich in dem Hotel in Bahnhofsnähe, wo ich angeblich erwartet wurde. Der Pförtner fand keinerlei Spur meiner Reservierung… Er hatte ein Zimmer, dessen Preis mich völlig blank machte. In der Zwischenzeit musste ich meine Papiere im Hotel abgegeben, damit sie von der Polizei geprüft werden konnten. Sie waren präsentabel, denn sie kamen aus der Werkstatt *Kaminski*. Aber dass ich sie am Hotelempfang zeigen musste, wurde vom Mann mit den „*goldenen Schlüsseln*“ zwar höflich, doch hartnäckig bestritten. Diese Widrigkeit gefolgt von einer verlängerten Prüfung meines Passes an der Grenze machte mich nervös. Ich ging beunruhigt zum Schalter von *Tunis-Air*. Alles war in Ordnung.

Ich hatte noch keinen Fuß auf seinen Boden gesetzt, da mochte ich schon Tunesien. Ich war gerade über das Gute Kap und die weißen Dörfer im Osten von Tunis geflogen. Auf der Lagune waren Flamingos, die dichten Obsthaine in der Umgebung des Flughafens glitzerten unter einer leichten Brise, das war großartig und einladend. Ich wollte nicht in Tunis erwartet werden, sondern hoffte, bis zum Prozessbeginn drei Tage später inkognito zu bleiben. Die Journalisten waren sehr zahlreich in der Stadt. In Erwartung einer eventuellen Pressekonferenz des *FLN* traten sie auf der Stelle. Ich nahm das klassische rot-weiße Taxi in den Farben der tunesischen Flagge, einen wagemutigen Käfer, um zu meinen Freunden *Ouachi* zu gelangen, von denen der Vater Schulleiter der kommunalen Schule in der Medina war. Wir waren gut losgekommen, als der Käfer an der *Porte de France* stoppte. Der Chauffeur riet mir, durch die Hauptstraße der Medina weiterzugehen. Was für ein Souk! Das war noch meine pejorative Bezeichnung, die eine unbeschreibliche Unordnung ankündete. Von wegen! Was könnte ordentlicher sein als der Stand eines Händlers von *Fouta*-Tüchern oder von Parfum. Ein Stimmengewirr, über dem die nervösen Hammerschläge der Kupferhandwerker ertönten. Ein kleiner Junge wollte meinen Koffer tragen, was ich ihm in Anbetracht seines Alters und der Schwere des Gegenstandes verwehrte. Er bestand darauf, bis einer der Händler dazwischentrat und ihn tadelnd vertrieb. Ich begriff und versuchte vergeblich, den Jungen zurückzurufen. Zum Glück traf ich ihn am nächsten Tag wieder und konnte meinen Schnitzer reparieren. Lange Zeit blieb er mein ständiger Page, den ich verwöhnte. Der Händler selbst, der mein Gepäck trug, brachte mich bis zur Schule. Er wollte mich zu Herrn *Ouachi* persönlich bringen, der ihm verriet, dass ich eine der Französinnen war, die dem *FLN* geholfen hatten. Vom nächsten Tag an und für lange Zeit war es schwierig für mich, in der unteren Medina herumzugehen, ohne in eines der Geschäfte zum gastfreundlichen Tee gezogen zu werden.

Ich begab mich am Tag nach meinem in Abwesenheit

geführten Prozess in die *Rue des Entrepreneurs* zum Sitz des *FLN*. Ich wurde von *Redha Malek* empfangen, der in den achtziger Jahren Algeriens Botschafter in Frankreich wurde. Ich war überrascht und fand es lustig, dass er einen Fotografen kommen ließ, um unsere Begegnung zu verewigen. Ich versuchte weiterhin, inkognito herumzukommen. Im Hof bildeten sich Gruppen von Journalisten, die seit einigen Tagen mit Reaktionen des *FLN* auf die Eröffnungen der französischen Regierung rechneten. *De Gaulle* hatte in seiner Rede vom 4. November 1960 gerade bekräftigt, „*Algerien wird seine Regierung, seine Institutionen und seine Gesetze erhalten*". Obwohl der Fotograf sich verpflichtet hatte, meine Anwesenheit an diesem Ort zu verschweigen, blendete mich ein Blitz an der ersten Straßenecke. *France-Soir* verkündete am nächsten Tag Frankreich, das damit nichts zu schaffen hatte: „*Annette Roger ist in Tunis.*"

Die Behörden informierten mich, dass der Regierungsvertreter Tunesiens, Herr *Mongi*, mich zu empfangen wünschte, bevor ich Präsident *Bourguiba* und seine Gattin, Frau *Wassila Ben Ammar*, träfe. Ich befürchtete eine protokollarische Schinderei, es war ohne Pomp und angenehm. Damals war *Wassila* das Ideal für alle Liebhaber maghrebinischer Schönheit. Die Werte haben sich schnell geändert. In ihrer Brokat-*Djellaba* bewegte sie sich majestätisch und parfümiert dahingleitend. Die Kuchenteile waren vorzüglich und die Unterhaltung überhaupt kein süßliches, klebriges *Lokum*. Der Präsident trat kurz in Erscheinung, beglückwünschte mich und dankte mir. Er hatte sich gemerkt, dass ich Forscherin der Neurophysiologie war, das interessierte ihn. Ich musste mich auch zu dem Präsidenten *Ferhat Abbas* begeben, dem Chef der provisorischen Regierung der algerischen Republik. Die junge Frau, die mir die Tür zum Präsidenten-Garten öffnete, *Malika*, war eine ehemalige Kämpferin aus dem Gebirge. Wir machten uns einander ein wenig bekannt, bevor sie mich in einen großartigen Saal brachte, dessen Wände mit blauen und gelben Mosaiken tapeziert waren, die das Licht reflektierten, das von den *Maschrabiyya*-Gittern ausgeschmückt wurde.

Der mit Kanapees und blauen Puffs möblierte Raum war tief. *Malika* hatte mich hinten in den weiten Raum gebracht. Bei der Ankunft des Präsidenten ging ich ihm entgegen. Mit einer ebenso zeremoniellen wie familiären Bewegung bremste er mich und sagte mir heiter anstelle einer Begrüßung:

- Ich dachte, eine alte Revolutionärin zu empfangen, ich habe vor mir eine schöne und junge Frau…

- Warum sollte die eine die andere ausschließen, Herr Präsident.

Das Wortgeplänkel ging weiter.

Frau *Abbas* hatte eine *Brioche* mitgebracht, ihre Kuchenspezialität. Köstlich. Sie kümmerte sich um das Kochen, ihr Mann musste eine Diät einhalten. *Malika* konnte nicht kochen, es sei dermaßen schwierig, heutzutage sich gut bewirten zu lassen. Ich sei gewiss derselben Meinung. Man schwieg.

Malika, die ihre Schürze umgebunden hatte, brachte das Tablett. Man wollte wissen, ob ich *Albert Camus* kannte. Nein, ich hatte niemals das Glück gehabt, diesem gewaltigen Schriftsteller zu begegnen. Das versetzte meinem Prestige einen Schlag. Dann gesellte der Dichter *Jean Amrouche* sich zu uns, ein netter Mann, der die *Brioche* von Frau Präsidentin gut kannte. Die maghrebinische Literatur war dann noch im Gespräch; ich kannte nur *Memmi*. Der Präsident schätzte ihn, darüber war ich froh.

Die Presse

Das Papier, es erduldet alles!

Der Aphorismus stammt von *Marthe Brunet-Beaumanoir*, meiner Mutter. *Marthe* hatte Vertrauen in das Schrifttum. Sie ist wie eine verbrennende Kerze erloschen, als sie die Lektüre aufgeben musste. Fast schon erblindet blieb sie Abonnentin der *L'Histoire* und auch der *Monde*, der einzigen Tageszeitung, die sie noch bereit war, in die Hand zu nehmen, nachdem sie im November 1959 die Entdeckung machte, dass das Papier *„alles erduldet!"* Als ich vor einigen Monaten ihr *„Book"* über die Affäre *Daksi-Annette Roger* fand, verstand ich ihre Entrüstung besser. Was die Journalisten schrieben – ausgenommen die der *Monde* von *Hubert Beuve-Méry* – gab der kleinen *Marthe* recht, wenn sie das In-der-Scheiße-Wühlen anprangerte. Die Leser des *France-Soir* wollten Sensationelles, die des *Carrefour* Skandalöses, sie wurden nicht enttäuscht.

Wie informiert sich der Journalist, Historiker des Augenblicks, wenn die Protagonisten der Geschichte, von der er berichten will, daran gehindert werden, ihm Auskunft zu erteilen. Ich vermute, er geht angeln und setzt bei jedem Fisch den Anschlag. Der Gewissenhafte prüft den Fang und wirft die zierliche Brut zurück, viele nehmen alles. Außerdem gibt es noch die erfinderischen Romanautoren.

Eine Frau verkaufte sich gut vor sechzig Jahren. Ich habe die Titelseite des *France-Soir* vom Donnerstag, dem 12. November 1959 vor mir liegen. Sieben Tage nach unserer Verhaftung:

Jean-Loup Dariel informiert seine Leser über den „*Skandal, der zehn Tage nach der Affäre Court de Payen* (ein Mann, der Frau und Mätresse gerade umgebracht hatte*) über eine andere Familie der Marseiller Gesellschaft hereingebrochen ist*".

Verführerisch! Er beschreibt die hinreißende (danke) junge Frau, die er niemals gesehen hat. Um Interesse zu wecken ist es anscheinend empfehlenswerter, schön und reich zu sein als hässlich und arm, vorwärts also! Sie ist eine eminente Forscherin – selbstverständlich –, ein wenig biestig trotz allem, eine kommunistische Intellektuelle, stellen Sie sich vor, eine Wirtin vom Alten Hafen konnte bestätigen, dass sie Marx las beim Genießen der besten Lamm-Pansen von Marseille. Eine Woche lang würden also *France-Soir* und andere aus *Annette Roger* die Hauptperson von dem machen, was sie die Affäre von *Daksi* und seiner Muse nannten. Niemand würde ihre Quellen überprüfen, alle das Nicht-Kontrollierbare bestätigen, alle machten sich die Gerüchte zu eigen, die meine Anwälte beschlossen hatten, auf den Markt zu bringen, weil sie versuchen wollten, Konkurrenzangebote zur Ware der DST zu machen, die auch von Schreiberlingen aufgesammelt wurde.

Nur die *Monde* verwendete den Konditional. Am 13. November vermutete sie, dass die „Komplizin" und nicht mehr die „Muse" von *Daksi* algerische und chinesische Kommunisten während ihres geheimen Marseille-Besuches beherbergt hat. Nein. Unser Haus war von Zeit zu Zeit in den Jahren 1955-1956 Treffpunkt von Freunden unterwegs auf den südlichen Landstraßen, die meisten von ihnen waren Mitglieder des PC oder waren es gewesen. *Pablo Neruda* war sehr wohl bei uns, aber auch unsere Vettern aus Amerika, eher rechte *McCarthy*-Anhänger. Die Dienste der Spionageabwehr DST hatten erreicht, dass die schlichte und trotzdem fehlerhafte Information je nach Zeitung geschrieben oder romanhaft ausgeschmückt wurde. Wenn die DST sich tatsächlich seit langem schon für die Agentin des internationalen Kommunismus *Annette Roger* interessiert hätte, wäre ein Spitzel in der Hierarchie des *FLN* nicht nötig gewesen, um *Daksi* zu verhaften. Ihr Spitzel wäre nicht des Verrats verdächtigt worden und hätte somit seinen Job der DST weitermachen können.

Die wirkliche Wahrheit

Mehr als 18 Monate nach unserer Verhaftung, es war mein Tag des Bereitschaftsdienstes am Sitz des *FLN* in Tunis, *Rue des Entrepreneurs*. Ich aktualisierte medizinische Akten und Berichte. Man kündigte mir den Besuch von *Abdel Younsi* an. Der Name sagte mir nichts. Ich dachte an einen Kranken. Als die Tür ihn umrahmte, prallten Feuerkugeln in meiner Brust gegeneinander!

Es gelang mir, die Explosion zu beherrschen, während ein kalter und wilder Zorn mich überfiel: Er wagt es! Sein Lächeln wollte wie immer verführerisch sein; ich sah in ihm die vergiftete Verkrampfung der Heuchelei. Ich verabschiedete ihn, indem ich eine dringliche Arbeit vorgab. Verstand er, dass „*ich den Hass hatte*", wie unsere Jugendlichen heute sagen?

Ich kannte den Grund für seine Anwesenheit in Tunis nicht und fürchtete den Schaden, den er dort anrichten könnte, denn im selben Augenblick wusste ich, dass meine „krankhaften Hirngespinste“ über die Persönlichkeit und die Rolle von *Younsi =Paul-Mourad* vernünftig waren, wenn auch nur intuitiv. Ich vertraute mich zwei *„Boussouf Boys*“ (Agenten des Spionage-Abwehrdienstes) an, wie man eine Flaschenpost ins Meer wirft, die bestimmt ein Flop war und auf der Stelle im Verwaltungssumpf untergehen würde.

Ich erfuhr einige Wochen nach dem Auftauchen meines „*Würgeengels*“[42] von seiner Verhaftung durch den *FLN*. Er gestand. Von der DST umgedreht war er ihr Agent geworden.

Ich entwickelte mein Drehbuch, vielleicht keine Fiktion. Die Verhaftung von *Daksi* und obendrein die von *Annette Roger* hatte nicht verschoben werden können, *Daksi* sollte Marseille endgültig verlassen. *Paul-Mourad* kannte nur mein Pseudonym *Odile*. Er hatte die Autonummer des Wagens, in dem wir verhaftet wurden, erst am Vorabend unserer Verhaftung notieren können. Er kannte die Strecken nicht, die ich fuhr, um nach Paris oder anderswo zu gelangen, wenn *Daksi* an meiner Seite war. Er dürfte seine Vorgesetzten über unser reges Hin- und Herfahren nach Paris in der Woche unserer Verhaftung informiert haben. Sie hatten vermutlich auf beiden Ufern der Rhône auf uns gewartet, die ich nur ein einziges Mal entlanggefahren bin, als der Schurke das Mittel gefunden hatte, uns in ihre Netze zu stürzen.

Sie bekamen das Geld nicht. Ihr Spitzel wusste nicht, dass der Kofferträger *Jo Roger* im Zug saß, während sie auf Grund seiner Angaben mein Auto im Hof der Gendarmerie von *Pont-Saint-Esprit* in seine Einzelteile zerlegten.

Trotz dieser Enttäuschung konnte die DST frohlocken. Sie hatte einen wichtigen Verantwortlichen des *FLN* eliminiert und leitete darüber hinaus von da an das weite südfranzösiche Wilaya-Gebiet, weil ihr Agent, der intelligente, mutige, effektive und von der *FLN*-Leitung geschätzte Aktivist *Abdel Younsi*

42 Filmtitel von Luis Buñuel. AdÜ

die Nachfolge von *Daksi* angetreten hatte.

Ich bin immer gegen die Todesstrafe gewesen, wahrscheinlich hat mich das daran gehindert, sie zu fordern, als ich von seinem Geständnis erfuhr. Es reichte mir, stillschweigend zu genießen, dass ich vom Gewicht der Fragen über die Motive und Umstände unserer Verhaftung befreit war, die mich bis zu dieser Bestätigung gequält hatten, dass mein Urteil über den Verräter stichhaltig war.

Tunis. Algerien im Exil

Vielversprechende Anfänge

Die ersten tunesischen Tage nahmen Ausmaße einer Prozession wie in *Sevilla* an, deren vergötterte und gleichermaßen zerknautschte Statue ich war. Durchgeschüttelt und ausgemergelt fand ich schließlich den Antrieb, aus meinem Reliquienschrein zu gelangen, als ich die *Chaulets* traf, ein Paar von algerischen FLN-Aktivisten der ersten Stunde. Sie rieten mir, den Verantwortlichen der FLN-Delegation aufzusuchen, um zu verlangen, dass dieser Zirkus aufhörte. Der vertraute mich *Benahid* an, dem verantwortlichen Mediziner für die Gesundheitsorganisation, die dem Minister für Gesundheit und soziale Angelegenheiten unterstellt war, zu der Zeit *Mehri*. Unter seiner Aufsicht organisierte ich monatliche Konsultationen in den Flüchtlingslagern an der algerisch-tunesischen Grenze, wo Alte, Frauen und Kinder gestapelt wurden, die sich aus Angst vor den mörderischen Bomben eines erneuten *Sakkiet-Sidi-Youssef* zusammenkauerten (ein tunesisches Dorf und Flüchtlingslager, das 1958 von der französischen Luftwaffe bombardiert worden war). Zwei Tage die Woche widmete ich den Algeriern, die auf der neurologischen Abteilung des Krankenhauses *Charles-Nicolle* in Tunis lagen, wo ich eine auf Epileptologie spezialisierte Abteilung für die tunesische Bevölkerung schuf. Der Krankenhausdirektor bot mir eine Wohnung an im Austausch für meine Leistungen, die umfangreicher wurden, als ich die Beratungsstelle in der Pädiatrie übernahm. Die kleinen Pavillons dürften gebaut worden sein, um die unverheirateten Ärzte unterzubringen, als *Charles-Nicolle* das Krankenhaus „der Franzosen" gewesen war. Ich folgte in einen von diesen auf ein junges Paar, das glücklich war, dass es sich mit seinem

Skoda, den es sich gerade gekauft hatte, nach Frankreich einschiffen konnte. Sie dürften die Wirkung von Marsmenschen auf Frankreichs Asphalt gemacht haben, der vor einem halben Jahrhundert noch wenig an Autos gewöhnt war, die aus dem Osten kamen. In Tunis war das nur eine vorübergehende Mode von denen, die noch nicht im Mercedes fahren konnten. Meine Nachbarn waren die *Nekkache*; ich hatte damals überhaupt keinen Kontakt zu dem, der später als Minister mein „Boss" werden sollte. Stattdessen wurde ich vom ersten Austausch an die Freundin der *Dyé*. Ihr Sohn *Felix* und meiner wurden unzertrennbar, ebenso wie *Moumié*, der nationalistische Aktivist aus Kamerun, der starb, als er in Begleitung eines Genfer Callgirls Champagner mit Rattengift trank. Der Gynäkologe Doktor *Dyé* praktizierte nicht; er war der erste Handlungsreisende der *UPC* (Patriotische Union Kameruns), die gegen das Regime von *Yaoundé* Krieg führte. *Jacqueline* war Hebamme. Sanftheit und Charme. Später, im rauen Algerien, war es ihre Schulter, auf der ich mich ausruhte, wenn die Sehnsucht alles überschwemmte. Auf dem Gelände von *Charles-Nicolle* wohnten auch die *Martini*[43] seit ihrer Befreiung aus den Gefängnissen Orans, wohin sie 1956 die Hilfe gebracht hatte, die sie der „Bewegung der Kämpfer für die Befreiung" geleistet hatten, die die *PCA* (Algerische kommunistische Partei) gegründet hatte und noch nicht mit dem *FLN* vereinigt war, und auch den Aktivisten, die dem desaströsen Abenteuer der kommunistischen Widerstandsgruppe im *Ouarsenis*[44] entkommen waren.

Paton, Frau *Martini*, war eine sehr schöne Frau, Mutter zweier Kinder, von denen das ältere schon zur Schule ging. Sie lud zum Essen ein, war strahlend und wirkte niemals überfordert, obwohl sie ihren Pflichten als Hebamme nachkam und denen einer Hausherrin eines „erweiterten Hauses". Ihre

43 Herausragender Orthopäde (1925 in Paris geboren), der bis 1987 in *Douera* praktizierte und dann nach Frankreich zurückkehrte. Unterstützte den FLN, wurde von den Franzosen verurteilt, flüchtete nach Tunesien, arbeitete auch mit *Nekkache*. AdÜ

44 Region zwischen Algier und Oran, damals Wilaya IV. AdÜ

Ruhe stand im Kontrast zur überschäumenden Lebendigkeit ihres Gatten, eines großzügigen Menschen, wenn es je einen gab. *Michel* war in Bewegung, und zwar wirksam. Er tat viel für das Algerien im Krieg, sowohl als „tunesischer" Chirurg, als auch als Traumatologe des *ALN*. Er reiste viel, und brachte aus allen Ecken Europas pikante Anekdoten mit, deren Protagonisten meistens Algerier waren, die in „befreundeten" Ländern studierten, zu unterscheiden von den „Bruder"-Ländern. Erstere demokratisch und volkstümlich sozialistisch, letztere arabisch, aber auch volkstümlich und sozialistisch... Obwohl ich auf intellektuellem Gebiet den *Martini* sehr nah war, ging ich schnell auf Distanz zu ihnen, trotz meiner Zuneigung und Dankbarkeit für ihre Hilfe in schwierigen Augenblicken. Ich floh vor „The sound and the fury"[45].

Michel, sofort in der Arena, welches Thema auch immer die Unterhaltung haben konnte, erschöpfte mich mit seinem Redefluss. Seine Beiträge waren fast immer interessant. Sehr kultiviert, aber in meinen Augen mit seinem eklektischen Wissen zu verschwenderisch geriet er erst in Höchstform in der Mitte eines seligen Hofes, nach Möglichkeit weiblich. Es stimmt, die jungen Frauen hingen an seinen Frackschößen. Da war *Line*, eine Chemiestudentin und perfektes Groupie, die ich – überraschend scharfsinnig und witzig – wiedertraf auf einer Reise, die wir gemeinsam im Frühling 1961 nach *Djerba* und in die Dörfer von *Matmata* machten.

Auch *Zoulikha*, genannt *Zou-Zou*, war eine der ersten Damen seines Hofes. Sie war offen, spritzig, entschlossen, einladend wie alle „gebildeten" Mädchen – so bezeichneten sie sich. Sie war, mehr noch als *Djamila Bouhired*, meine Initiatorin in die sich gerade verändernde algerische Frauenwelt. Ich musste allerdings warten, bis ich auf den algerischen Hochebenen im Haus der Familie von *Amara* lebte, meinem Lebensgefährten, um das Leben von Millionen Frauen im Frauengemach kennenzulernen.

---

45 Roman von Faulkner. AdÜ

Der *ALN* mobilisierte mich sehr schnell. Ich wurde Psychiater. Zum Glück war der Fächer von Pathologien nicht sehr breit: Kriegsneurosen, einige Schizophrenien, die *Frantz Fanon*[46] schon diagnostiziert hatte, dem ich nachfolgte, zahlreiche hysterische Neurosen, nicht wenige Simulationen. Befreundete Psychiater lieferten mir eine passende und gewissenhaft kommentierte Bibliografie. Bald hätte ich mich für eine Spezialistin gehalten! Es war eine (beinahe) stumme Psychiatrie. Mit wenigen Ausnahmen wurde die Anamnese mit einem Übersetzer gemacht. Die ärztliche Schweigepflicht schien mir oft eine Einrichtung, die man in Frage stellen könnte. Wenn ich die Tatsache von physischen und moralischen Gewalttaten bekannt gemacht hätte, die bei bestimmten meiner Patienten Alpträume verursachten, wäre ich zur Närrin erklärt worden. Die Algerier hätten nicht genügend Zeit zum Aufwachen gehabt, bevor mir die linke französische Presse schon das Kleid des Verräters angezogen hätte. Und außerdem hatte man mir x-mal wiederholt, dass „man kein Omelett macht, ohne Eier zu zerschlagen".

Ich sage nicht, dass häufig gefoltert wurde, doch war ich schnell auf dem Laufenden von Misshandlungen, die die Armee bei Gelegenheit anwenden konnte. Meine Initiation wurde vervollkommnet durch die Geständnisse von unglücklichen Vollstreckern der Drecksarbeit, die sich unter dem Vorwand von wichtigen Aufgaben in den Spelunken von Frankfurt oder Rom mit ihrer Depression herumschlagen mussten. Ich wollte meinen Kittel ablegen… Ich klage mich selbst an, leider zu spät, den Weisungen der „Brüder" nachgegeben zu haben, die mich ermahnten, weder die Kranken, noch jene aufzugeben, die gegen diese widerlichen Praktiken kämpften. Mit kleinen Anstößen schafft man es, einen zum Freispruch für das Unannehmbare zu drängen.

Die affektive Erfahrung der Kommunistin, die alle War-

46 Fanon (1925-1961) war französischer Psychiater, Politiker, Schriftsteller (unter anderem „Die Verdammten dieser Erde") und Kämpfer für die Entkolonialisierung. AdÜ

nungen von *Gide, Koestler, Rousset*[47] und anderen verdrängt hatte, schützte mich vielleicht davor, zu sehr in dieses Moorland hineinzugehen, das sie hinunterziehen konnte. Ich war schon desillusioniert, als ich endlich lautstark rebellierte, anlässlich einer Visite im Hof der Elenden eines der Lager, in denen etwa hundert ausrangierte Kämpfer eingepfercht waren. An diesem Ort, Gehorsam verpflichtet, wurden verlängerte „Appelle“ aufgezwungen. Es fehlten die Hunde! Am schrecklichsten war die Verblendung der jungen algerischen Kollegin, ehemalige Widerstandskämpferin, die in diesem Universum tätig war, ohne die Not wahrzunehmen. Durch sie bekam ich ein Treffen mit dem obersten Kapo, von dessen Pro-Nazi-Vergangenheit ich vorher erfuhr. Die Begegnung fand nicht statt. Mein Bericht über die Fälle von Depression, die dem Einsperren in dieser Sackgasse geschuldet war, verlor sich in den Geheimgängen des hierarchischen Weges. Ein weiteres Mal feige ließ ich es dabei bewenden.

Der Sanitätsdienst hatte andere Facetten, menschlichere und humanere. Jedoch vor der Mobilisierung der Ärzte und Medizinstudenten 1961 in Europa erlaubte die Schwere unserer Aufgabe nicht, sehr anspruchsvoll zu sein. *Martini* operierte unermüdlich im Krankenhaus und einem Rehabilitationszentrum, an dessen Aufbau er mit Jugoslawen mitgewirkt hatte; *Chaulet* hatte die Verantwortung für den Krankenhausdienst und übernahm eine große Anzahl von Konsultationen in der Lungenabteilung, außerdem machte er „Politik“. Ich hatte das Glück, zwei Krankenpfleger-Dolmetscher zu erben, die von dem Psychiater-Herold ausgebildet waren, ich habe Lust zu schreiben, von dem „Erfinder“ der algerischen Revolution, *Frantz Fanon*. Einer der beiden war *Youssef*, ein Schwarzer. Er hat bis zu seinem Tod vor kurzem in Genf gelebt, wo ich kurz vor dem „Waffenstillstand“ einen Platz in einer paramedizinischen Ausbildung für ihn bekommen konnte, damit er sie fortsetzen und zu *Wies*, seiner späteren Ehefrau, kommen

47 Schriftsteller und Kritiker des sowjetischen Systems. AdÜ

konnte. Es war ein schöner sonniger Morgen, als *Wies* mit ihm auf ihrer Vespa in den Krankenhausbezirk von *Charles-Nicolle* gebraust kam. Mit *Marie-Jeanne*, meiner Sekretärin-Freundin jubilierten wir angesichts der niedergeschlagenen Mienen des männlichen Geschlechts, einerlei welchen Alters, Ranges, Staatsangehörigkeit, wie sie verdrießlich unseren großartigen *Youssef* betrachteten – ein Schwarzer, um nicht Sklave zu sagen –, der auf den Pferdestärken der schönen Ausländerin herumtollte. Im Oktober 1965 begrüßte *Youssef* mich in der Krankenhausabteilung in Genf, die ich 25 Jahre lang leiten sollte. Wir riefen gern die Erinnerungen an unsere abenteuerlichen Ausflüge weit über die tunesische Stadt *Le Kef* hinaus wach.

Militärarzt „im Einsatz"

Wenn wir uns für Konsultationen in den Einheiten der nationalen Befreiungsarmee an die Grenze begaben, waren wir dem Gesundheitsdienst der Armee unterstellt, die vom Arzt *Nekkache* geleitet wurde, dem späteren Minister in der Regierung *Ben Bella*. Das Zentrum war in *Le Kef*, eine traurige Stadt auf der Hochebene, in dem einnehmenden Tunesien unerwartet. Ein unattraktives, faltiges Aussehen. *Nekkache* war kein Intellektueller. Als Arzt habe ich ihn niemals von Fällen reden gehört. Trotz Abwesenheit der Macken dieses Berufes genoss er, so sagte man, die Aura eines guten Arztes in der Stadt Oran, wo er vorher praktizierte. Seine Obsession war die Gesundheitserziehung. Er wollte den Soldaten die Grundkenntnisse von Hygiene und Diätetik beibringen, gewürzt mit Prinzipien, die er der rigiden Moral der „*Madrasa*"[48] entnahm, ohne sich jedoch mit Frömmelei zu belasten. Die an der Grenze zusammengezogenen Männer ohne Beschäftigung kamen überwiegend vom Land aus ganz Algerien, auch wenn die aus dem Osten am zahlreichsten waren, sie waren ein guter Nährboden für die Saat.

48 Schulen, die zum Bereich der Moschee gehören, Religion und Wissenschaften unterrichten (mehr oder weniger fortschrittlich). AdÜ

Der schleichende Schlendrian unter dem Deckmantel der militärischen Disziplin hinterließ in ihren Kartons eine Anzahl naiver Plakate, die von *Nekkaches* Künstlern gestaltet worden waren. Die Treuherzigkeit der Zeichnungen war rührend, aber vor dem arabischen Schriftbild blieb dem Ketzer der Mund offen stehen.

Die Konsultationen, die von einer Militäreinheit zur nächsten zogen, glichen einer Expedition eher als einer Inspektionsfahrt. Zahnbürste in der einen, Reflexhammer in einer der anderen zahlreichen Taschen des vorgeschriebenen Parkas, auf dem Kopf die unverzichtbare chinesische Mütze – für den „*look*", wie man heute sagen würde –, so verließen wir Tunis vor dem Sonnenaufgang. *Youssef* und *Mohammed*, die beiden Pfleger, begleiteten mich. Jedes zweite Mal wurden wir durch die *Martini*-Mannschaft verdoppelt. Bis *Le Kef* hielt die Kiste normalerweise durch, aber auf den Feldwegen blieb unseren verrotteten „*Pijos*" (der allgemeine Name für alle Peugeot-Modelle auf Franz-Arabisch) die Luft weg, und sie klagten über große Müdigkeit. Sie fürchteten ganz besonders die Wege, die zur *Moussa*-Farm hochführten, einem verlassenen Gebäude, das von den Soldaten wieder besetzt wurde, um dort die Verletzten zusammenzufassen und die medizinischen Untersuchungen zu gewährleisten.

Der „ Militärpolitische" kam auch dorthin, um den wackeren Landsern zu erklären, dass es heroisch sei, die *Morice*-Linie, eine Schülerin von *Maginot*[49], zu überschreiten, indem man die Minen vermied, obwohl es eigentlich leicht und auf jeden Fall strategisch sehr nützlich sei. Nach *Martinis* Konsultation seiner zusammengeflickten „Brüder", die zu zerfetzt waren, um wieder in die aktive Armee gelassen zu werden, dürfte die Aufgabe des Politkommissars nicht sehr behaglich gewesen sein.

In *Moussa* schätzten mich die „*djounoud*" (Soldaten), deren psychogene Symptome sehr den wenigen Aktivitäten

49 Frankreichs Schutzwall gegen einen deutschen Übergriff wurde nach Maginot benannt. AdÜ

des autogenen Trainings entsprachen, die ich gelernt hatte.

Das Syndrom des Schulterriemens, das durch ein Sinken der Schulter beim Anblick eines Gewehres gekennzeichnet ist, widersetzte sich. Um die schlechte Stimmung einiger Behinderter zu verbessern, erzählte ich die Geschichte meines Freundes *Abdelhamid* III, dessen rechter Arm und linkes Bein zerfetzt worden waren, während der den linken Arm betreffende Plexus so arg lädiert war, dass er die Beweglichkeit der linken Hand einschränkte. Dieser Mann, nachdem er lesen gelernt hatte, schrieb nun Gedichte, die von seinem Palmenhain erzählten – und die ich ihnen vorlas.

„An den Grenzen", dort mangelte es nicht an Gewehren, Panzerfäusten und anderen knallenden, jedoch unwirksamen Geräten gegen einen Stacheldraht-Wald, der einen mit Minen gespickten Boden bedeckte. Anstatt den Feind zu beeindrucken, bestätigte ihr Besitz die Vormacht der *Armee der Grenzen* und ihres Generalstabs über die *djounoud* der Berge des Inneren mit ihrer bescheidenen Bewaffnung und über die Zivilisten der *GPRA (Provisorische Regierung der algerischen Republik)*. Wenn die Wunden der großen Krise von 1958 mit ihren Verhaftungen, Prozessen und dem Exil einer bestimmten Anzahl von Offizieren der Armee der Grenzen abgeschlossen schien, so waren die Nähte nicht reißfest, ‚sondern öffneten sich übrigens gegen Ende des Krieges. Der Generalstab hatte Freunde in der provisorischen Regierung. Unter ihnen der Mächtigste, *Boussouf*, der Mann des *MALG* (Ministerium für Bewaffnung und allgemeine Verbindungen), der den Nachrichtendienst für Spionage und Spionageabwehr leitete und dessen spiritueller Sohn *Boumedienne* sich in *Ghardimaou* mit dem Mann niederließ, den bestimmte Algerier als seinen „Pagen" bezeichneten, *Abdelkader (Abdelaziz Bouteflika)*.Eine von *Boussoufs* Ausbildungsschulen für Spitzel besetzte in *La Marsa* eine große Villa, die in einem üppigen Garten von hohen Mauern umgeben verborgen war. Diesen Ort verließ man nicht. Ich wurde mehrfach zu Konsultationen dorthin gerufen. Unsere künftigen „Agenten für Havanna", wie wir sie unter uns Kameraden nannten, waren junge, obligatorisch diplomierte Leute. Nachdem sie ihr Können einige Male unter Beweis gestellt hatten, manchmal nach einem Kurs in der libyschen Wüste in der Festung des „Code“, gingen einige zur Vervollkommnung ihrer Ausbildung als *GPU*-ler nach Moskau oder als *CIA*-ler nach Washington.

Die Vorrechte, die sich die Armee herausnahm, irritierten manchmal die Tunesier so sehr, dass sie Reibungen erzeugten, deren Opfer wir bei einer Rundfahrt im Süden wurden. Seit drei Tagen reisten wir umher. Auf der Rückfahrt sollten wir die Nacht in einem Lager des *ALN* einige Kilometer von einer kleinen Frontstadt entfernt verbringen. In der Südregion waren die Drahtzäune von *Morice* weniger dicht, die Einheiten des *ALN* zerstreuter, die Disziplin weniger streng. Die Offiziere, die wir dort trafen, waren manchmal Ausgeschlossene aus den Kreisen von *Ghardimaou* und *Le Kef*. Sie schätzten nicht alle dort angewendeten Methoden und hatten gewagt, das zu sagen. Bei ihnen waren die Konsultationen offen für alle Zivilen und gut organisiert, und wenn die Hitze und der Sand nicht gewesen wären, hätte man von einem Ausflug sprechen können.

Die Sonne verbrannte die Steppe, als wir uns dem Dorf näherten, wo wir von einer bis unter die Zähne bewaffneten tunesischen Patrouille angehalten wurden. *Youssef* war am Verhandeln, als wir sahen, dass er wegging, von zwei Soldaten flankiert, die aus einer Palmenhütte gekommen waren, wie man sie am unbefestigten Straßenrand sehen kann. Die Witzeleien von *Michel* verstummten, als *Youssef* immer noch flankiert, aber jetzt mit Handschellen auftauchte. Man brachte uns zur Gendarmerie.

Von den Männern getrennt wurde ich in einen Sozialbauraum der lokalen Machart geführt, in dem die Gendarmen lebten. Die Männer hingegen belegten die verfügbaren Zellen, die auf den Hof gingen. Im kärglich beleuchteten Raum, in dem ich mich aufhielt, häufte ein Mädchen seine Fäden auf einem enormen Webstuhl. Man legte mir eine Matratze hin, und später brachte mir eine Frau, deren Tätowierungen ihre Herkunft aus der Sahara anzeigten, ein Ragout und eine Flasche *gazooz* (Limonade). Sie machte das elektrische Licht mit rationierter Wattleistung an. Ich konnte dennoch die Gesichtszüge der Weberin erahnen, deren Größe eines zwölfjährigen Mädchens und ihr jugendliches, wenn auch ausgemergeltes Gesicht nicht erahnen ließen, dass sie die Schwiegertochter des Hausherren war. Am Morgen war ich erstaunt, geschlafen zu haben. Der Chef kam, um sich nach meiner Gesundheit zu erkundigen, ich ließ ein oder zwei Mal den Namen „meiner Freundin" *Wassila* einfließen, überzeugt davon, dass diese alte aktive Kämpferin der tunesischen *Neo-Destur*-Partei meine Ausnutzung von Beziehungen mit der Frau des Präsidenten verstehen würde. Gegen Ende des Vormittags war die Rede davon, mich nach *Le Kef* zu begleiten. Und die Anderen? Davon hat man nichts gesagt! Wer war man? Ich weigerte mich, ohne meine „Brüder" zu gehen. Über so viel Dickköpfigkeit war der Gendarm perplex und akzeptierte, dass ich mit meinen Freunden sprach. Sie entschieden sich für die vorgeschlagene Lösung, die mir erlauben würde, ihre Anwesenheit in einer Polizeistation zu melden, die ein paar hundert Meter vom Lager der Algerischen Befreiungsarmee und zweihundert Kilometer von Tunis entfernt lag. Unser Gastgeber war gern bereit zuzugeben, dass ein Chirurg im Operationssaal fehlen könnte, und war dabei zuzulassen, *Essafi* anzurufen (den Professor, mit dem sich *Martini* eine Krankenhausabteilung teilte), da klingelte das Telefon. Der unterwürfige Eifer des Chefs zeigte, dass sein Gesprächspartner ein hohes Tier war. Nach mannigfachen Katzbuckeleien schritten wir erhobenen Hauptes durch das Tor der Gendarmerie. Demokratie ist gut, aber manchmal hilft ihr Gegenteil!

Es war später Vormittag. Wir gingen zu unseren „Brüdern", die in offenen Gebäuden und Zelten lagerten, die ihnen als Kaserne dienten. Sie berichteten uns, dass es – aus ihnen unbekannten Gründen – irgendwo weiter nördlich zu einem gutartigen Zusammenstoß zwischen dem *ALN* und der tunesischen Armee gekommen war. Sie bereiteten ein Couscous zu. Mangels Kühlschrank hatten sie kein Fleisch. Dennoch stellten sie ein schwächliches Geflügel auf unseren Tisch. Jeder bediente sich sehr sparsam, niemand aß davon in Ermangelung stählerner Gebisse. Angesichts dieses Fiaskos ertönten Gelächter, und wir hörten, dass ein bewaffneter Trupp mit Steinschleudern auf Erkundung gegangen war, um uns gut zu bewirten. Das Ende des knochendünnen Truthahns hätte erneut das Kriegsbeil ausgraben können, zum Glück war es jedoch ein paar Tage vor und nicht nach der Episode mit dem französischen Piloten, die fast die Lunte ans Pulver gelegt hatte. Sein Flugzeug wurde von der algerischen Flugabwehr abgeschossen, der Pilot sprang mit dem Fallschirm ab. Die Tunesier hatten keine Zeit, ihn in Empfang zu nehmen, da war er schon von den Algeriern auf tunesischem Boden gefangen worden. So viel Missachtung seines Landes hatte Präsident *Bourgiba* verstimmt, der zum Glück in der *GPRA* Verbündete gegen den *ALN* fand.

Ich fügte meine Beschäftigungen und Sorgen die des verantwortlichen Arztes für zwei „psychiatrische Häuser" des *ALN* hinzu. Die Klinik im Stadtteil des *Bardo* war für die schlimmsten Fälle vorbehalten. Einer von zehn Insassen etwa war ein „Soufi", ein Bewohner der Wüstenregion des *El-Oued-Souf*. Die „Revolution", das einzige Wort, was sie aus dem Französischen kannten, hatte sie nicht von der Überlegenheit der vom Feind importierten Medizin über ihre Riten überzeugt, um den Schlaukopf zu verjagen. Ich erlaubte den heilsamen „Gang über das Feuer", den sie im Garten organisierten, wenn sie mehr als drei im Haus waren. Zwanzig Jahre später realisierte ich in Thrakien eine Forschungsarbeit bei anderen Feuerläufern, die von den Oasen der Sahara nichts wussten.

Das psychiatrische Haus in *La Marsa* wurde 1961 eingeweiht, die prächtige Villa „Sidibou" mit blauen Balkonen. Ich war verantwortlich für die medizinische und administrative Leitung. Unser Büromaterial beschränkte sich auf vier oder fünf Schulhefte. Der Koch war unsere größte Hilfe, sein klinischer Sinn macht es ihm möglich, Heilungen zu vermelden, die er am Appetit maß.

Gemäß den Gesellschaftsstrukturen des tunesischen

Algeriens bildeten sich Clans, die ständig miteinander in Streit lagen.

Die Insassen waren zur Nachbehandlung dort im Anschluss an einen Aufenthalt in der *Manouba*, zu der Zeit die einzige psychiatrische Klinik von Tunis. Sie waren Patienten meines Freundes Doktor *Malek,* des einzigen tunesischen Trotzkisten, den ich kannte. Er war mein geheimer Berater während meiner kurzen Psychiatrie-Karriere. Eine Kollegin kam zwischen ihren Studien in der DDR und der Rückkehr nach Algerien zu uns: *Alice Cherki*. Sie kümmerte sich vor allem um die Flüchtlinge in *Charles-Nicolle* und der *Manouba*. Algerische Jüdin, aber ihr Aussehen schreibt man in meinen grünen Landschaften der Algerienfranzösin zu: dunkelhaarig, hübsch, unbändig. Sie hatte mir gesagt, arabischsprachig zu sein. Ich fühlte mich erleichtert, obwohl manche Kranken lauthals lachten, wenn ich darauf bestand, sie sollten sich an *Alice* wenden, weil sie ihre Sprache kannte.

Al Djazaïr in Tunis[50]

Die oftmals beißenden Kommentare von *Georges-Daksi*, wenn er von der *GPRA* sprach, hatten mich gewiss nicht darauf vorbereitet, waschechte Revolutionäre in den Kabinetten der zukünftigen algerischen Republik zu treffen, sondern eine Vielzahl der Sorte „Monsieur Queuille“, Präsident des Staatsrates der IV. Republik Frankreichs, dieses vollkommenen Prototyps des sanften Politikasters[51]. Einige waren weniger als dreißig Jahre alt, das war immerhin unerwartet!

In Tunis wurde feste intrigiert, was aber effektive Arbeit in bestimmten Ministerien nicht ausschloss. In dem Puzzle von

---

50 Al Djazaïr ist der arabische Name von Algier. AdÜ

51 Diese Sorte bestand in den fünfziger Jahren. Aussprüche von Henri Queuille: „Politik besteht nicht darin, Probleme zum Verstummen zu bringen, sondern diejenigen zum Verstummen zu bringen, die sie stellen.“ Oder „Es gibt kein Problem, das nicht durch das Fehlen einer Lösung gemeistert wird.“ AdÜ

Machtpositionen, die regionale und familiäre Clans repräsentierten, war jeder, vorausgesetzt er konnte eine Feder halten, ein Streitthema oder hielt sich dafür. Die persönlichen Animositäten genährt von durchkreuzten Ambitionen, die Kämpfe zwischen parteiischen Fraktionen, die zeitweiligen Feindseligkeiten zwischen denen an den Grenzen und den „Salonlöwen" in Tunis, die zwischen denen aus dem Inneren und den Ehemaligen aus der französischen Föderation, die Antagonismen – immer noch oder schon – zwischen Berbern und Arabern[52], sie schufen ein ungesundes Klima, die der lässige Charme von Tunis nicht völlig verbergen konnte.

Auf Tunis' Pflaster gingen schneidige junge Leute spazieren.

Es gab die vom *MALG*-Ministerium, die sich in der trüben Undurchsichtigkeit des Militärgeheimnisses bewegten. Mein Gefährte *Mokhtar* gehörte dazu mit einer wichtigen Rolle. Ich war bestimmt nicht in alle Geheimnisse eingeweiht, aber in einige zweifellos, die ihn am meisten schockierten. In dem kürzlich von *Mokhtar Mokhtefi* nach seinem Tod erschienen Werk, in dem er detailliert seinen Weg vom *ALN*-Soldaten in die Fernmeldetruppe vor der Spionage erzählt, stellt er seine Überlegungen als Aktivist dar, aus denen seine Zweifel an der Zukunft Algeriens verständlich werden. Er beschließt übrigens sein Buch *„J'étais Français-Musulman"*[53], seine Erinnerungen an die Kindheit, als Gymnasiast und als *ALN*-Soldat, mit diesen Worten, die er in meiner Gegenwart ausgesprochen hat:

„Die Ignoranz am Ende des Gewehrs bereitet uns eine bittere Zukunft."

---

52 Die Berber in den Bergen wie die Tuaregs in den Wüstenregionen sprechen berberisch und lebten dort schon vor der arabischen Eroberung im 7. Jahrhundert. Die Araber bewohnten seitdem vorzugsweise die Küstenregionen. AdÜ

53 Mokhtar Mokhtefi, «*J'étais Français-musulman: itinéraire d'un soldat de l'ALN*», Barzakh 2016 Die Araber in der algerischen Kolonie mussten von sich sagen, sie seien französisch-muslimisch. Der einen Million Algerienfranzosen standen fast acht Millionen Algerier mit minderem Status entgegen. AdÜ

Es gab etwas hellere Köpfe, die mit *M'Hamed Yazid* arbeiteten. Dieser war seit den Prager Versammlungen nach dem Krieg in der internationalen Studentenföderation an kontradiktorische Debatten und diplomatische Kursänderungen gewöhnt und beteiligte sich mit einer Schaukeltaktik entsprechend seiner Gangart an der Außenpolitik, obwohl er damals Informationsminister war. Er war immer zuvorkommend, mochte die Presse nach Aussage aller Fotografen, bei denen er übrigens Wert darauf legte, sein gutes Profil zu zeigen, die Seite ohne die unschönen Folgen einer Gesichtslähmung. Trotz dieser lässlichen Sünde, die allerdings in den Augen Einiger durch seine Heirat mit einer Amerikanerin mit dem immerhin mediterranen Vornamen *Olive* erschwert wurde, schien er sich fern vom Gedränge halten zu können. Seine Kompetenz wurde anerkannt, manchmal beneidet. Er wurde von jungen Leuten umgeben, die mit den Konventionen gebrochen hatten, aber es verstanden, ihr Verhalten diplomatisch der Situation und dem Gegenüber anzupassen.

Der Anschein herrschte widerspruchslos auf dem Hügel von *Mutuelleville*[54]. Auf den Sitzkissen für Schreiberlinge warteten einige Hartnäckig, die in Erwartung eines freiwerdenden Sessels bereit zum Sprung von ihrem Notsitz waren und Jobs an Ort und Stelle, an denen es nicht mangelte, vorzogen. Verhaltensmaßregel: Abstand von den Clans zu halten, egal welche Verlockungen geboten wurden. Obwohl wir noch keinen Zugang zu den Quellen hatten, die uns später *Mohammed Harbi* und *Gilbert Meynier* lieferten, begriffen wir, dass Schweigen oftmals verdrängte schmerzhafte Erfahrungen verbarg.

Ab dem Jahresanfang 1962 kurz vor den Verträgen von *Evian*[55] erschütterte eine erwartete Hektik das Exil-Algerien in Tunis. Während viele herumwuselten, um zu versuchen, einen

54 Stadtteil im Norden von Tunis. AdÜ

55 Am 18.3.1962 endete der Algerienkrieg mit den Verträgen zwischen Frankreich und dem FLN in der französischen Stadt Evian am Genfer See. AdÜ

Platz im Sonnenlicht der künftigen Macht zu erhalten, mochte er auch noch so unbedeutend sein, erteilten andere Vollmachten. Zu dem Zeitpunkt stand der massenhafte Fortgang der Franzosen noch nicht auf der Tagesordnung. Als wir in unseren Versammlungen über die medizinische Organisation der unmittelbaren Zukunft nachdachten, ahnten wir nicht, dass wir uns mit einem Arzt für dreihunderttausend Einwohner in den ländlichen Gebieten wiederfinden würden. Wir verfügten über die Pläne der Krankenhäuser, darunter die kürzlich im Rahmen des Plans von *Constantine* hastig gebauten. Wir waren überzeugt, dass kein Arzt, mochte er noch so streitsüchtig sein, einen Operationssaal oder eine Röntgenstation zerstören könnte, wie man eine Brücke sprengt, um seinen Rückzug abzusichern, und so entwarfen wir träumerische Projekte. Die jungen Ärzte, die in die Armee gekommen waren, befürworteten im Großen und Ganzen die Priorität einer sozialen und präventiven Medizin, wobei sie die Naiven – zu denen ich gehörte – warnten, dass diejenigen, die auf ihrer Uni geblieben waren, in Toulouse, Paris, Berlin, Genf, Lausanne …, im passenden Moment in Algier anlanden und sich dort um die Stellen, die Ehrungen und das Geld streiten würden.

Etwa Mitte Mai versammelte der Minister *Krim Belkacem* uns für einen Bericht über die sanitäre Lage, wie sie durch den mörderischen Wahnsinn der *OAS*[56] in Algier und andernorts geschaffen worden war. Freiwillige sollten nach Algier gehen, um dort die medizinische Einrichtung zu verstärken. Anwesend waren mehrere Ärzte, Zahnärzte, Apotheker, die im tunesischen Privatsektor praktizierten. Ich erkannte die Besitzer PS-starker Schlitten wieder, die mich begrüßten, obwohl ich sie nicht kannte. Keiner von ihnen wollte das Abenteuer wagen. *Cherki, Martini, Chaulet* und ich meldeten uns als Freiwillige, aber außer *Alice Cherki* wollte man uns nicht, weil zu erkennbar.

Bei dieser Gelegenheit erinnerte *Krim Belkacem* an

56 *Organisation de l'armée secrète*, putschendes Militär der französischen Rechten . AdÜ

meine Beziehungen zur „roten Hand". Um die Atmosphäre zu entspannen, erzählte ich die Geschichte von der letzten Paketbombe. Sie kam Anfang Januar. Ein gut verschnürtes Paket, vom Umfang und der Form her wie Omas Zuckerdose. Es war in *Liège* aufgegeben worden. Absender war ein Schokolatier.

Ich wartete zum Öffnen, dass mein kleiner Sohn *Gilles* aus der Schule nachhause kam. Vor ihm kam *A1*, einer unserer „Agenten in Havanna". Wenn man zum „Haus" gehört, hat man einen argwöhnischen Spürsinn. Er fragte mich, ob ich Freunde in *Liège* hätte. Nein, nicht dass ich wüsste! Er vermeinte, ein zartes Ticken zu hören. *„Schokoladen schenkt man nicht in einer eisernen Schachtel"* und offenbar war diese aus Metall. Vergebliche Proteste. Ich würde doch nicht wirklich diesen Apparat im Gesicht meines Sohnes *Gilles* explodieren lassen.

Wir warteten auf meinen Freund *Amara*, der auch zum „Haus" gehörte, er entschied. Wir begaben uns zum top-secret-Haus *La Marsa*, das die Spionageabwehr beherbergte. Der Kommandant war ihr Kumpel.

Er, ein Kenner, untersuchte das Paket, bevor er einen seiner Untergebenen rief, seinen besten Schützen. *„In zweihundert Metern trifft er Ihnen eine Fliege auf dem Rüssel eines Elefanten."* Er transportierte den Gegenstand zum Ende des Parks, wie man es mit einer Reliquie tut, vorsichtig und verehrungsvoll. Wir befanden uns in respektabler Entfernung. Der Schuss knallte. Wir näherten uns auf Zehenspitzen. Mitten ins Schwarze. Man konnte noch kleine Bruchstücke einer hübschen Dose erkennen. Ich rief aus „Die Besten"! Meine Enttäuschung missfiel ihnen… vor allem dem Chef. Der hatte mehr als einen Trumpf in der Hand… so leicht setzte man ihn nicht matt! Er rief einen Mitarbeiter, der mit seinem Maskottchen kam, ein zauberhaftes graues Kätzchen, das Schokolade liebte. Man wartete auf seinen Todeskampf.

Als wir den Ort verließen, schlemmte der niedliche Kamikaze vom Dienst immer noch. Auf der Rückfahrt explodierte meine Heiterkeit. Mir fiel gerade ein, dass mein Kollege

Bostem aus *Liège* kam. Ich schrieb ihm einen netten Brief, in dem ich dankte und die belgische Schokolade pries

Am selben Tag erfuhr ich, dass ein früheres Paket aus der Gegend von *Toulouse* sehr wohl eine Sprengladung enthielt und zum Glück erkannt und unschädlich gemacht worden war, bevor ich es erhielt.

Es wurde ermittelt, dass diese Geschenke von der „roten Hand“ kamen. Heute weiß ich, dass das, was wir für eine faschistische Organisation hielten, in Wahrheit eine Brutstätte des Nachrichtendienstes der französischen Polizei war. Für wen hielten sie mich? Ein Casting-Fehler.

Abgesehen von der Kenntnis dieser Pakete hatten meine Freunde *A1* und *Amara* andere Entschuldigungen für ihre Unruhe. Sie gehörten zu meiner Schutztruppe, die mich ohne mein Wissen einige Wochen lang umgab, um Weihnachten 1960 herum. Die Geheimdienste, in diesem Falle algerisch, fürchteten, dass ein schon vor Ort befindliches Kommando mich kidnappen würde. Einige Monate später machten meine Freunde mich mit dem Agenten bekannt, der sie informiert hatte. Es war ein sehr beliebtes fülliges Animiermädchen auf der *Avenue Bourgiba*. Diese Verbissenheit bezeugt die Dürftigkeit der von der Geheimpolizei „behandelten“ Informationen. Ich habe niemals bei den Algeriern irgendeine politische oder militärische Rolle gespielt, die so viel Fürsorge begründet hätte. Es stimmt aber, dass der Anwalt *Tixier-Vignancour*, ein Vichy-Anhänger[57], der die „Sammlungsbewegung zu Gunsten des französischen Algeriens“ gegründet hatte und für *Jean-Marie Le Pen* der Steigbügelhalter und unter anderem der Verteidiger von General *Salan* war, nachdem er den Schriftsteller *Céline* vertreten hatte, mich oft unter Beschuss nahm, als wäre ich die Ratgeberin von all denen, die gegensätzliche Meinungen zu den seinen vertraten.

57 Kollaborateur der Nazi-Besatzer im 2. Weltkrieg. Auch Le Pen, Salan, Céline standen rechtsaußen. AdÜ

Biserta

Der Sommer kündigte sich brütend heiß an. Mit mehreren Freunden – darunter *Monique Laks* und *Michel Mazièrs*, beide Mitarbeiter von *Chaulet* im Informationsministerium des *GPRA*, und auch *Pierre Mamet*, einer der „Priester" des FLN, ein lustiger und fröhlicher Kerl – mieteten wir Fischerhütten in *Amilcar*, damals ein Haufen armseliger arabischer Hütten am Fuße des schon sehr schicken *Sidi Bou Saïd*. Die beiden Villen des Weilers grenzten an unsere Pavillons direkt am Wasser. Ihre Besitzer, Erwachsene sowie Kinder, betrachteten verunsichert diese Europäer, die wie die Unglücklichen lebten. Nach „den Ereignissen von *Biserta*", die meine Schutzengel-Motorradfahrer in unsere Gegend brachten, rivalisierten unsere Nachbarn in aktiver Nettigkeit. Der eine brachte uns elektrischen Strom und der andere Wasser für die improvisierte Dusche auf der kleinen Mole, an der gelegentlich ein Fischerboot anlegte.

Die Verhandlungen zwischen dem FLN und Frankreich waren gescheitert, der künftige Status der Sahara war der Stolperstein. *Bourgiba* nutzte das, um eine feindliche Übernahme für die südliche Öl-Region auf einem von Tunesien streitig gemachten algerischen Territorium zu versuchen. Dieses Vorhaben kühlte eine Zeit lang die algerisch-tunesischen Beziehungen ab, ließ aber auch den Kurs Frankreichs sinken, weil es nicht auf *Bourgibas* Angebot reagierte. Als Antwort auf dieses Fallenlassen mobilisierte er sein Land gegen die Erweiterung der französischen Militärbasis in *Biserta*. Das sanfte Tunesien wurde in wenigen Stunden von einem Hurrikan an Gebärden, Schreien und bald auch Tränen aufgewühlt. Ein lehrreiches, beunruhigendes, faszinierendes Schauspiel, diese Rekrutierung einer Bevölkerung von und für ihren „höchsten Führer". Die Straße quoll über von Lastwagen, die mit Turban tragenden Männern überladen waren. Die Fahrbahn wurde der Menge überlassen, die anti-französische Parolen brüllte.

Es gab Drohungen gegen die Juden. *La Goulette*[58] veränderte sein Aussehen und das Pariser Riesenrad, angepriesen mit seinem Akzent eines Juden aus *Livorno*, gleichfalls. Ich kam aus dem Krankenhaus, es dürfte gegen 20 Uhr gewesen sein. Vor dem Gitter wurde mein Auto von einer Gruppe Demonstranten belagert. Sie bedrohten mich. Wäre ich vorwärts gefahren, hätte ich mehrere verletzt. Ich stellte den Motor aus und wartete mit auf dem Lenkrad gekreuzten Armen. Diese Haltung wurde wahrscheinlich als Kampfansage interpretiert. Verstärkung kam, mein kleiner Fiat wurde umgestürzt. Welch eine Angst, auch wenn ich ohne Kratzer herauskam. Ostentativ schauten die Bullen während der Aggression anderswohin. Ihre Vorgesetzten missbilligten dieses Verhalten und zwangen mir eine Wache für meine künftigen Dienstfahrten auf. Das Gesicht der Gesetzeshüter, als ich ihnen meine verwaschen blaue Residenz am Fuß von *Sidi Bou Saïd* zeigte, war schon eine kleine Toberei wert.

Am 17. oder 18. Juli 1961 geschah es, dass die französischen Fallschirmjäger in Aktion traten. Die *Schlacht von Biserta* dauerte fast eine Woche. Sie machte zahlreiche Tote und viele Verletzte. Wir wurden für das Krankenhaus mobilisiert. In den darauf folgenden Wochen blieb die Situation angespannt. Der Sommer war weniger schön, als er versprochen hatte, wenn gleich die mit Sandwein[59] beträufelten Sardinen am Spieß mir in guter Erinnerung blieben, zumal sie den Geruch des Meeres mit dem gemischten Chor unserer Prediger verbanden, dem Priester *Pierre Mamet* und dem Gewerkschafter *Rahmoun Dekkar*, denen es fast gelang, uns von der Richtigkeit der maoistischen Politik der „Volkskommunen“ zu überzeugen.

Einige Wochen lang hetzte die tunesische Polizei alle Blonden, meine Haartracht und mein Teint waren wie ein Lämpchen, als ob ich es den Gesetzeshütern frech vor dem Gesicht schwenken würde. Ich färbte meine Haare rabenschwarz.

58 Hafenstadt nahe Tunis, in der Juden und Ausländer (Italiener und Franzosen) die Mehrheit bilden. AdÜ

59 Wein, der auf Sandboden angebaut wird. AdÜ

Dieser Kunstgriff war nicht so ergiebig wie gehofft. *Monique, Amara* und ich kehrten von einer Wanderung auf dem *Cap Bon* zurück, als wir von einer Straßensperre an den Toren von Tunis zurückgehalten wurden. Alle Fahrzeuge, in denen ein suspektes Gesicht mitfuhr, mussten warten, bis jeder seiner Insassen befragt worden war. Die beiden „Türsteher"-Bullen musterten *Monique* argwöhnisch, ihre dunklen Löckchen waren überzeugend, während die Kohlenfarbe meiner Haare mich nicht schützte. Aus dem Auto geholt begab ich mich in Richtung des improvisierten Kommissariats am Straßenrand, als ich hinter mir auf Arabisch schreien hörte. Es war *Amara*. Kehrtwende. Umrahmt von Motorradfahrern durchquerten wir *Tunis* im Tempo eines Ehrengeleites *„very VIP"*, um in unsere Elendshütten zurückzukehren. Es war nämlich so, dass *Amara* meinen Status als ehemalige Gefangene der französischen Kerker laut trompetet hatte. Es kommt nicht oft vor, dass Knacki gewesen zu sein so viel Fürsorglichkeit wert ist!

Endlich das Ende

Der Waffenstillstand kam nicht plötzlich wie ein Donnerschlag aus heiterem Himmel, und dennoch – als ich am 18 März jubilierend den Pensionären der „psychiatrischen Häuser" von *Bardo* und *La Marsa* mitteilte, dass am nächsten Tag ein großes Fest stattfände, waren die meisten sprachlos. Es stimmt, dass sie definitionsgemäß nicht ganz klar im Kopf waren… Auf manchen Gesichtern war Angst zu lesen. Diese Männer, die sich bis an die Grenzen geschleppt, in Algeriens Buschwäldern gekämpft hatten, Monate, manchmal Jahre lang in Alarmbereitschaft waren, hatten alle ihre Reserven an Hoffnung aufgebraucht. Fallengelassen stellten sich die Davongekommenen, die Ausgemusterten angstvolle Fragen über ihre Zukunft. Die Fahnen, Tänze, *Youyou*-Schreie derer, die besser dran waren, verbargen ebenfalls Ängste.

Ich weiß es, jede Rückkehr ist ein Abenteuer, ein Gang in Richtung von unbekannt gewordenem Vertrauten. Ein mit der Wirklichkeit zu konfrontierender Traum. Ein quälendes Fragezeichen selbst für die größten Optimisten.

Das einzige einhellige Gefühl war das Glück, endlich als Algerier anerkannt zu sein. Der legitime Stolz verschob sich manchmal in Richtung von gesicherter Überlegenheit, die bei vielen bald zu einer lähmenden Paranoia führte. Sie drückte sich anfangs nur in Bemerkungen aus, die Schmunzeln erzeugten, so wie Kindersprache. Es schien töricht, dem Freund zu widersprechen, der ernsthaft zur Linie des Horizonts zeigte, um den Kontrast zwischen der algerischen grünenden Landschaft und der Trockenheit des fremden Bodens, auf dem wir uns befanden, konstatieren zu lassen.

Es wäre vielleicht nötig gewesen, ihn auszulachen, sich über die krankhafte Empfindlichkeit der algerischen Persönlichkeit hinwegzusetzen, die sicherlich verständlich ist, aber enervierend und für die Zukunft vor allem bedrohlich.

Es wäre vielleicht nötig gewesen, sich über das Zeichen der Anerkennung Fragen zu stellen: „Mein Bruder", „meine Schwester". Eine Anlehnung an den Islam. War das nötig für den Zusammenhalt des Volkes? Mehrere befragte Freunde hatten keine Antwort oder aber ironisierten: „Willst du, dass ich dich Genosse nenne?" Die Katholiken sind auch Brüder und Schwestern. Und wenn wir Genossen gewesen wären, wäre jeder gezwungen gewesen, seine ideologische Clique zu vertreten. Also was!

Der Gebrauch dieser homogenisierenden Wörter und Riten wurde nicht als eine Bremse für die Entfaltung einer demokratischen Gesellschaft wahrgenommen.

Konnte die algerische Identität ohne Bezug auf die Religion wiedergefunden werden?

Tatsächlich waren die „Brüder" oft nur entfernte Vettern mit eifersüchtigem Stolz auf ihre Zugehörigkeit zu ihrer Region, ihrem Clan und immer bereit, sich gegenseitig fertig zu machen ebenso wie sich zu helfen.

Mitte April wurden die sehr bekannten gefangenen Frauen in Tunis empfangen.

Djamila Bouhired[60] lud mich in ihre Villa in *Salammbô* bei Tunis ein. Ich verbrachte dort lange Momente. Mehrere dieser *moudjahidate* (Kämpferinnen) waren bereit für die kommenden Kämpfe. Sie stellten sich Fragen über ihren künftigen Status als Frau, Gattin, Mutter, Arbeiterin, und wirkten nicht sehr zuversichtlich. Man diskutierte ausführlich über ihre Abwesenheit in den Instanzen der „Revolution". Einige wollten lautstark protestieren und sich organisieren, um dort rechtmäßig vertreten zu sein. Andere, manchmal dieselben, verwendeten den größten Teil ihrer Zeit damit, das Für und Wider einer Heirat mit einem ihrer Verehrer abzuwägen, von denen sich die meisten brieflich vorgestellt hatten. Es kam vor, dass man meine Meinung erbat, weil ich als Aufgeklärt galt. Man bräunte sich bei der Diskussion vom Sozialismus auf algerische Art und von universellen Frivolitäten. Man polierte sich, cremte sich, *henna-ierte* sich. Diese Sitzungen brachten mich zurück in die *Baumettes* zu den Freitags-Waschungen und machten mir Hoffnung auf die Ankunft meiner Kameradinnen aus der Haft, Nadia und Halima. Aber sie gehörten nicht zum Kreis der Heldinnen. Weder in *Salammbô* noch anderswo habe ich jemals Maghrebinerinnen getroffen, die nicht kokett und körperverliebt waren, vielleicht weil sie sich vor der männlichen Begehrlichkeit verstecken mussten. In der damaligen Frauengesellschaft putzten sie sich auf, um sich zu gefallen. Die Promiskuität im *Hamam*, die Sinnlichkeit, die die Massage-Zeremonien bestimmt, gegenseitiges Abklopfen und Bespritzen besänftigten die Rivalitäten nicht, verschärften sie manchmal noch, wenn die richtenden Mütter dabei waren, die mit bekräftigenden Blicken die Zukünftigen ihrer Söhne abschätzten oder besser gesagt auseinander nahmen. Sie sollten schön sein, strahlend, jedoch ohne Dreistigkeit.

---

60 Die Heldin des Befreiungskampfes *Djamila Bouhired*, die Anne aus Marseille kannte, gab mit ihrem Mann, dem Anwalt Jacques Vergès, eine Zeitschrift heraus (Révolution Africaine). Sie bekamen zwei Töchter. Er war konvertiert zum Islam und hatte einen wichtigen Posten im Außenministerium unter Ben Bella, zerstritt sich aber mit ihm. AdÜ

Das Ziel dieser Anstrengungen war (und ist) aber nicht nur das Mittel, in der Schaufensterauslage zu glänzen. Meine Freundinnen *Leila, Djamila, Zhor, Khadidja, Salima, Meriem* und die anderen wollen hoffentlich immer noch gern schön sein, weil sie schön sind. Diese Frauen gemeinsam mit all den unbekannten Soldatinnen, den Akteurinnen der Geschichte der Befreiung ihres Landes haben es nur selten geschafft, sich in der Gestaltung ihres Landes durchzusetzen.

Sie sind überwiegend Gefangene der Tradition geblieben, trotz der Hoffnung, die von der grandiosen Demonstration der Frauen 1964 in den Straßen Algiers hervorgerufen wurde. Ihre Töchter waren es, die sich gegen den Familien-Kodex mobilisierten, der 1964 „gewählt“ wurde und sie weiterhin der patriarchalen Ordnung unterwirft, trotz ihres oft mit Erfolg gekrönten Willens, beruflich und persönlich ihre Ziele zu erreichen.

Bei der Hochzeit einer dieser Pensionärinnen der Villa in *Salammbô* begegnete ich *Ben Bella, „Herr (Si) Ahmed“*, und bald weniger förmlich *„B.B.“*[61]. Die fünf „Historischen“ (die Gefangenen von *Aulnoy*[62]) waren im Stadtteil *Montfleury* untergebracht worden, wo ich damals wohnte. Ich sah die Warteschlange vor ihrer Tür. Ich hatte auf die Einladungen zu den Höflichkeitsbekundungen nicht reagiert. Ich befand mich im Salon, der für die Frauen reserviert war, als *Ben Bella, Bitat* und *Aït Ahmed* ihren Auftritt hatten. *Ben Bella* lud mich zu einem Frühstück ein *„wann ich dazu Lust hätte, er würde mich gern kennenlernen“*. Er erinnerte mich lachend daran, dass er auch ein wenig *Marseiller* sei, als ehemaliger Fußballspieler, und gestand, dass er sich immer noch für *Olympique Marseille* interessieren würde. Er erwähnte sogar eine Briefpatin aus dem Krieg, die in dem volkstümlichen Stadtteil *Le Rouet* wohnte.

---

61 *B.B.= bébé,* auf Deutsch: Baby. AdÜ

62 Im *Château d'Aulnoy* (Frankreich) waren B*oudiaf, Bitat, Aït Ahmed, Ahmed Ben Bella* und *Mustapha Lecheraf* gefangen. Sie waren deshalb die „historischen“ Anführer. AdÜ

Alle, die den Film *Indigènes*[63] gesehen haben, werden nicht erstaunt sein.

An jenem Tag unterhielt ich mich mit *Aït Ahmed.* Ich fand, dass er professorenhaft redete. Wir sprachen über Alphabetisierung. Seine Idee „Qualität" statt „Quantität" störte mich so sehr, dass ich ausstieß: *„Ihre Großmutter kann bestimmt lesen und schreiben*!" Das konnte er nicht verstehen. Danach habe ich ihn nur noch einmal getroffen, fern von diesen kabylischen Bergen in den Alpen der französischen Schweiz, als er die Piste des Gletschers in den *Diablerets* hinunterfuhr. Später habe ich seine Hartnäckigkeit bewundert, die Mauern einzureißen, die einen algerischen Weg zur Demokratie verbauen, wohingegen ich sein Engagement in der kabylischen Revolte 1963 nicht begriffen hatte, wobei mich tatsächlich entschuldigt, dass ich keine Algerianität[64] habe.

Ich frühstückte mit *Si Ahmed.* Es dürfte Anfang Juni gewesen sein, einige Tage vor der Versammlung des *Nationalen Komitees der algerischen Revolution (CNRA)*, die nach Aussage von Zeugen, denen ich kaum glauben mochte, in einer Schlägerei endete. Man war Zuschauer von Debatten, die nach dem Urteil eines Teilnehmers als „blutig" zu bezeichnen waren und um den Gründungstext der künftigen Republik gingen, die *Charta von Tripolis*, die mit Modifikationen angenommen wurde, wodurch sie für eine soziale Politik offener wurde als die vom *GPRA* befürwortete. Dieser gleitende Übergang sei möglich gewesen, immer noch nach Mitteilungen meiner Informanten, dank der Hartnäckigkeit, manche nannten es Gerissenheit, von *Ben Bella* und seinen Freunden. Aber wer war das: seine Freunde? Ich wusste nichts über die Absprachen zwischen *Ben Bella* und dem Generalstab. Obwohl mich selbstverständlich niemand nach meiner Meinung fragte, gehörte ich zu denen, die den Eindruck hatten, dass die ideologischen

63 Tage des Ruhms (Originaltitel: *Indigènes*) ist ein Film des Regisseurs *Rachid Bouchareb* aus dem Jahr 2006 über vier Berber, die im 2. Weltkrieg für die Befreiung Frankreichs kämpfen. Adü

64 Damit ist die Zugehörigkeit zur algerischen Kultur gemeint. AdÜ

Bestimmungen des *GPRA* nicht zu einer „partizipativen" Demokratie führten, sondern zu der eines Staates, der allein die städtische Bourgeoisie vertritt und sich nur um sie kümmert.

In den letzten Wochen hatte die Vendetta mit ihren wechselnden Allianzen zwischen verschiedenen Fraktionen des *FLN* das Unterfangen erleichtert, den Generalstab des *ALN* zu destabilisieren, der sich über die Zerwürfnisse im Kern des *GPRA* freute und ebenso über die Differenzen zwischen ihm, den Emissären der französischen Föderation und den Vertretern von dem, was noch übrig war vom inneren Widerstand. Die Scharmützel knallten so stark, dass auch der schlichteste Mitstreiter ihren Pulvergeruch wahrnahm. Einige jedoch hatten sich den ideologischen Affinitäten entsprechend gruppiert und versuchten mehr oder weniger heimlich mitten in dieser Kakophonie, über das Projekt eines Textes für die künftige Charta nachzudenken, die die Politik des künftigen algerischen Staates orientieren sollte. *B.B.* wollte meine Meinung wissen, die eines Mediziners, über die Organisierung des Gesundheitswesens und auch des Bildungswesens. Er beschränkte seine Kommentare nicht auf die technischen Aspekte der medizinischen und sozialen Politik. Er sprach von den Frauen, den Bauern, den Clans. Ich war verblüfft, dass er sich für die Bauernschaft interessierte. Für sie hatte er ehrgeizige Ziele. Das war ziemlich neu, denn wenige Verantwortliche (von jenen, mit denen ich gesprochen habe) machten trotz der offiziellen Erklärungen den Eindruck – obwohl die überwiegende Mehrheit der Soldaten Landarbeiter waren –, sehr besorgt um die Situation der *Fellahs* und der Besitzer von Landstücken zu sein, die lächerlich klein waren, nicht nur im Vergleich zu den Latifundien der Kolonisatoren, sondern auch zu den landwirtschaftlichen Betrieben mit einigen Hundert Hektaren, die Algeriern gehörten – die meisten waren Beamte in der Kolonialverwaltung.

Ich fasste Mut und packte zum ersten Mal all meine Enttäuschungen, Zweifel und Empörung aus. Ich stellte mir die Frage nach dem Überleben in dieser Arena. Wenn sich die Spielregeln nicht änderten, würden Vetternwirtschaft, Gefälligkeiten und faule Kompromisse die Politik säugen. Wenn ich von den Diskussionen in einem Kreis von zehn Freunden absehe, war es das erste Mal seit zwei Jahren, dass ich mich rückhaltlos äußerte.

In einem Wort: Der Funke sprang über. Ich ging erneut zum Frühstück mit B.B..

Der FLN hatte beschlossen, ab April die Kranken in ihr Land zurückzubringen, bevor die Exilierten, Flüchtlinge, Zwangsumsiedler, Militärs, Zivilisten, Esel, Schickeria, LKW massenhaft über die Grenze kamen.

Diese Verlegung sollte zum psychiatrischen Krankenhaus in *Blida* geschehen, wohin ich mich später heimlich wie ein gewöhnlicher Flüchtling begeben würde. Außer den Patienten aus den Häusern von *Bardo* und *La Marsa* sollten Verletzte mit neurologischen Folgen sowie einige schwere Epileptiker, die ich pflegte, auf dem Konvoi mitgenommen werden. Die Redaktion der Krankenakten, die Organisation der Reise mit einem Spezialzug, die stattfinden würde oder doch nicht, weil Befehle und Gegenbefehle auf internationalem Niveau Pingpong spielten, ließen mir wenig Muße. Unter der Ägide des algerischen und tunesischen „Roten Halbmonds" wurden die Kranken in Gruppen eingeteilt, und der Tag kam, an dem der Zug sich für eine Fahrt in Gang setzte, deren Dauer voraussichtlich drei Tage betragen würde. Ein Arzt wurde als Begleiter verlangt. Die drei Krankenpfleger erzählten mir ihr Epos. Sie priesen mich, dass ich den Vorrat an Beruhigungsmitteln großzügig vorgesehen hatte. Manche Kranken wurden gesund wie verhext, als sie nahe ihrem Zuhause vorbeikamen. Nur wenn man auf sie schoss, konnte man sie zurückhalten. *Hamdoullah*![65]

65 Gott sei Dank. AdÜ

Der Sprung

Das provisorische Exekutiv tagte seit dem 7. April 1962 in *Rocher Noir*, einer neuen Verwaltungssiedlung, die einige Jahre zuvor hastig im Osten von *Algier* gebaut worden war. In dieser Übergangsperiode war die Verwaltung weiterhin französisch, ihre Armee noch präsent und ihre Geheimpolizei ebenfalls. Es handelte sich nur um einen Waffenstillstand. Die Algerier konnten sich in ihrem Land herumbewegen. Für uns Franzosen auf der Flucht sollte die Amnestie noch einige Jahre warten. Ich musste mich trotzdem nach *Rocher Noir* begeben, um die algerischen Verantwortlichen zu treffen, die die Eingliederung unserer Kranken in das psychiatrische Zentrum von *Blida* leichter machen sollten.

Es waren noch wenige Tage bis zum Referendum über die Selbstbestimmung, die Algerien den Algeriern zurückgeben sollte. *Amara, Abdelhamid* und ich hatten beschlossen, in meinem privaten Auto „nachhause" zurückzukehren (unausgesprochen: nach Algerien), in einem fast neuen Fiat, verglichen mit den Klapperkisten, die uns auf dem Heimweg meiner Gefährten begegneten, der für mich jedoch der Weg ins algerische Abenteuer war. Mein Projekt hatte hier und da einige Vorbehalte ausgelöst, aber in Kenntnis meines dickköpfigen Individualismus lieferte man mir den Personalausweis einer algerischen Flüchtlingsfrau. Außerdem besorgte man mir einen Passierschein, der mir den gelegentlich verlängerten Aufenthalt in einem der Verteilungszentrun am Rande der *Morice*-Linie ersparen sollte.

Erschöpft erreichten wir das Lager nach der Grenze gegen 16 Uhr. Ich unternahm einige Behördengänge, um zu versuchen, einige Plätze in den Warteschlangen zu erhalten (wie man in Algier sagt), wo man einen runden Stempel hier und einen dreieckigen anderswo bekommt. Dann gab es noch die Gesundheitskontrolle für die Menschen und die viel pedantischere für die Fahrzeuge. Unser Fiat hatte wie alle anderen ein Stockwerk erreicht, wo Unordnung herrschte, die allen

Misstrauen einflößte, so dass sie ihre Schatztruhe sorgfältig zugedeckten. In dieser Karawanserei, die in einigen Bereichen einem afrikanischen Markt glich, in anderen dem Flohmarkt an der Pariser *Porte de Montreuil*, bereitete es meinen Gefährten keine Schwierigkeiten sich durchzuschlängeln. Sie mussten sich verbergen, schließlich desertierten sie… Jungs von *Boussouf*, die schon seit langem ernüchtert waren – wie andere auch, die ihre Lehrzeit im Wilaya V um *Oujda* absolvierten, der zur Hochburg von *Boussouf* und seinem jungen Freund *Boumedienne* werden sollte.

Glücklicherweise erkannte ich – eingehüllt in meinen staubigen *haïk* (Schleier) und in mein Schweigen vermauert – nach einer guten Stunde Auf-der-Stelle-Tretens einen meiner früheren Kranken inmitten der geschäftigen Bürokraten. Er erledigte den ganzen Papierkram im Sturmschritt, wobei er gegen den *GPRA* grummelte – immer diese Etappenhengste –, die mich nicht einmal einem Chauffeur anvertraut hatten. Ich musste ihm gestehen, dass ich mit zwei „Brüdern" sei, die mich nach *Blida* fahren würden. Obwohl ich ihm wiederholt sagte, dass *Djamila Moktefi* in ihre Schleier gewickelt nicht die *Doktorin Annette* sein könnte, präsentierte er mich jubelnd seinen Kumpeln. Schließlich machte er eine kleine ruhige Ecke für unser Auto ausfindig, das um die Inspektion herumkam. Unser Treffen zum heimlichen Abschiednehmen fand bei Freunden statt. Wir hatten in Form von unauffälligen Päckchen das Weggepäck meiner Gefährten zwischengelagert, im Wesentlichen Bücher, und die Geschenke für alle Familienmitglieder,, ohne die zahlreichen Kinder zu vergessen, die während der Abwesenheit des Onkels geboren waren. Während des Abschiedsfrühstücks machte jemand eine Anspielung auf die Minen, die einem die Beine zerfetzen. Diese Waffen gegen Menschen lagen schon an den Rändern der beiden Pisten, die für Flüchtlinge geöffnet wurden, auf der Lauer. *Ablamid* merkte an: „*Wir hätten eine Bratpfanne*[66] *klauen sollen.*" *Marie-Jeannes*

66 Umgangssprachlich für einen Metalldetektor. AdÜ

freundschaftliches Herz war sofort angesprochen. Heimlich legte sie ihr bestes Küchengerät in unser Fahrzeug. Wir haben viel gelacht und unseren Talisman behalten. Wir beschlossen, den Tagesanfang beim Auto abzuwarten, um die *Morice*-Linie zu überqueren, ohne uns einem Konvoi anzuschließen. Wir starteten auf Reifen- wie auf Zehen-Spitzen, nachdem wir uns vergewissert hatten, dass uns von unserem Gepäck nichts abhandengekommen war. Wir hingen ganz besonders an unserer Bratpfanne, die auf dem Koffer festgebunden war, der auf dem Dach herumschwankte.

Trotz des sanften Morgenlichtes war es düster.

Ein Buschwerk aus Eisendrähten mit seinen Wachtürmen legte sich in meinem Erinnerungsfeld über die Bilder aus „*Nuit et Brouillard*“[67]. Wir waren schweigsam und schwermütig. Ich stellte mir das Gefühl meiner Gefährten vor, die endlich diesen Staudamm zerstörten, der sie im Exil eingesperrt hatte.

Das algerische Fest

Das erste algerische Dorf, Fahnen, Fanfare, nationale Identitätskontrolle. Der beste Tisch der besten Hütte war mitten auf die Piste gestellt worden und diente als Büro. Obwohl es die Zeit der Siesta war, ließ unsere Ankunft die ganze Dorfgemeinschaft zusammenlaufen. Hundert Menschen, vielleicht mehr, kamen aus ihren kleinen Häusern und den Höfen, die von niedrigen Lehmwänden umgeben waren. Die jungen Frauen zeigten uns ihre Babys, die alten streichelten uns, die alten Männer gaben mir einen Wangenkuss, als wäre die Umarmung nicht für Männer reserviert. Mit einem Glorienschein aus Staub waren wir in *Claire-Fontaine*[68]. Drei Bäume saugten an der Quelle, die in dieser Wüste ihren hübschen Namen rechtfertigte, der in grüner Schönschrift dort stand und auf Arabisch die schwarzen Schriftzeichen des Hinweispfahls des französischen Straßen-Amtes überschrieben hatte. Auch das

67 „Nacht und Nebel“, Film von *Alain Resnais*. AdÜ
68 Klarer Brunnen. AdÜ

Register wurde auf Arabisch geführt, zum Glück unterzeichnete mein vorgeblicher Gatte für mich, wie es sich gehört.

Das war nicht unser erster Halt. Auf dem Plateau dehnte die bleierne Sonne mittags unsere Kiste aus Blech. Eine Wasserstelle, Pumpe und Tränke für Kamele. Wir beschlossen ein Bad, das von der Ankunft eines Lieferwagens abgekürzt wurde, in dem mehrere Familien gestapelt waren. Ich war hastig ins Auto zurückgestiegen, um meine Halbnacktheit in meinem Schleier zu verstecken, wobei ich den Kopf abwendete, als die Frauen sich näherten, um Bekanntschaft zu schließen. Wir starteten wie Diebe, wobei *Amara* mich daran ermahnte:

- Du verschleierst dich, und du schlägst die Augen nieder… kein Problem, die Männer sprechen für dich…

Ich musste auf eigene Kosten lernen, dass die Männer – im Schatten der Moschee aufgewachsen, sogar ohne jemals hineingegangen zu sein – für die Frauen sprachen, weil sie in der damaligen Zeit (und wie steht es heute damit?) überzeugt waren, dass Frauen nicht denken könnten.

Es war dunkel. Geschrei kündigte *Constantine* an. Obwohl ich die Befreiung von Marseille miterlebt hatte, konnte ich mir ein solches Spektakel nicht vorstellen. Zehntausende Frauen, Männer, Kinder tanzend, schreiend, sich umarmend und *Youyou*-Rufe ausstoßend. Frauen entschleiert, oft mit nackten Armen zeigten sie auch ihre Waden und küssten den Nächstbesten, bevor sie beseligt wieder die Hand ihres Mannes ergriffen. In diesem Strudel, der uns ergriff, weil es ein außergewöhnlicher Tag war, schien alles von selbst zu gehen. Ich war deshalb nicht überrascht, als in dieser *Farandole*[69] die Hand, die meine ergriff, die von *Daksi* war. Wir brauchten dennoch einige Sekunden, bis wir einander in die Arme fielen. Ich denke oft an diese Nacht zurück, die mich heute zu der aufschlussreichen Geschichte von *Djha* zurückbringt, dem *Marius*[70] von dort unten.

69 Provenzalischer Tanz. AdÜ

70 Held einer Marseiller Trilogie von *Marcel Pagnol.* AdÜ

„*Djha* ist gerade gestorben. Er steht vor dem Allmächtigen, der ihn abkanzelt und zu ihm sagt: ‚Du verdientest die Hölle, doch wissend, dass deine Streiche deinem Nächsten gegenüber niemals verhängnisvoll sein wollten, wäre ich geneigt, dir die Absolution zu erteilen und dich ins Paradies zu lassen, nachdem du zwei oder drei Tage in der Hölle verbracht hast.' *Djha* dankt demütig und lässt sich führen. In der Hölle fließt der Wein in Strömen, es ist das erste Mal, dass er ihn anrührt, die Frauen sind schön und zuvorkommend, man lacht und singt. *Djha* wird zugehört, man verlangt noch weitere seiner Geschichten. Er hat Freunde. Sogar sein Esel ist zu ihm gekommen. So bittet er, als der Gesandte Gottes ihn abholen kommt, um ihn ins Paradies, dieses liebliche Eden zu führen, um die Gunst, in der Hölle zu bleiben. Einige Tage vergehen, bis die Hölle das wird, wovor sich alle fürchten. *Djha* regt sich fürchterlich auf, geht von einem seiner Gefährten im Unglück zum nächsten und fragt sie, was passiert: ‚Nichts Besonderes. Du bist in der Propagandawoche angekommen!'"

Wie lange hat in Algerien die Propagandazeit gedauert! Drei Jahre, ein wenig mehr?

Nach dieser verrückten Nacht des 1. Juli 1962 in der trügerischen Hölle von *Djha* erreichten wir dank der riesigen Fahne, die *Daksi* uns gab, mit vollen Segeln *Blida.*, um *Abdelhamid* dort abzusetzen. Als Väter, Mütter, Tanten, Onkel, Cousins, Cousinen, Nachbarn einer nach dem anderen das gesegnete Kind und seine Freunde in den Armen gehalten hatten, als unter dem Laubengang aus Jasmin die Sessel leer waren, erhob sich die Sonne zum zweiten Tag meines Algeriens.

Amara beschloss, mich zu ihm nachhause in *Berrouaghia* mitzunehmen, um seine Freude und die seiner Familie zu teilen. Der Vater, *Mohand*, ein würdiger Mann, der das *Tagelmust*[71] und die bauschige Hose trug, machte mir die Ehrenbezeugungen seines Hauses und führte mich, was anscheinend ein großes Privileg war, in die für ihn reservierte Ecke unter

71 Kopftuch der Tuareg-Männer. AdÜ

dem Feigenbaum im Garten, von wo er die vier oder fünf Schafe beaufsichtigte, die auf einer blassen Wiese von ein paar Morgen weideten. Die Mutter, deren Kopftuch das inzwischen etwas vage Oval ihres Gesichts umrahmte, das schön gewesen sein musste, hielt mich lange in ihren Armen und gab so ihren Schwiegertöchtern grünes Licht für Freundschaftsbekundungen, die mit Überlegungen gespickt waren, aus denen die Neugier auf die Französin ihres Bruders zu erkennen war. Das war ein großartiger Tag.

Amara bestand darauf, mich nach *Rocher Noir* zu begleiten. Weiterhin mit schamvoll geschlossenen Augenlidern präsentierte ich ein wenig unruhig meinen Passierschein dem französischen Soldaten, der Wache stand vor dem doppelköpfigen franco-algerischen Parlament der Übergangszeit zwischen dem Waffenstillstand, der Proklamation der algerischen Republik und der Konstituierung ihrer rechtmäßigen Regierung. Ich traf *Abderrazak Chentouf, Chawki Mostefaï* und einen dritten Mann, von dem ich nur den Vornamen erinnere, der derselbe wie der von *Boumedienne* war.

Es wurde abgemacht, dass ich in *Blida* wohnte, wo sich ein Arzt, der sich um meine Patienten kümmern sollte, mit mir treffen würde. Ohne Erklärung wurde mir verboten, mich nach Algier zu begeben. Man teilte mir ein Einzimmer-Appartement in einem Sozialbau zu, der in aller Eile gebaut worden war, um die algerischen Hilfskräfte der französischen Armee unterzubringen. Das war eher erbärmlich. Das müsste unbewohnbar sein… und doch hatte ich einen Nachbarn, einen französischen Gendarmen mit elsässischem Akzent, der genauso verloren wie ich war und sehr liebenswert, insbesondere wenn er der Anisette etwas kräftiger zugesprochen hatte. Er wirkte durch meine Anwesenheit nicht beunruhigt, aber seine machte mich stutzig. Um den 25. Juli, einige Tage nach der Proklamierung von *Tlemcen*[72], wo das Politbüro eingesetzt wurde, das *Ben Bella* wollte und leitete, wurde ich autorisiert,

72 Stadt im Nordwesten nahe der marokkanischen Grenze. AdÜ

(von wem?), mich nach Algier zu begeben, wo man mir ein Einzimmer-Appartement im Studentenwohnheim zuteilte, das auf den Höhen über Algier in *Ben Aknoun* lag.

Dort war es, wo der Bote vom Minister *Nekkache* mich auffand. Der Kampf zwischen umstürzlerischen Gruppen wurde härter, die Provokationen kamen eher von denen, die schwere Waffen besaßen. Das sage ich heute, aber in jenen fiebrigen Monaten fand ich mich denen an den Grenzen näher, die mich einige Monate zuvor anekelten. Wie so viele damals dachte ich, dass *Ben Bella* und seine zusammengewürfelte Gruppe, in der die „linken Eliten" sehr aktiv waren, Algerien aus der Krise hinausführen und einen neuartigen Versuch einer „Volksdemokratie" ohne Bezug auf das sowjetische System versuchen könnten. Die Anwesenheit von Trotzkisten in *Ben Bellas* Lichthof schien uns gegen eine Sowjetisierung zu schützen. Das jugoslawische Modell stand eher auf der Tagesordnung. Man musste was machen. Man schlug mir vor, im Falle einer Präsidentschaft von *Ben Bella* eine Rolle in der Politik des öffentlichen Gesundheitswesens zu spielen. Ich behielt mir die Antwort vor, und trotzdem, einige Tage nach dem Einmarsch der Armee in Algier, ohne es wirklich gewünscht zu haben, dorthin getragen von irgendeinem mir unklaren Ostwind, fand ich mich in einem Ministerium wieder und verkehrte dort mit Individuen, die ich einige Monate zuvor nicht begrüßt hätte.

Glaubte ich blind an das, was ich machte, oder schloss ich mich in der Blase meiner kleinen Macht ein, überrumpelt und in den Netzen der Versessenheit gefangen, ein Ziel zu verwirklichen? Ohne Zweifel beides.

Die verborgene Seite der Aktivistin
Die Prüfung

Trotz der Enttäuschungen über Algerien im Exil, trotz der Anfälle von Trübsal und Verzweiflung gehörten meine tunesischen Jahre zu den glücklichsten meines Lebens – vielleicht weil ich dort eine Leidenschaft erlebte.

Die ersten Wochen im Dezember 1960 waren jedoch nicht vielversprechend. Ich sollte meinen Ehemann *Jo* und meine drei Kinder in Rom wiedertreffen, um sie in Tunis unterzubringen. Das Haus war gemietet, das Kindermädchen eingestellt, die Zimmer waren geschmückt, die Kinder konnten in ihr Zuhause kommen. Sie wurden an der Grenze nach Italien am *Mont Cenis* zurückgewiesen. Das erfuhr ich erst nach ihrer Rückkehr nach Marseille, einige Minuten bevor ich in das Flugzeug von Tunis nach Rom steigen wollte, das mich zu ihnen bringen sollte, und „nicht einsteigen" hörte. Ohne die *Martini*, die mir ihre Arme und ihr Haus öffneten, hätte ich diesen Absturz nicht überlebt. Ich fuhr jedoch fort, für den nächsten Sommer Pläne zur See auszuarbeiten. Als ich erfuhr, dass wir uns in einem italienischen Hafen treffen würden, trug ich die gute Nachricht in jedes befreundete Haus. Mit einem fröhlichen Wirbel der Solidarität machten sich die Mütter an die Arbeit. *Jacqueline Dyé* fand die Person, die auf die Kinder aufpassen würde, *Paton* befragte die Lehrerin ihres Sohnes über die Gesinnung der Direktorin „dissidenten" Franzosen gegenüber, *Marie-Jeanne* bot an, uns zu beherbergen, während wir auf eine angemessene Wohnung warteten. Schließlich kam der Tag, an dem meine Freundin *Mireille* mich einlud, zu ihr nach Rom zu kommen.

Es war Mitte August. Die Jacht hatte in *Portofino* festgemacht. Mein Mann war da, aber meine kleine Tochter nicht. Ich glaube, es geschah in diesem Moment, dass ich endgültig mit *Jo* brach. Ich kannte die Entschuldigungen, die vorgebracht wurden. Gefahr einer Durchsuchung, der man ein Baby von vierzehn Monaten nicht aussetzen dürfe, (wer glaubte ernsthaft, dass die Polizei Kinder über Bord werfen würde). Eingeschränkter Komfort, (ein Schiff von dreißig Metern ist kein Planwagen von Roma, und außerdem hätte man die Fahrt *Antibes – San Remo* in wenigen Stunden machen können). In dem Zug, der uns an die Riviera brachte, wurden meine Klagen in dem Maße geringer, wie mich meine Vorfreude erfasste, meine Jungen an die Brust zu drücken. *Jean Ri* und *Gilles* waren lebendig, schön, strahlend, zärtlich. Die Tage in *Portofino* waren wunderbar. Umso härter war die Trennung. Ein Leben mit den Kindern in Tunesien stand nicht mehr auf der Tagesordnung. Ich kehrte allein, aber glücklich in unsere Fischerhütten am Fuß von *Sidi Bou Saïd* zurück, wo eine beständige Feststimmung herrschte. .. Und dann war ich verliebt. Die Nächte auf unserem Felsen nähren immer noch meine Träume von Glück.

Der schöne Sommer endete. *Jo* kündigte mir den damals neunjährigen *Gillou* an, der aus der Schweiz ankommen würde, nachdem er die Grenze bei Genf im Kofferraum des Autos einer Freundin überquert hätte. Abwesend, aber großmäulig kam er die Stufen vom Flugzeug herunter, so dass er mich am Fuß der Gangway nicht sah. Ich hielt ihn an, indem ich ihn in die Arme schloss. Ich spürte seine Rückzugsbewegung wie eine Warnung, es würde nicht leicht werden. Ich blieb dennoch überzeugt, dass meine Liebe und das lächelnde Leben von Tunis erreichen würden, ihn ins Gleichgewicht zu bringen. Nach Aussagen seines Vaters war er höllisch geworden. Alles lief schlecht.

Ich wollte mit *Amara* weiterleben, ihn aber nicht *Gilles* aufdrängen. Wir mieteten also zu fünft, *die drei A.* (sie hatten alle denselben Vornamen *Abdelhamid*), *Amara* und ich eine Villa ein paar hundert Meter von den Ruinen Karthagos entfernt. Der Garten war nicht groß, erlaubte aber, dort Versteck zu spielen. Die Zimmer waren riesig, das von *Gilles* und meines gingen zu einem kleinen Innenhof, dessen Bananenstaude Früchte trug. Der Gemeinschaftsraum verlängerte sich auf eine winzige Terrasse, die von Bougainvilleas violett leuchtete. Man aß in der Küche, jeder zu seiner Zeit. Zwei der *drei A.* hatten Zeitverträge, sie „navigierten" zwischen Kairo, Libyen und Tunis.

Die ersten Wochen waren idyllisch. Es waren noch Ferien. Zwischen einer Fahrradfahrt um die punischen Häfen herum, einem Bad im Meer und einem Nachmittag mit den Freunden machten wir die Einkäufe für den Schulbeginn. Abends gab es einen Angelwettbewerb. *A2* war geschickt darin, die Sardine am Ende von *Gilles* Angel auf den Haken zu setzen, wenn er sich umgedreht hatte. Der wiederum entdeckte mit *Youssef*, während ich arbeitete, die Parfums und die Kuchen aus dem Souk.

Ich hatte ihn in der französischen Schule unter dem Namen *Salim Gilles Benafi-Albrecht* einschreiben lassen. Mein Pass mit dem Namen *Benafi-Albrecht* war ein echter falscher, der von *Gilles* war ein Scherz, aber es gab keine Probleme. Wir bekamen ein Papier, das seine Geburt in *Sousse* oder *Sfax* beglaubigte, ich erinnere mich nicht mehr genau. Ich glaube, es lief über den diensthabenden Chef der Kinderabteilung, dass ein Mitglied der französischen Botschaft eingeschaltet wurde. Nach dem Einfrieren der franko-tunesischen Beziehungen im Anschluss an das brutale Zwischenspiel von *Bizerta* waren sie erneut ungetrübt… in den Kanzleien.

Am Abend vor Schulbeginn erhielt ich einen Vermerk der Schulleitung, die mir trocken verkündete, dass meinem Sohn (unterstrichen), dem Kind *Gilles Roger* (erneut unterstrichen) aus Gründen, die zu erklären unnötig sei, nicht erlaubt werde, die Schule der französischen Vertretung zu besuchen. Wir versuchten natürlich einige andere Zugänge, aber erfolglos. Eine befreundete Lehrerin gab den Rat, in Hinsicht auf die geistige Verfassung des Klassenlehrers, der *Gilles* empfangen hätte, nicht darauf zu bestehen.

Wir lebten in einer quirligen, farbigen, zusammengewürfelten Welt, in der Algerier, Tunesier, Franzosen miteinander verkehrten, aber „das wahre Frankreich“ ausgeschlossen war, was wir vergaßen.

Ich überlegte eine Rückkehr von *Gilles* nach Marseille, ohne zu wissen, ob es möglich wäre, und außerdem war er schon ganz in Tunis. Seine Albträume, derentwegen ich Nächte an seinem Bett verbrachte, wurden seltener. Wir versuchten die kommunale tunesische Schule in *Dermerch*, unserer Gemeinde. Eine Katastrophe. Der Lehrer war ein Mann reifen Alters, der Vertrauen weckte. Sein grauer, altmodischer Kittel klaffte über einem dicken Leib.

Er trug die *Chéchia*[73] und holte alle Augenblicke sein Taschentuch hervor, um sich die Brille zu putzen. Er hatte vermutlich große Probleme mit der Sicht, denn er nahm das Desertieren mehrerer Schüler nicht wahr, zu denen *Gilles* gehörte. Wenn es sich um gemeinsames fröhliches Schulschwänzen gehandelt hätte, wäre es weniger schlimm gewesen, zumal das Programm nicht dem Schüler *Gilles* angepasst wurde, der aus der Gemeindeschule im bretonischen *Saint-Cast le Guildo*[74] kam. Herauszufinden, dass der Schelm *Gillou* vier Stunden am Fuß einer Statue Karthagos allein liegend verbringen konnte, brachte mich in die Depression. Selbst die Spaziergänge in den Gassen von *Sidi Bou Saïd*, wenn der Mond auf die noch weißen Mauern ständig wandelnde Figuren zeichnete und durch die *Maschrabiyya*-Gitter die spanisch-maurischen Klänge des *Maalouf* drangen, halfen mir nicht. Die Freunde umgaben mich. Niemals wieder wurde ich so oft in das *Zaf-Zaf* in *La Marsa* eingeladen wie in jener Periode. Ich mochte diesen Ort, Treffpunkt der Familien aus Tunis. Ein großer, von Arkaden umgebener Hof, in der Mitte ein Brunnen. Das versklavte Kamel, das mit demselben Schritt unablässig im Kreis geht, um die Laufrolle zu bedienen, über die sich das Seil des Eimers auf und ab rollt, der das Wasser schöpft – die Quelle des Lebens. Die Tische, die ihn umgaben, wurden ständig verstellt, um die Unterhaltung zwischen Neuankömmlingen zu erleichtern und die Auswahl des Jasmin-Sträußchens auf dem Tablett des jungen Verkäufers zu ermöglichen, das wie in *Hammamet* hinter das Ohr gesteckt werden musste.

Quälende Fragen, die immer präsent waren, was ich auch machte, selbst bei der Liebe. Was hatte ich mit meinen Kindern gemacht, meinen Kindern zugemutet? Ich bin nicht einmal fähig, mich um eines zu kümmern, und wünschte, alle zu haben. Unwürdige Mutter. Ich muss verschwinden, damit sie besser leben können, und mich auf ewig ausstreichen.

Ich werde mein langes Leben gepeinigt von meinem

---

73 Das traditionelle Käppchen. AdÜ

74 Dem Herkunftsort von *Anne*, an dem ihre Eltern lebten. AdÜ

Alter Ego leben, Ankläger und Richter zugleich.

In jenem Sommer hätte ich, wenn mein anderes Ich nicht von meiner Leidenschaft besetzt gewesen wäre, mich umbringen können. Sobald ich allein war, war ich bereit dazu. Diese Phase war kurz, aber die Intensität der Angst enorm. Unerwartet fing ich mich wieder. Ich akzeptierte, von meiner Reue gequält zu leben, aber zur gleichen Zeit beschloss ich zu handeln, als würde sie nicht existieren.

In *La Goulette*, diesem anderen magischen Ort, geschah es, dass ich *Charby* in der Bar begegnete (einem der Oberen im Hilfsnetz von *Jeanson* für den FLN), der schon seit mehreren Monaten in Tunis war, aber den ich noch nicht gesehen hatte. Es war *Abderrahamane Naceur*. Er kümmerte sich um die Schulen, die für Kriegswaisenkinder reserviert waren, die Kinder der *Chouhada* (Märtyrer). Er war die einzige Person neben *Fanon* (dessen Bekanntschaft ich gerade gemacht hatte), mit der ich über Gilles' Probleme gesprochen habe. *Fanon*, Psychiater, Schriftsteller, Diplomat, Denker und Herold, ich wäre versucht zu sagen *Erfinder der „algerischen Revolution“* wusste, dass er verurteilt war. Einige Monate später starb er an Leukämie. Er fand die Worte, um mir wieder Energie zu geben, derselbe dessen eigene Energie nach so viel Reichtümern, Erfolgen, Verehrung am Vergehen war.

Ich besichtigte die Schulen von *Charby*, die arm an Material, jedoch reich an liebevoller Zuwendung waren. Diese Jungen und Mädchen hatten als kleine Kinder die Hölle der Erwachsenen erlebt – *Charby* machte darüber ein ergreifendes Buch[75] mit ihren Zeichnungen, die ihren Schrecken angesichts der Vergewaltigung ihrer Mutter, des brennenden Weilers, aber auch die durch wärmende Liebe wieder entstehende Hoffnung ausdrückten. *Charby* schlug vor, sich für den schulischen Bereich um *Gilles* zu kümmern. Die Schule war etwa dreihundert Meter von unserem Haus entfernt. *Gilles* war nicht gegen dieses Experiment. Ich erklärte ihm, welches Leben seine Gefährten

---

75 *Abderrahmane Naceur - Les Enfants des Frontières.* AdÜ

hinter sich hatten, ich betonte besonders die materielle Not, in der sie sich befanden, bevor sie aufgenommen wurden, ohne mich lange über ihren Status von Waisen auszulassen. Das ging ganz gut. *Gilles* sprach gern über seine Schulkameraden. Die *drei A.* beglückwünschten sich über seine Leichtigkeit, arabische Schimpfwörter zu lernen. Er machte ohne Murren die Aufgaben von *Charby*, mit denen er dem Programm der französischen Schule folgte, das sie ihm jeden Tag zukommen ließen. Und krach! *Charby* ging weg. *Gilles* wurde wieder aggressiv, sofern ihn nicht die Willenlosigkeit erfasste. Weder mir, noch sonst jemandem gelang es, ihn zu bewegen, eine Zeile zu schreiben, ein Buch zu lesen, einen Ball zu treten.

Dann kam *Louis*, ein Kumpel von *Pierre*, unserem prochinesischen Priester. Sein Werdegang war kurvenreich wie bei den meisten von uns. Er war Schulmeister in einem kleinen Kaff im Südwesten, laizistisch bis unter die Haut. Der Engel des lieben Gottes und der Diener des Teufels wurden zu Helden eines Comics. Sie kämpften gemeinsam, um eine Familie aus dem Dorf vor den Flammen zu retten, in dem die Feuerwehr-Nonne Spritzen und Verbände machte. Die gute Ordensschwester bewunderte den Mut und den Bizeps des Lehrers, der Lehrer die Kaltblütigkeit und die Augäpfel der Klosterfrau, und das endete im übriggebliebenen Heu der Scheune. Ihre heimliche Liebe dauerte, bis die kleine Schwester aus *Louis* einen guten christlichen Lehrer-Missionar machte. Tunesien ist eine Zauberin. *Louis* erlag ihr, tauschte die Sutane gegen die Dschellaba ein, Christus gegen Allah. Er schlug sich mit Übersetzungen durch. Er hatte keine Wohnung mehr. Einer der A.s war gerade für einen langen Aufenthalt in Moskau aus der Wohnung gezogen. Sein Zimmer übernahm er und wurde im Austausch zum Hauslehrer von *Gilles*, der weiterhin morgens zu den Kindern des Weilers ging. Nachmittags arbeitete er gern und gut mit *Louis*, abends beging er Dummheiten mit den Kindern aus der Umgebung, zu denen der Sohn des Cineasten *Vautier* gehörte, der den Film „*Aurès*“ gemacht hat. Ich fasste wieder Mut. Und es wendete sich zum Schlechten.

Gilles klagte oft über das psychosomatische Bauchweh von gestressten Kindern. Ein oder zwei Mal regte ich mich fürchterlich auf, wie alle Mütter, und bat *Martini*, ihn zu untersuchen, für nichts. Als dann alles sich zu arrangieren schien, begann ein „nervöser Husten". Entschlossen, alle sarkastischen Kommentare zu ertragen, zeigte ich *Gille*s nach einigen Tagen des Zögerns unserem Lungenarzt *Chaulet*, der gar nicht lachte. Behandlung, dann ins Gebirge. Nicht nur war es mir nicht gelungen, meinem Kind zu helfen, sondern ich hatte es auch noch der Ansteckung ausgesetzt.

Ich geriet buchstäblich in Panik, telefonierte in alle Richtungen, Frankreich, Schweiz und anderswo. Dann kümmerte sich *Maya* um alles, die Sekretärin oder sowas Ähnliches vom jugoslawischen Roten Kreuz. Sie war in Tunis bekannt, wo sie sich oft im Zusammenhang mit der Versehrten-Hilfe von *Martini* und *Nekkache* aufhielt. *Gilles* reiste in ein Sanatorium der serbischen Berge. Während seines Aufenthalts im Gebirge residierte seine Großmutter (meine Mutter) in Belgrad bei der Präsidentin des jugoslawischen Roten Kreuzes. Es war Mitte Mai 1962, als ich zu ihnen kam; wir verbrachten zwei Tage in Venedig auf einen Freund wartend, Professor für Neurologie in Padua, damit er sich um richtige Papiere für *Gilles* kümmerte. Die Verträge von *Evian* waren beschlossen worden.

Mein Kind und meine Mutter kehrten nach Frankreich zurück, ich nach Tunis.

Diese verfluchte Erfahrung von *Gilles* in Tunesien überzeugte mich, dass ich unabhängig von meiner konkreten Zukunft meine Kinder nur während der Schulferien sehen würde.

Voll des größten Kummers meines Lebens, dem Verlust meiner Tochter, bin ich vor zehn Jahren nach Tunesien zurückgekehrt. Ich erhoffte, dass der Zauber dieser Erde, dieser Kultur und seiner Menschen meine offene Wunde beruhigen würde. Trotz der Hartnäckigkeit von Widrigkeiten gegen mein Gewissen als Mutter, trotz der erbarmungslosen Entdeckung, in den Vorstellungen, die ich mir von der algerischen „Revolution" gemacht hatte, reingelegt worden zu sein, betörte mich Tunesien. Ich habe dort in meinem Fleisch, in meinem Kopf und in meinem Herzen Augenblicke des Überschwangs erlebt, die uns menschlicher machen.

Berrouaghia

Sie brauchen nicht zu suchen! Das ist ein großer Flecken aus der Zeit der Kolonisierung Algeriens auf einer geraden Linie, die von *Algier* zur Oase *Tamanrasset* verläuft.

Ich war in Tunis bei den *Chaulet*, war glanzlos, langweilig, es war der Geburtstag meines Kindes. Meine Familie hätte bei mir sein sollen auf dem Fest, stattdessen waren sie an der italienischen Grenze abgewiesen worden. Ich stand auf, um mich zu verabschieden, als er auf mich zu kam. Sehr groß, ich konnte ihm antworten, ohne ihn zu sehen. Unverfängliche Banalitäten, ich fragte ihn, aus welcher Region er käme. Er hob seinen Arm hoch über meinen Kopf und zeigte auf der Karte Algeriens, mit der das Vestibül tapeziert war, „das Herz Algeriens, hier". Mein Blick traf auf seinen. Alles war gesagt: „*Berrouaghia*".

Die Reise war lang, gefährlich und ausweglos.

Sie begann in Tunis an den Stränden von *Gammart*, den Orangen-Hainen von *Hammamet*, den Ruinen von *El-Djem*, den Dünen von *Djerba*, den troglodytischen Höhlen von *Matmata* und dann, vor der Talfahrt nach Algier, kam *Berrouaghia.*

Man kam durch eine schwere, immer verriegelte Tür ins Haus. Bevor man mit dem Klopfer als Frau dreimal oder als Mann fünfmal klopfte, empfahl es sich, einige Schritte vorwärts in die Gasse zu machen, die zum Garten hin abfiel, und sich anzukündigen, indem man seinen Namen schrie. Man musste hoffen, dass der *Hadj* unter seinen Feigenbaum döste und dass das Geblöke der Schafe, die in ihrer Siesta gestört wurden, nicht die eigene Stimme übertönte. Ein Kind oder eine Frau kam, den Besucher zu empfangen. Man betrat die Etage mit den vier für Paare reservierten Zimmern, die von der Straße aus gesehen im ersten Stock lag. Das Zimmer von *Amara* diente zu der Zeit als Reserve. Nur eines der Paare wohnte dort dauerhaft, der Krieg machte es notwendig. Ein blau gestrichenes Treppenhaus führte ins Erdgeschoss, die eigentliche Wohnung. Man trat direkt in den Innenhof, den Ort des häuslichen Lebens der Frauen. In einer Ecke die moderne Küche (einer der Söhne verkaufte Haushaltsgeräte), gegenüber die Örtlichkeiten für Männer-Toiletten und Männer-Duschen öffneten sich zum Garten, während die der Frauen und kleinen Kinder zum Patio gingen. Es gab auch eine Zone für Wäsche, aber ohne Tisch, weil das Bügeln auf dem Boden stattfand, allerdings mit einem hochmodernen elektrischen Bügeleisen. Ein Zimmer, in das ich nie gekommen bin, war ausschließlich dem Vater für seine Siesta vorbehalten; manchmal lud er seine Frau dorthin ein, die ihren Schwiegertöchtern einen komplizenhaften Blick zuwarf, bevor sie ihr Tuch ablegte. Das zentrale Gebäude: ein großer Gemeinschaftsraum, in dem die Männer und ich aßen, wenn ich es wünschte, verlängerte sich zu einem Salon mit Bänken und Teppichen. Das Elternschlafzimmer schloss nach einem kleinen Vorraum, in dem ein Kohleofen stand, der im Winter geheizt wurde, an den Saal an. Außer dieser festen Wärmequelle wurden die *Kanoun* (Tongefäße, die als Feuerstelle für Holzkohle dienten) von Raum zu Raum getragen. Bei den jungen Leuten gab es auch elektrische Heizkörper. Nahe dem Eingang zum Garten stand ein Haus, dessen Mauern noch nicht geweißt waren und das für Kinder und Gäste reserviert wurde. Im Juli 1962 hatte sich fast die ganze Familie in ihrem Haus zusammengefunden.

In dieses Haus trat ich an *Amaras* Arm. Sein ältester Bruder war informiert über unsre Ankunft, die er seinem Vater angekündigt hatte, der mir seine Tür öffnete, aber auch ein wenig sein Herz, wie ich glaube. Unser Bote war Schlachter in *Boufarik* seit seiner Entlassung aus dem Gefängnis, wo er sieben Jahre zugebracht hatte, davon zwei mit *Ben Bella*. Er machte mit mir in Begleitung von *Amara* und seinem fünfzehnjährigen Sohn einen Besuch in Algeriens zentralem Gefängnis, das im Dorf war. Seine Vergangenheit verließ ihn nicht mehr, er wollte, dass wir eine Zelle betraten, in der er gewesen war. Ich musste ihm Marseilles Gefängnis der *Baumettes* beschreiben. Für ihn war ich eine Initiierte, was ihm bestimmt dabei half, die Verleugnung der Gesetze des Korans durch seinen jüngeren Bruder zu entschuldigen. Er stellte mich seinen befreundeten Dörflern vor, indem er nach Aussage von *Amara* meinen Lebenslauf von sich gab. Mein Engagement kompensierte für diesen glühenden Moslem mein Französischsein und meinen Atheismus.

Am Ende des Sommers lud die Mutter Freundinnen ein, damit sie mich kennenlernten. Einen ganzen Nachmittag blieb ich auf dem Sofa sitzen, das sie normalerweise einnahm. Als ich dachte, es sei normal aufzustehen, um die Gäste zu bewirten, brachte *Assia*, die Französisch sprach, mich davon ab. Ich verstand natürlich nur „Quiek" bei all dem Gegacker dieser lebhaften Unterhaltung. Glücklicherweise neigt meine Persönlichkeit nicht sehr zur Paranoia. In mein Schweigen gehüllt lächelte ich, wenn eine Frau heroisch mit mir zu reden versuchte, und akzeptierte höflich alle Leckereien, die sie mir anboten, wobei ich innerlich mit *Amara* schimpfte, der nicht kam, um mich zu befreien. *Fatima* hatte ihre Pflicht als Mutter getan, sie wollte dem Dorf keinen Gesprächsstoff über die „Sache" ihres Sohnes liefern, dem war sie zuvorgekommen. Ihre Freundinnen, die sie über meine Verdienste informiert hatte, würden sie vielleicht dafür entschuldigen, mich aufgenommen zu haben.

Die beiden Frauen *Assia* und *Aïcha* hatten sich für diese Gelegenheit in Schale geworfen. Die jüngere, *Alis* Frau, trug einen Rock und eine Bluse, die hätte sie auf dem Markt vom *Cours Belzunce* in Marseille gekauft haben können, wo damals schon, in den sechziger Jahren, die maghrebinisch-europäische Mode angeboten wurde. *Aïcha* war von großer Schönheit und trug das traditionelle Kleid der Hochebenen. Ihr schwerer Silberschmuck war kein Trödel. Ihr buntgestreifter Schal war fest um die Stirn gebunden und hob damit ihren Blick voller ferner Traurigkeit hervor. Sie war eine Alte... obwohl jünger als ich sogar... sie wusste, dass ihr Schürzenjäger von Mann, der in Algier lebte, seine zweite Frau aussuchen würde, die ihm einen Sohn geben würde. Eine junge Mutter war auch dabei, eine Cousine, die dort mit wohnte, seitdem ihr Flecken dem Erdboden gleichgemacht worden war. Sie bewegte sich nur mit ihrem Kind auf dem Arm. Eine Kleinigkeit. Ein Junge mit Enzephalitis war gestorben, bevor wir ihn ins *Mustapha*-Krankenhaus bringen konnten. Ich war mit ihr in dem Dorf seiner Eltern, das auf dem Weg nach *Boghari* um einen *Ksar*[76] herum lag. Es war auch *Aïchas* Dorf. Wir brauchten den Segen des Vaters, um ohne Männer eine Fahrt von dreißig Kilometern ungefähr zu machen. In einem Auto nachhause zu fahren, das von einer Französin gesteuert wurde, brachte sie in eine überschäumende Freude, wenn ich ihrem Lachen glaubte, das sonst so selten war. Es hatte dort Französinnen gegeben ... im Bordell. Sie zeigten mir das Gebäude mit starken, eindrucksvollen Gebärden, die mich schockierten und zugleich erstaunten.

Ich wurde von den Frauen sofort angenommen, ich zeigte ihnen, dass ich ihre Tricksereien verstand, dank denen sie dem Alltag des Patios und dem wachenden Auge der Schwiegermutter flüchtig entkamen. Die Migräne, wieder auf Französisch, war magischer. Sie flüchteten ein oder zwei Stunden in ihr Zimmer, ein vor Stürmen geschütztes Eiland. Sie verstanden, dass ich keine heilsame Migräne hatte, sondern mich isolieren musste, um zu rauchen. Sie machten sich einen Spaß daraus, mir von ihrem Mann geklaute Zigaretten zu verschaffen. Sie steckten sie mir flüchtig in die Hand, in einem Augenblick wo ich es am wenigsten erwartete, manchmal sogar in Anwesenheit ihres Mannes oder des Vaters.

Fingerspiele, die gefährlich, aber begeisternd waren. Wortlos machten wir uns über sie lustig.

Der Vater empfing mich im Schatten des Feigenbaumes neben dem Brunnen, wohin er sich zwischen Gebeten und

76 Festung, Burg. AdÜ

Siesta begab. Sein Leben wurde vom Muezzin geregelt. Seine Frömmigkeit kennzeichnete sein ganzes Leben, er war ein Beispiel für Aufrichtigkeit, Güte, Großzügigkeit. Ich hörte seinen legendenhaften Geschichten über die ferne Zeit, als die „Löwen vor unseren Toren herumstreiften", liebend gern zu. Der kabylische Dichter *Si-Mohand* bestätigte, dass sein Großvater tatsächlich Löwen bekämpft hätte, vor der Ankunft der Kolonisatoren, als die Hochebene weniger karg war. 1963 wurde der Vater *Mohand* zu *Hadj Mohand*, weil er die Wallfahrt nach Mekka gemacht hatte. Er war mit seinem ältesten Sohn und dessen Frau *Fatima* mit dem Auto hingefahren. Es war eine große Limousine, die *Bachir* zu einem Campingwagen umgebaut hatte. Es war vorgesehen, dass die Männer auf dem Boden vor den Autotüren schliefen, um die Frau und die Wertsachen zu beschützen. Abschied wurde im Laden von *Bachir* genommen, der die ganze Zeit quengelte, weil er auf die Rückkehr warten musste, bevor er seine zweite Frau heiraten konnte. Die Pilgerfahrt dauerte drei Monate. Wir wurden aufgefordert, die Pilgerfahrer im Haus der Familie zu feiern. Sie strahlten, die Müdigkeit hatte sie nicht gezeichnet. Es hatte schon einige Schwierigkeiten gegeben, Zahnschmerzen und andere Lappalien, eine Panne in Ägypten, wo die Peugeot-Vertretungen nicht gerade zahlreich sind. ..

All diese Missgeschicke auf dem Hinweg, bevor sie Hadj geworden waren. Jetzt waren sie auf den Tod vorbereitet.

Auf dem langen Tisch türmten sich die Geschenke. Die Frauen erhielten einen Korb wie die Bräute, der überquoll mit Glasperlen und anderem Schnickschnack (*made in* Tschechoslowakei) in Form von Ringen, Ketten, Armreifen und Broschen… es gab auch eine großartige Uhr, die in eine vergoldete Muschel geklemmt war und von zwei *Cabochons* aus rotem Glas erleuchtet wurde wie ein Leuchtfeuer. Ich war die einzige, die Kämme und Haarspangen erhielt, die ich schnell in das Handtäschchen gleiten ließ, das *Fatima* den Frauen persönlich überreichte (damit ich keinen Neid erregte). Nach dem Besuch, den die Schergen von *Boumedienne* nach dem Putsch meiner Wohnung abstatteten, war das Körbchen leer, das mein Schlafzimmer niemals verlassen hatte.

Sie haben mir die einzigen freundlichen Erinnerungen gestohlen, die auf meinem kargen algerischen Weg meinem Herzen so lieb waren.

Wir haben versucht, unter der Fiktion von Verliebtheit die Evidenz zu verbergen, dass die Leidenschaft auf den Stränden von Tunis zerschellt war, um dort in Schönheit zu sterben. Nichts kann ein Individuum von seiner Kultur trennen. Wir brauchten noch einige Zeit, um das zu akzeptieren. Dann entfernte er sich mit großen Schritten und ließ mich eingeschlossen in eine Art Regnerischer-Herbst-Melancholie zurück.

Zum Glück hatte ich nicht die Zeit, mir Schlaflieder zu singen, dann kamen die Kinder, die meinen Weltschmerz erschütterten. Ich zog noch mein Leid einer Überlebenden hinter mir her, als ich eines Abends in frischen Laken wiedergeboren wurde… Drei Therapietage für eine Krankheit, die ich für tödlich gehalten hatte…

Das war allerdings erst einige Monate vor dem Schlusspunkt, dem Algerien-Kapitel, der Verkündung der lyrischen Illusionen über

La Cause des Peuples[77].

---

77 Wörtlich: Die Sache der Völker. Der Titel bezieht sich aber auf «Die Sache des Volkes», Titel einer Zeitschrift, die auf *George Sand* im 19. Jahrhundert zurückgeht und mit Unterbrechungen von 1968 bis 1978 erschien, herausgegen von der «Proletarischen Linken» und von *Sartre* und *Beauvoir* unterstützt. AdÜ

Algier. Algerien zuhause

Juni 1962 – Juni 1965, drei Jahre in Quarantäne. Das Engagement in einem so monströsen Projekt wie dem unsrigen versteinert. Von unserem Ziel annektierte Lesungen, Diskussionen, Freundschaften, Liebschaften tragen zu einer Versteifung der Seele bei. Gelähmt, nichts und niemand kann unsere Verkrampfung überwinden. Ich hatte diese Isolierung als Aktivist und als Forscher gekannt, aber immer mit einem Passierschein ins Weite. Während dieser drei Jahre, als die Erschöpfung dazu zwang, die Zügel ein wenig zu lockern, wurde die Obsession zu Schmerz. Ein einziger Ausweg: lospreschen wie der Drogenabhängige sich volldröhnt. Ich habe diese Abhängigkeit während meines kurzen, aber intensiven Lebens in Algerien gelebt. Wenn ich einen Bericht über meine Aktivitäten innerhalb des Gesundheitsministeriums abliefern, von meinen Mitarbeitern sprechen, von entspannenden Momenten mit meinen Kindern erzählen, an meine Qualen einer vernachlässigten Verliebten erinnern kann, so kann ich doch nicht ausdrücken, welches meine Hoffnungen, meine Enttäuschungen, meine Niederlagen in meinem Engagement an der Seite der Algerier waren.

Die wunderbaren Wochen

Erzählen um zu verstehen. Was sagten diese drei Jahre über die Zukunft Algeriens? Was verkündete unser Alltag der „Narren des Mythos von der Entwicklung“ über die künftigen „Narren Gottes“?

Die Poesie der ersten Monate schloss alles kritische Empfinden aus. Blind und taub verbohrten wir uns in die Illusion. Dann allmählich mit Hilfe der Müdigkeit machte ein schleichender Skeptizismus unsere Anstrengungen als Tagelöhner für das Glück der Anderen immer mühseliger. Diese düsteren Vorahnungen wiesen auf andere hin, aber letztere wurden durch das Gewicht des Exils noch erschwert. Trotz der Enttäuschungen und des schmerzhaften Hinterfragens war es unvorstellbar, dass unsere Hirngespinste sich einige Jahrzehnte später in dem Horror der Razzien im Namen des Propheten zersetzen könnten. Und wenn nun einer der kriminellen Islamisten das Kind oder der Enkel einer dieser „Schwestern“ oder eines dieser „Brüder“ war, mit denen wir uns der Verherrlichung dieser Hirngespinste einer neuen, von den rassistischen Dämonen befreiten Welt hingegeben hatten? Ein quälender Refrain!

In diesem Augustanfang 1962 sprachen wir uns gegenseitig (wie andere vor uns) laut trompetend an: „*Treffen auf dem Forum*“, „*Mein Büro ist in der Generalregierung*“. Von einem Büro zum nächsten laufend oder besser gesagt hüpfend.

Machtergreifung. Diese sprudelnde Aktivität hatte ich auf der Präfektur von Marseille in den Tagen kennen gelernt, die auf die Befreiung Frankreichs folgten. Man traf sich zufällig mit dem, der anderswo sein sollte, während derjenige, der dort sein sollte, nicht auffindbar war.

Und ich? Warum und wie war ich, dort?

In Bewegung gesetzt durch den Kanonenlärm der ersten Wochen der Freiheit hatte ich nicht mehr vor, mit *Nekkache* zusammenzuarbeiten, falls ihm Verantwortung in der Verwaltung des künftigen Staates übertragen würde, als er sich Anfang August aus *Tlemcen* kommend erneut meldete. Er war von dem Politbüro ernannt worden, das *Ben Bella* leitete. Ich gab seiner dringenden Bitte nach und begleitete ihn nach *Rocher Noir*, wo er die Unterstützung unserer Vertreter bekommen sollte, um mit einer kleinen Mannschaft die „Übergangszeit“ der Dienste zu übernehmen, die sich um das Gesundheitswesen kümmerten. Mehrere Straßensperren von bewaffneten Soldaten kontrollierten scharf die Autos aus Algier, es war schwer zu sagen, ob es sich um Soldaten des Wilaya IV handelte, die den Generalstab bekämpften, oder reguläre Soldaten der lokalen Macht, hervorgegangen aus der provisorischen Exekutive, oder „U-Boot"-Soldaten der nationalen Befreiungsarmee. Wir fuhren unkontrolliert durch, ein Privileg, es führte zur Unterhaltung über die Rolle der „Armee der Grenzen" und ihres Chefs *Houari Boumedienne* in der Beherrschung des Chaos, zu dessen Auslösung er stark beigetragen hatte. *Nekkache* bekräftigte seine unbeugsame Entschlossenheit, niemals einer alleinigen, insbesondere militärischen Macht zu dienen. Er war aufrichtig, die Zukunft bewies es. Für ihn bestand die Alternative darin: der Gruppe von *Tlemcen* (*Ben Bella* und seine Freunde) mit ihrem aktuellen Alliierten, der Armee der Grenzen, zu dienen oder „die Künstler des *GPRA* weitermachen lassen wie in Tunis". Ich kam darauf zu sprechen, dass ich fürchtete, meine Vorbehalte seien eher Merkmale meines genetischen anti-Militarismus und meiner Animosität *Boumedienne* gegenüber, diesem „jesuitischen" Moslem, als einer gelassenen Analyse der Krise. Und außerdem verfügte ich nicht über alle Elemente, um die politische Situation zu beurteilen, die wahnsinnig komplex war. Obwohl ich schließlich für die Idee gewonnen wurde, mich an einer technischen Arbeit zu beteiligen, um einer künftigen Regierung zu helfen, die aus der Gruppe von *Tlemcen* hervorginge, werde ich mich einen Monat später, am 9. September, weigern, zum Festzug der bedingungslosen Anhänger und der Opportunisten zu gehören, die *Ben Bella* begleiteten, wie er Hand in Hand mit *Boumedienne* beim triumphalen Einmarsch des *ALN* in Algier defilierte.

Nichts war schon offiziell, als wir uns nach der Einführung des Politbüros am 7. August mit einem halben Dutzend Kameraden auf dem Vorposten des künftigen „Ministeriums für Gesundheit und soziale Angelegenheiten" zusammenfanden. Designiert von der provisorischen Exekutive, aber ermächtigt durch die von *Ben Bella* geführte „Gruppe von *Tlemcen*" war unser Auftrag nicht nur, das Gebiet zu besetzen, sondern auch unsere Akten wieder zu ergreifen, um so schnell wie möglich die sanitäre Wüste zu möblieren, für das Funktionieren der Krankenhäuser zu sorgen, ab dem Herbst die medizinische Fakultät und die wenigen paramedizinischen Schulen wieder in Gang zu bringen.

Die Anzahl der Ärzte überstieg keine hundert, die Pfleger dürften kaum mehr gewesen sein – bei zweiundvierzigtausend Krankenhausbetten, etwa zweihundert Ambulanzen und tausend Behandlungsräumen.

In Algier funktionierten drei oder vier Ärztezentren dank einigen jungen Franzosen, die in den blindwütigen Wochen der *OAS* mutig gekommen waren, um das Dringlichste zu erledigen. Sie hatten auf den Aufruf der Verantwortlichen des FLN insbesondere von der Französischen Föderation und der autonomen Zone Algiers reagiert, – „Abenteurer" – die ich sympathisch fand, ohne es auszuposaunen. Sie waren Dissidenten mit Verachtung (hatten sie Unrecht?) für jene, die sie in der zweiten Schlacht um Algier gegen die *OAS* allein gelassen hatten.

In den mittelgroßen Städten, in den ländlichen Regionen, die das Gebiet von Kämpfen waren oder die materiellen Auswirkungen des Krieges erlitten hatten, war alles in Unordnung. In bestimmten Regionen drohte Hunger, wohingegen der gesundheitliche Zustand des Landes schlimmer als katastrophal war.

So musste in der Region von *Batna* ein einziger Arzt mit Unterstützung eines Pflegers eine Bevölkerung „abdecken", deren Anzahl auf dreihunderttausend Menschen geschätzt wurde, eine Zahl, die im *Sud-Oranais* noch überschritten wurde. Die *Kabylei* war etwas besser besetzt, unter anderem dank der Anwesenheit der Nonnen, deren Krankenschwesternschule in *Michelet* keinen Urlaub genommen hatte.[78]

Paradoxerweise waren die Populationen der Sahara in den ersten Monaten der algerischen Republik auf gesundheitlichem Gebiet am besten abgedeckt – dank der Anwesenheit

78 Die dort ansässigen Berber waren keine fundamentalistischen Islam-Anhänger und aus Protest vielfach zum Christentum übergetreten. AdÜ

von französischen Militärärzten, von denen einige, obwohl demobilisiert, aber verliebt in die Wüste und ihre Menschen, auf ihrem Posten blieben bis zum Oktober 1964 (Datum des Endes der „Okkupation" der französischen Kontingente, wie es in den Verträgen von *Evian* vorgesehen war).

Voller Enthusiasmus, doch ohne Erfahrung und meistens ohne eine Dokumentation, die uns hätte helfen können, manche Probleme zu lösen, tänzelten wir von einer Aufgabe zur nächsten. Vor ihrer Einschiffung hatten die „kleinen Weißen" der französischen Generalregierung aus den Archiven Konfetti gemacht. Ohne Zweifel hofften sie, auf diese Weise die gesundheitlichen Bedingungen der Bevölkerung zu verschlimmern. Es gelang ihnen nicht, auch wenn wir in zwei oder drei Fällen in die Bredouille gerieten. So als ein kopfloser Pfadfinder kam, um uns zu informieren, dass mehrere Jungen seiner Truppe, die nahe Algier zelteten, Blut im Urin hatten. Krisenrat. Die Diagnose schien leicht. Dummerweise gab es die vermutete Parasitenkrankheit nicht in Algerien, jedenfalls nicht in der uns zur Verfügung stehenden Dokumentation. Ein Tag war nötig – ein Rekord für diesen Monat August 1962 –, um von einem Freund, Professor für Parasitologie in Rom und bald darauf in Algier, die Bestätigung zu erhalten, dass es sich um Schistosoma handelte, den dreckigen kleinen Wurm, der für die Bilharziose verantwortlich ist und tatsächlich den Fluss heimsuchte, an dessen Ufern unsere Wölflinge herumtollten.

Alles, was funktionierte, glich damals einem Wunder!

Nach und nach organisierten wir uns. Ende September, nach der Installation der ersten algerischen Regierung unter *Ben Bellas* Leitung, wurde ich Mitglied des Kabinetts des Ministers für Gesundheit und Soziale Angelegenheiten.

Falls es jemals existiert hat, mangelte es dem Aufgabenheft der Kabinettsmitglieder an Präzision. Unsere seit langem definierte Prioritätenliste erlaubte die Unschärfe.

Wir bearbeiteten die Dossiers, die uns am meisten interessierten, jedoch mit einem besonderen Aktionsfeld. Meine Aufgabenbereiche waren Bildungswesen und Forschung, aber das verhinderte nicht, nächtlich zu außerordentlichen Versammlungen des engeren Kabinetts bestellt zu werden. *Nekkache* hatte das Glück, ein „angenehmer Schlafgestörter" zu sein. Bei anderer Gelegenheit hätte ich ihn als Testperson geladen. Es war gegen zwei, drei Uhr nachts, dass wir uns in der Drei-Zimmer-Wohnung des Ministers trafen. Der Versammlungssaal, der angesichts seiner Sitzgelegenheiten der Salon seiner frühen Bewohner gewesen sein dürfte, war mit schwarzen Tafeln tapeziert. Auf sie hatte der Patron mit seiner kunstvollen Schrift die zu lösenden Probleme geschrieben. Die Entscheidungen ließen nicht auf sich warten. So geschah es, dass ich mich vor Sonnenaufgang am Steuer meiner Kiste wiederfand, im Vorbeifahren den Chauffeur abholte, der neben mir vor sich hin döste, wobei wir eine Expedition von mehreren hundert Kilometern vor uns hatten, um einen Konflikt zwischen ausländischen Ärzten und lokalem medizinischen Personal zu regeln, wenn es nicht sogar war, um die Bevölkerung zu beruhigen, die seit mehreren Monaten das versprochene medizinische Zentrum erwartete.

Als Beauftragte dafür, die Dienste der Universitätsklinik wieder in Gang zu bringen, mit der Perspektive, die Kurse ab November wieder aufzunehmen, traf ich mich mehrfach mit *André Mandouze* im Rektorat der Akademie. Ich kannte ihn durch seine Schriften, von denen mich einige in meiner Entschlossenheit bestärkt hatten, zur Dekolonisierung Algeriens beizutragen, aber auch von dem, was mir jene erzählt hatten, die am Beginn des Krieges mit ihm und der Widerstandskämpferin *Germaine Tillon* gekämpft hatten. Obwohl mich seine Geschichte passionierte, fand ich ihn in der Stimmung sorgloser Leichtigkeit der ersten Wochen der Unabhängigkeit einen Miesepeter. Auch die drei französischen Lehrer, die in Algier blieben, wirkten auf mich zu vernünftig. Ihre Zweifel an der Fähigkeit der algerischen Ärzte, die Reformen zu akzeptieren, schienen mir übertrieben, geprägt von einem gewissen ärgerlichen Paternalismus.

Der Professor *Jahier* schlief weiter in seinem Dienstzimmer im Krankenhaus *Parnet*, das er vor dem Vandalismus der *OAS* geschützt hatte. Da er mit vollem Recht stolz war auf sein Werk, konnte er sich nicht entschließen, es zu verlassen. Er konnte kaum erwarten, seine algerischen Hebammen-Schülerinnen wiederzutreffen, die er ständig in höchsten Tönen lobte. Seine Unterstützung war wertvoll, wir sagten es ihm täglich, und versuchten zugleich, ihm schonend zu verstehen zu geben, dass ein Spitzendienst für Frühlinge nicht unsere Priorität war. Der Professor *Bréhant* hielt in „seinem" Antikrebs-Zentrum ebenfalls Wacht. Er hatte weniger als sein Kollege aufgepasst, die Labore waren zum Teil zerstört worden. Er kämpfte darum, dass Frankreich sie schnell reparierte. Der Dritte war Infektiologe. Wir fügten zu seinen Krankenhausfunktionen die des Bakteriologie-Lehrers hinzu.

Wir hofften, ohne zu sehr daran zu glauben, dass einige französische Lehrer, die durch die Verwüstungen einiger Gebäude des zentralen Krankenhauskomplexes von Algier, dem *Mustapha*-Krankenhaus, nicht kompromittiert waren, ihre Stelle wieder antreten würden, sofern sie nicht in Frankreich untergebracht worden waren. Der erste, einer der Wenigen, die sich einfanden, war der Professor *Lebon*. Er kehrte zurück zu den Bergflüssen der Kabylei, Forellen kitzeln, die er während des Krieges in Ruhe gelassen hatte. Er kam im Zustand des Schocks wieder. Bis dahin hatte er sich geweigert, den Tausenden mit Napalm zerstörten Dörfern, den abgebrannten Wäldern, den Umsiedlungslagern Glauben zu schenken. Er machte sich mit Inbrunst an die Arbeit, unterstützt von *Illoul*, einem der Ärzte, die 1961 in den *ALN* gegangen waren. Wir empfingen sie mit offenen Armen, ohne es jemals bereut zu haben. Die drei Algerier, die während der Besatzung Posten als Lehrer hatten, schlossen sich uns an, sofern sie uns jemals verlassen hatten, während wir für das Universitätszentrum Ärzte des *ALN* und des *FLN* ernannten, die hinreichend ausgebildet waren, um zu unterrichten. Einige Neuzugänge aus den arabischen Ländern und aus Italien ebenso wie Lehrkräfte, die im Rahmen der Kooperationsabkommen mit Frankreich angeworben wurden, waren willkommen. All diesen Ärzten verdankt Algerien den rasanten Neubeginn des Unterrichts in theoretischer und praktischer Medizin, die mehr als einem die Sprache verschlug, darunter auch dem Delegierten für Bildung der Weltgesundheitsorganisation *WHO*, den wir mit dem Minister Anfang 1963 empfingen.

Von der Schaffung des Ministeriums an konnten bestimmte Abteilungen privilegiert erscheinen – wie die Psychiatrie in Algier, die davon profitierte, dass die autonome Zone eine psychiatrische Klinik, *L'Hermitage*, wieder auf den Weg gebracht hatte, nachdem die Besitzer, Algerienfranzosen, sie verlassen hatten. Man konnte wirklich Ende August, Anfang September annehmen, dass die Zahlen auf der Ebene des medizinischen Personals fast zufriedenstellend waren, allerdings nur wenn man eingestand, dass all unsere „Verrückten" der französischen Sprache hinreichend mächtig waren, damit ihre Anamnese, der Schlüssel der Diagnose, einigermaßen verlässlich sein konnte. Zum Glück waren da: das Paar *Timsit*, *Meyer* und *Martine*, und auch *Alice Cherki*, alle gebürtige Algerier. Sie erzählten mir von einer sehr motivierten und ernsthaften Anfängerin in Psychiatrie, *Anne Leduc*, deren Abwesenheit medizinische Gründe hatte. Sie war einige Wochen zuvor schwer verletzt worden bei einem Attentat, das auf die Aktivisten der autonomen Zone abzielte, wie man sagte. Da wir nicht wussten, wann die Verletzte verfügbar sein würde und wir vom Volksmund informiert worden waren, dass *Anne* gern eine Spezialausbildung in Paris machen wollte, bestätigten wir einen jungen portugiesischen Psychiater auf dem Assistentenposten und suchten weiter nach arabischsprechenden Psychiatern. Zu dem Zeitpunkt hatte Algerien außer *Meyer Timsit* keinen Psychiater mit Erfahrung. *Ferdinand Morel* war noch in Genf, sein Lehrer, mein Freund *De Ajuriaguerra*, hatte mir gegenüber seinen Schüler gepriesen, aber der war nicht verfügbar – es sei denn für einen Lehrstuhl an der Universität von Algier. Da ich über die im Ansatz schon zu erkennenden Streitereien Bescheid wusste, die für Unruhe im Mikrokosmos der Algierer Psychiatrie sorgten, Ärzte, Pfleger, Schwestern, Verwaltungspersonal, alle zusammen, war ich glücklich, dass *S.* akzeptierte, ins „Exil" nach Westen zu gehen. Ich hatte ihn einige Jahre zuvor bei dem großen Psychiater *Henry Ey* im Departement *Eure* kennengelernt, wo er an einer Arbeit beteiligt war, die von einer meiner Pariser Freundinnen geleitet wurde. *Alice Cherki s*ah ich vor ihrer Abfahrt nicht mehr. Ihren Verzicht verstand ich nicht, auch wenn ich um die Ärgernisse im Zusammenhang mit dem Studentenkongress wusste, der einige Monate vor Kriegsende in Berlin stattfand. Man hatte ihre Kandidatur für einen Verantwortungsposten im inneren Kreis der *General-Union der algerischen Studenten* verworfen, dessen Abkürzung *UGEA* durch ein *M* für Muslimisch angereichert wurde. *Alice* fehlte uns, als wir *L'Hermitage*, woraus das Zentrum *Drid Hocine* wurde, an die Universitätsklinik anschlossen. Diese Veränderung zog die Instandsetzung der Verwaltung des Zentrums nach sich, die von der Autonomen Zone einem Aktivisten der Französischen Föderation anvertraut worden war. Schlampig und seinen Untergebenen gegenüber autoritär dankte man ihm für Inkompetenz. Wie auch hätte er in Sachen Krankenhausverwaltung kompetent sein können? Wir alle waren am Lernen, wobei wir versuchten, keine Zauberlehrlinge zu sein. Schließlich hatten wir das Glück, *Marot* ankommen zu sehen, den besten Freund von *Jo Roger*, meinem Ex-Gatten. Dieser kommunistische Widerstandskämpfer wurde nach der Befreiung der – nach Aussagen aller – ausgezeichnete Direktor des Marseiller Sozialamts. Diesen Posten hatte er mehrere Jahre, bevor er von irgendeinem Minister der Rechten gefeuert wurde. Da er zum stellvertretenden Direktor des *Mustapha*-Krankenhauses ernannt wurde, intervenierte ich bei ihm, damit er die junge *Leduc* auf ihrem Posten in Algier bestätigte – trotz einiger Proteste. Andererseits bildeten wir eine Front, um die Zuteilung von universitären Posten in der Psychoanalyse an Französisch-Sprachler in einem arabisch-sprachigen Land zu verhindern. Man sollte nicht denken, dass dieses Scharmützel (wie auch andere) verschiedene Hilfskonzeptionen für das in den Anfängen steckende Algerien gegeneinander stellte. Die Großzügigkeit war der Motor der Hilfe, sie hatte an unsere Küsten zahlreiche Franzosen gebracht, Freunde von der „algerischen Revolution“, von den Algeriern oder einem Algerier, unter ihnen mehr Psychos und Anverwandte als Allgemeinmediziner oder Kinder-Ärzte, vielleicht weil die Geisteswissenschaften sich eher mit politischer Reflexion vertraut machen.

Alle waren sie da und boten ihre Kompetenz auf einem speziellen Gebiet an, ihrem eigenen. Vielleicht hatten sie *Germaine Tillon* gelesen, aber ohne Felderfahrung, wie Soziologen sagen würden, sie gaben sich Träumereien über ein Land hin, das sie nur durch den Blick mit dem Opernglas der Aktivisten der Französischen Föderation kannten oder den Blick ihrer algerischen Kommilitonen, die sie auf der Universität kennengelernt hatten. Zu ihrem großen Erstaunen waren sie auf algerischem Boden (ebenso wie ich selbst auch) die Ausländer. Sie kamen von anderen Kontinenten wie vom Mond in unsere Büros mit Projekten, die derart wirklichkeitsfremd waren, dass wir sie unmissverständlich enttäuschen mussten.

So zog ein früherer „Kofferträger“ einen Plan aus seiner Aktentasche, der eines Absolventen der Pariser Verwaltungshochschule *ENA* würdig war und mit Sitzungsperioden von zwei Wochen in zwei Monaten einhundert Pfleger ausbilden wollte. Er ging wütend weg und war überzeugt, Opfer einer Intrige gegen die Ehemaligen des *Netzwerks Jeanson* zu sein, als wir sein ungeeignetes Programm ablehnten. Er konnte nicht einsehen, dass wir noch nicht in der Phase waren, die immensen Bedürfnisse an Pflegepersonal einzuschätzen, sondern in der, wo wir die Anzahl der jungen Frauen und Männer erhoben, deren Bildungsniveau mit den vorgeschlagenen Ausbildungen kompatibel schien. Wir machten diesen Freunden den Vorschlag, sich an Nachhilfekursen zu beteiligen, um die Löcher zu füllen, die in den Programmen der wenigen paramedizinischen Schulen durch die „Ereignisse“ aufgerissen worden waren. Sie weigerten sich zu unterrichten, weil sie die pädagogischen Direktiven respektierten, die aus dem Kolonialismus stammten! Die Ära der Ismen hatte ihre Blütezeit.

Wir hatten nicht nur Ideologen in unseren Büros. Unter den Erfahrenen der Hilfe, die das Attribut „humanitär“ erhielt, nachdem *Kouchner*[79] aus *Biafra* zurückgekehrt war, reichten zwei Schweizerinnen dank ihrer Erfahrung auf Sizilien mit *Danilo Dolci*, dem sizilianischen Pionier auf diesem Gebiet, ihre Projektskizze zur Zusammenarbeit schriftlich ein. Bevor sie mitmachten, gingen sie zur Felderkundung los und durchzogen zu Fuß die Zone, die wir abgesteckt hatten. Während mehrerer Jahre fungierten sie als wandernde Krankenschwestern, Hebammen, Ernährungsberaterinnen. Sie gestalteten dann ein modellhaftes Zentrum für Mütter- und Kinderschutz, das gut an die menschlichen und ökonomischen Ressourcen einer Region angepasst war, die benachteiligt war und nach Jahren des Kampfes gegen die französischen Fallschirmjäger gerade die Kämpfe zwischen den verschiedenen Wilayas um die Macht im Sommer 1962 erlitten hatte. Die „Schweizer Damen“ setzten ihre Methode kraft großer Selbstlosigkeit und Kompetenz durch. Man kam zu ihnen in die Beratung nach mehreren Stunden Fußmarsch, man vertraute ihnen die Töchter an, damit sie lernten, an die Dorffrauen die Ratschläge zu Hygiene, Kinderpflege, Gärtnerei, Näharbeit weiterzugeben, die sie von ihnen gelernt hatten.

1967 besuchten sie mich in Genf. Zu der Zeit war ich Gast von *Ruth Dreifus*, spätere Präsidentin der Schweizer Konföderation, die mich aufgenommen hatte, nachdem der Militärputsch von *Boumedienne* mich erneut zum Exil verdammte. Meine Besucherinnen waren „zum ersten Mal in ihrem Leben“, wie sie präzisierten, entmutigt. Müsste nach den „kriminellen Improvisationen der Benbellisten“ nicht Ordnung herrschen? Man strich ihnen die unentbehrlichen Mittel, um effektiv zu arbeiten. Sie waren insbesondere empört, dass ihnen die Nähmaschinen aus ihrem kleinen Bildungszentrum unter dem

79 *Bernard Kouchner* (geb. 1939) war als Arzt 1968 im Bürgerkrieg in Biafra. Er gründete Médecins sans frontières und ging später in die Politik. AdÜ

Vorwand konfisziert worden waren, dass ihre Anschaffung strittig war. Obwohl die offiziellen Dokumente ihren legalen Kauf mit ministeriellen Geldern bewiesen, wurden die Schweizerinnen der Unterschlagung verdächtigt, weil die Unterschrift des Ministers *Nekkache*, der noch in den Kerkerzellen *Boumediennes* saß, nicht gültig sein könnte. Man versuchte, sie einzuschüchtern; die Beete mit Karotten und Lauch, die sie mit ihren Schülerinnen kultivierten, um den jungen Müttern beizubringen, ihre Kinder besser zu ernähren, wurden zertrampelt, ihr Hühnerhof wurde aufgesucht. Die Tatsache, dass sie die Landessprache lernten, machte sie noch verdächtiger. Ihre als archaisch beurteilte Methode, die eines so großen Landes wie Algerien unwürdig sei, passte nicht in den Rahmen, der durch die künftige magische Parole der „industrialisierenden Industrie" definiert wurde.

Sie waren entkräftet, verbittert, aber kehrten dennoch zurück in ihre Berge zu ihrem jungen Arzt der französischen Kooperative, die ab 1963 akzeptiert hatte, in die Verbannung nach *Sour el Ghozlane* mitten auf den kargen Atlas-Hochebenen zu gehen.

Zwei Jahre später fand ich sie in den Berner Alpen wieder, umgeben von kranken Kindern aller Nationalitäten. Das Bild, das sie von Algerien zeichneten, war düster ohne irgendeinen Flecken Hoffnung. Sie hatten die Maskerade der Landverteilung gesehen, die fruchtbaren Äcker an die Armee, die steinigen Böden an die anderen, die große Mehrheit. Auch wenn der Erdölgeldsegen noch nicht erlaubte, das Klientel der Macht zu stabilisieren und einige Sozialgesetze zu basteln, die sofort von ihrem angeblichen Ziel umgeleitet wurden, beunruhigten die Berichte der „Schweizer Damen" über das Einsickern der Korruption bis in die lokalen Verwaltungen ebenso sehr wie Geschichten von Wehrwölfen, die in Wäldern lauern.

Die Regierung war noch nicht gebildet worden, als die Einstellung einer beachtlichen Zahl von Ärzten schon geboten war. Bulgarien meldete sich, und seine Ärzte kreuzten auf, die jedoch schnell von denen disqualifiziert wurden, die lieber

Städter als armselige Freiheitskämpfer behandelten. Zugegebenermaßen erwiesen sich ihre Kompetenzen bei mehreren Gelegenheiten als sehr begrenzt. Wir hatten unter Zeitdruck gearbeitet, ohne ausreichende Informationen über die Ausbildungsmodalitäten der Ärzte im Osten. Zu unserer Entlastung sei gesagt, dass der Mangel an medizinischem Personal mit durchschnittlich einem Arzt für 180 000 Einwohnen nicht dazu anregte, einen Vertrag mit einem Freiwilligen abzulehnen, der zumindest eine medizinische Betreuung in Regionen ermöglichte, in denen jegliche Pflegeeinrichtung fehlte. Es war einfach, sich über Schnitzer der Bulgaren und intellektuelle Dürftigkeit derer lustig zu machen, die ihre Hilfe angenommen hatten, so wie einige Diplomierte aus Paris, Lausanne oder Brüssel es taten, die endlich gekommen waren, ihre Fähigkeiten zu praktizieren. Und dennoch haben diese Niedrig-Begabten an dem sanitären Wunder der ersten Monate nach der Unabhängigkeit teilgehabt, in denen wider alle Logik und auch wider alle Erwartungen derer, die vor ihrem erzwungenen Abzug die Politik der verbrannten Erde praktiziert hatten, überhaupt keine Epidemie auftrat, die eine ökonomisch und sozial total desorganisierte Situation noch erschwerte hätte.

Es gab einige Diplombetrüger wie diesen jungen Afrikaner, der aus seiner ganz neuen Aktentasche sein Diplom der Universität von Bordeaux zog. Er akzeptierte, ohne auch nur unsere Kommentare über diese schwierige Zone anzuhören, im Bergland des *Ouarsenis* zu praktizieren. Seine Einsatzbereitschaft verführte uns so sehr, dass wir ihm trotz seiner geringen Erfahrung, er hatte gerade sein Studium beendet, einen Posten mit Verantwortung vorschlugen, den er mit einem lakonischen Kommentar ablehnte: „Man muss vernünftig sein." Die Bevölkerung seines Sektors liebte ihn, alle ihn betreffenden Berichte waren voller Lob, unnötig, es sich von nahem anzuschauen. Doch nach einigen Monaten besuchte ihn ein Arzt der Gesundheitskontrolle im Wilaya, der selbst aus Bordeaux war. Er hatte unseren guten Doktor als Hilfspfleger in der Kinderabteilung gekannt. Er habe sein Diplom gekauft.

Wir versuchten nicht, herauszufinden von wem, und schickten das gefälschte Dokument an den Universitäts-Rektor von Bordeaux.

Einige richtige Ärzte vom anderen Mittelmeerufer kreuzten auf, bevor die Kooperationsverträge mit Frankreich unterschrieben wurden. Ihre Taschen quollen über von Empfehlungsschreiben; diejenigen, die uns Doktor *A.* präsentierte, waren die erstaunlichsten – auf Grund ihres Eklektizismus in Bezug auf seine Freundschaften, den sie offenbarten. Er war ein Mann über die Fünfzig, mit gepflegten Händen, an denen ein Siegelring mit einem komplizierten Monogramm steckte. Es schien natürlich, dass seine Adresse eine der Residenzen der Familie *de Polignac* war und eines seiner Zertifikate ein paar Jahre zuvor von dem großen Meister *Louis Pasteur Vallery-Radot*[80] unterschrieben war und seine Verdienste als Arzt in Heilbädern pries. Er hatte auch einige Schreiben von Mitgliedern der Pariser Prominenz, darunter eines von *Jean Genet*, das uns unpassend schien, bis wir erfuhren, dass *A.'s* junge Ehefrau, eine bildschöne Mestizin, angeblich in Genets Stück *Die Neger* mitgespielt hatte. Egal welches Pflaster, sie schritt auf Pfennigabsätzen, ihr amerikanischer Akzent verstärkte noch ihren Reiz. Die provisorische Exekutive, eingesetzt vom künftigen Minister, bestand darauf, dass der Doktor auf eine Stelle gesetzt würde, die seinem Rang entspräche. In Algerien gibt es Thermalquellen, die seit den Römern überwiegend in Vergessenheit gerieten; unser Mann hatte sie verzeichnet und träumte von einer ganzen Reihe Kurbädern im Atlas nach Art von *Marienbad*. Sein grandioses Projekt war in Marokkos Palästen in *Marrakech* entworfen worden, wo er sich aufhielt, als er noch Arzt der Familie *Walter*[81] war, die in den fünfziger Jahren die juristischen und malerischen Chroniken füllte.

---

80 *Louis Vallery-Radot* war Arzt und durfte für sein Prestige den Namen seiner Mutter anfügen, die eine Enkelin des berühmten Chemikers *Louis Pasteur* war, dem wir das Pasteurisieren verdanken. AdÜ

81 Die Kunstsammlerin *Domenica* und ihr zweiter Mann *Jean Walter*, den sie umgebracht haben soll. AdÜ

Wer war unser Experte in Thermalkuren, Therapien von besonderer Nützlichkeit in Zeiten, wo das Land seine Antibiotika-Pillen abzählen und um Impfstoffe betteln musste? Ein Salon-James-Bond, ein Schatzmeister von Banden, ein kleiner Usurpator, Freund eines Verantwortlichen vom *FLN*, ein lästiger Weggefährte oder ein Abenteurer, der wie andere auch es taten, im zukünftigen Algerien einen Hafen zu suchen? Er kannte viele Leute, aber war in seinem prachtvollen maurischen Palast in *Bouzareah*[82] ziemlich allein, wohin ich eines Abends zu seiner Frau ans Krankenbett ging, die *mit den Nerven fertig* war, weil sie vom Bewundern des bestirnten Nachthimmels in Algier erschöpft war und von den Straßenlaternen auf dem Platz *Saint-Germain-des-Prés* in Paris träumte.

Zum Unterrichten musste man französisch-sprachig sein. Wir zogen die „politisch Korrekten" vor. Die im Rahmen der Kooperation Rekrutierten erklärten ihre Kandidatur gern mit ideologischen Gründen, die ziemlich oft einer objektiven Prüfung nicht standhielten. Diejenigen, die sich verpflichteten, den Vertrag unerschütterlich zu erfüllen, für den sie sich beworben hatten, und die zugaben, auf einen Posten zu warten, den sie in Frankreich erstrebten, schienen uns vertrauenswürdiger.

Alle Algerier oder fast alle präsentierten sich als Unterrichts-Spezialisten, so etwa unser erster „Kleine Schweizer"[83], der sich als Assistent in einem Lausanner Krankenhausdienst vorstellte. Schlecht informiert (ich hatte noch nicht in Genf unterrichtet) schenkte ich den Informationen Glauben, die mir der Bewerber lieferte, der ohne mit der Wimper zu zucken die Äquivalenz seines Titels mit dem französischen Assistenten bekräftigte. Er bekam eine Stelle im Dienst des Universitätskrankenhauses, ebenso wie einige seiner Freunde, die seinem Beispiel in den nächsten Tagen folgten.

In der Eile hatte ich überstürzt diesen Betrug mit Titeln

82 Stadtteil von Algier. AdÜ

83 Wortspiel, denn das ist der Name eines französischen Frischkäses: *Petit Suisse.* AdÜ

unterstützt, was wir korrigierten. Keiner der „Kleinen Schweizer", die unbedacht befördert worden waren, wagte es, sein Erstaunen über unsere Maßnahme zu äußern, Diplome und Verantwortlichkeiten nach unten anzugleichen, aber alle wurden hartnäckige Verfechter der Politik, deren Urheberin „die Französin" war.

Wir erbten zugleich materielle Trümpfe und psychologische Behinderungen einer französischen Fakultät von hohem Niveau für die immer etwas aufschneiderischen Algerienfranzosen – der zweitbesten nach der Pariser –, deren Strukturen jedoch verwahrlost waren. 1962 war das Gehäuse noch da, wie eine von stürmischer See am Strand liegen gelassene Muschelschale, schön, aber leer.

All unsere Projekte drehten sich um die Entwicklung einer Medizin für das öffentliche Gesundheitswesen. Die Ausbildung des Personals sollte auf allen Ebenen diesem Imperativ folgen. Der universitäre Medizinunterricht sollte umgebildet werden, um dieses Ziel besser zu erreichen, aber zugleich einen Bereich hohen Niveaus für heilende Medizin und für Forschung zu behalten. Diese Fakultät hätte nach unserer Auffassung zum Ministerium für das öffentliche Gesundheitswesen gehören müssen, was schon der Fall für die paramedizinischen Schulen war und ab 1963 auch für die Fakultät.

Wir verteidigten eine realistische Politik, die von bestimmten Personen als „revolutionär" eingeschätzt wurde, wenn es sich darum handelte, die Medizin zu den auf Grund von Armut oder von der Entfernung zu den städtischen Zentren Schutzbedürftigsten zu bringen. Von denselben Personen wurde sie als „rückwärtsgewandt" und „kolonialistisch" (nicht weniger) betrachtet, wenn sie sich für die Ausbildung zukünftiger Führungskräfte um Ausländer bemühte.

Die Dezentralisierung des universitären Unterrichts durch die Schaffung von zwei Fakultäten, die eine in *Oran*, die andere in *Constantine*, sollte in den zehn folgenden Jahren beendet sein, um Studenten der Unabhängigkeitsgeneration aufnehmen zu können.

Die paramedizinischen, Krankenpflege- und Hebammen-Schulen sollten innerhalb von fünf Jahren verdreifacht werden. Diejenigen, die Hilfskräfte für das öffentliche Gesundheitswesen ausbildeten, sollten sobald wie möglich auf dem gesamten Territorium funktionieren. Die Schaffung von zwei Instituten, das eine für die Ausbildung von Verbindungsleuten zwischen Pflegern und Ärzten, das andere für die Ausbildung von oberen Führungskräften, Ärzten und Verwaltungskräften des öffentlichen Gesundheitswesens, hatte Priorität.

Nach mehreren Monaten mit Konsultationen, Studienreisen, Versammlungen mit Spezialisten aus verschiedenen Ländern und mit der *WHO* hatten wir ein Programm ausgearbeitet, das insbesondere vorsah, dass jeder künftige Medizinstudent ein Praktikum von vier Monaten als Hilfspfleger in einem nicht-universitären Krankenhausdienst oder einer sanitären Basis-Struktur (eine ambulante Station, eine Beratungsstelle für Mutterschaft oder Kinderschutz, ein Hygiene-Büro) abzuleisten hätte. Da wir nicht taub waren, hörten wir die Verwünschungen derjenigen, bei denen solche aus der Kolonisierung geerbten Bezeichnungen ihre Trommelfelle zerrissen. 1963 war im Gegensatz zu unseren Kritikern die angewandte Sprachwissenschaft nicht unser Hauptanliegen. Die Medizinstudien würden in der Form eines gemeinsamen Pflichtteils von vier Jahren, gefolgt von drei Jahren verschiedener Studien stattfinden, wobei je nach gewählter Sektion unterschiedliche Pflicht- und Wahlfächer sich abwechseln würden: nicht unterrichtende Ärzte und Chirurgen, forschende Lehrer, Spezialisten (insbesondere Kinderärzte), Ärzte für die Volksgesundheit. Dabei waren die Programme so gedacht, dass sie den Übergang von einem Modul zum nächsten ermöglichten.

Wir versuchten ohne viel Erfolg die Studenten an unseren Überlegungen zu beteiligen. Die meisten von ihnen fingen mit dem Studium an oder nahmen es nach einer Unterbrechung (aus Gründen der Unsicherheit, der Entfernung von der Familie, manchmal auch der Illegalität) wieder auf.

Der Aktivismus war an der medizinischen Fakultät

nicht so geboten wie in anderen Disziplinen.

Unter den Ärzten, wenn man die wenigen Mitglieder der KP Algeriens, die drei oder vier „Rot-Füße“ und die, die im *ALN* gedient hatten, ausnimmt, machte die vorherrschende Meinung aus dem Ministerium eine Brutstätte von Schikanen. Die Missverständnisse traten schon in den ersten Wochen nach der Unabhängigkeitserklärung auf. Es ging das Gerücht um, wir wollten all jene von Verantwortungsposten fernhalten, die nicht aktiv am Kampf für die Unabhängigkeit teilgenommen hatten, als ob wir entschieden hätten, einen Krankenhausdienst in ein Zentrum für politische Entscheidungen zu verwandeln. Tatsächlich wollten diejenigen, die ihre Studien 1956 nicht unterbrochen hatten oder dem Aufruf des *ALN* 1960 nicht gefolgt waren, fast ausnahmslos nichts über die sanitäre Situation ihres Landes wissen. Sie wünschten nur, die französischen Ärzte zu ersetzen… aber es gab keine Franzosen mehr.

Unsere Politik der Algerisierung der Führungskräfte in den Universitätskrankenhäusern wurde angefochten, denn wir wollten sie schrittweise, damit sie exzellent würde. Unser Projekt erstreckte sich über sechs bis zehn Jahre und zog Söldner des Wissens hinzu. Es brachte uns ein, als Neo-Kolonialisten beschuldigt zu werden. Unsere Argumente, mit denen wir die Zukunft des Landes hervorhoben, das abhängig von der Brauchbarkeit seiner Führungskräfte sei, wurden von vielen als diffamierend angesehen, weil sie angeblich Verachtung für den Algerier ausdrückten. Jene, die ohne entsprechenden Qualifikationsnachweis feste Professorenstellen haben wollten, waren gewiss nicht die meisten, aber unbestreitbar die kämpferischsten.

Algerierin

Noch andere Franzosen arbeiteten in den Ministerien. In *Ben Bellas* unmittelbarer Umgebung befanden sich Männer wie das frühere Mitglied des Anwaltskollektives *Mathieu*, ein sehr feiner, anti-kolonialistischer Aktivist mit überschäumender Menschlichkeit, oder auch der Trotzkist *Pablo* (*Michel Raptis*), ein umherziehender Berufsrevolutionär und guter Freund, der mir in Genf *Ben Barka*[84] wenige Tage vor dessen Kidnapping und Tod vorstellte.

Ich fühlte mich verschwommen wie in einer Falle. Gekleidet als „Die Frau“ und überdies noch „Französin“ wurde ich zum lebendigen Zeugnis der Öffnung des neuen Algeriens für den Feminismus und den Internationalismus. Ich hatte die Absicht, meine Vorbehalte zu äußern, diese Rolle zu spielen, als *Ben Bella* mich in Anwesenheit von *Bitat*[85], einer weiteren historischen Person, empfing. Wider alle Erwartung verkündeten sie mir, dass ich die algerische Nationalität erhalten würde (um die ich mich nicht beworben hatte), und zwar anlässlich der Zeremonien am Jahrestag des Beginns ihres bewaffneten Kampfes – sie sagten der „Revolution“, ein Ausdruck, den ich seit Tunis aus meinem eigenen Vokabular verbannt hatte. Die Freude meiner Gesprächspartner, die mir ihr Land anboten, ließ mich verstummen. Ich brachte nicht den Mut auf, ihnen zu erklären, warum ich niemals Algerierin sein würde. Mich mit einer zweiten Nationalität herauszuputzen, die nur formal bleiben könnte, war für eine Internationalistin die Höhe. Die Religion ist Begründerin der nationalen Identität. Ich betonte, dass ich keine Muslimin sei und keineswegs beabsichtigte, es zu werden. Seine Götter auszuwechseln ist vielleicht realisierbar, aber für alle mit dem Wahlspruch „*Kein Gott, kein Herr!*“ ist diese Pirouette unmöglich. *B.B.* erinnerte an ein Hadith seines Propheten: „ *Es gibt keine Überlegenheit des Moslems über den Nicht-Moslem, des Arabers über den Nicht-Araber, des Schwarzen über den Weißen außer der Frömmigkeit.*“ Er fügte hinzu: „*Die Frömmigkeit sind nicht nur Gebete.*“

84 Marokkaner (1920-1965). Sozialistischer Politiker, Anführer der Dritte-Welt- und panafrikanischen Bewegung und Kämpfer für Marokkos Unabhängigkeit. *Ben Barka* wurde vom König verfolgt, floh über Genf nach Paris, wo ihn der französische Auslandsgeheimdienst ermordete. Die Leiche wurde nie gefunden. AdÜ

85 *Rabah Bitat*, Mitglied des FLN, mehrfach Minister. AdÜ

Kurz gesagt gab er mir seinen Segen. Im November 1962 wurde ich ohne Prüfung zur Algerierin. Ich entschied mich, Bürgerin von *Douera* zu werden, eines kleinen Marktfleckens in der Nähe von Algier. Ich hatte dort Freunde, die den Kriegsversehrten halfen, die in einem Rehabilitationszentrum untergebracht waren, das von Jugoslawen und der Bande meines Freundes *Michel Martini* aufgebaut und geleitet wurde.

Wenn ich einige Freunde ausnehme, bestätigten meine Begegnungen mit Ärzten auf Arbeitssitzungen mein Bild des algerischen Intellektuellen, der von seiner Paranoia dominiert wird. Es reichte aus, seiner Meinung zu widersprechen, dass er empört über so viel Feindseligkeit sein Interesse an der Diskussion verlor, um herauszufinden, warum jemand und wer auf ihn böse war. Er machte die Schuldigen ausfindig, es war „die Französin" oder der Minister aus Oran oder der Kabyle oder ein anderer... In einer Versammlung war eine Diskussion selten ein Austausch, aber oft ein Konflikt. Jede Kritik wurde von unseren Gesprächspartnern als persönlicher Angriff empfunden. Ich musste zur Kenntnis nehmen: im Arabisch-Islamischen überwältigt das Affektive alles!

Zum Glück beschränkten mich meine Unzulänglichkeiten in kultureller Anthropologie die meiste Zeit auf die Rolle eines Technikers. In der Gewissheit, dass ich meine jüdisch-christliche, mit keltischer Mythologie gefärbte Kultur nicht abstreifen konnte, wenn ich es denn jemals gewollt hätte, beteiligte ich mich nie öffentlich an einer politischen Debatte. Da ich den Gründungsmythos der „Algerianität" nicht kannte, obwohl ich verwaltungsmäßig Staatsbürgerin war, wusste ich, dass ich für immer Ausländerin in Algerien bleiben würde. Wenn es noch nötig gewesen wäre, hätte mich die Episode mit dem Psychiater *Khaled Benmiloud* in der Vorstellung bestätigt, dass nichts einen Menschen vollständig entwurzelt, auf welchen Boden auch immer er verpflanzt werden wollte oder man ihn umgetopft hat. Die Feindseligkeit von *Benmiloud* uns gegenüber war so stark, dass er jeden Kontakt mit dem Ministerium verweigerte. Seine Freunde, die er beauftragte, uns seine

Beschwerden mitzuteilen, vertraten wiederholt, dass wir ihn schikanierten, weil er nicht aus der Armee käme. Für viele waren wir dem Generalstab ergeben, für andere die Freunde der Französischen Föderation. Bestimmte Leute, indem sie meine Anwesenheit im Kabinett des Ministers geltend machten, verdächtigten uns, auf die Botschaft Frankreichs zu hören!

Benmiloud war ein kompetenter Arzt, sogar ein brillanter. Er weigerte sich, mit den *Timsit*, einem Paar Psychiatern, algerischen Juden, zu arbeiten, die wie andere Mitglieder ihrer Familie aus den Konzentrationslagern kamen. Ich dachte mit Schrecken, dass es sich um Antisemitismus handelte, der mit Sektierertum ausgeschmückt wurde. Die *Timsit* waren Mitglieder der KP Algeriens. Er sträubte sich auch, Assistent von Professor *H.W.* zu werden, einem Ägypter, der seine Anerkennung als Psychiater in Frankreich erhalten, nach seiner Scheidung Paris verlassen hatte und in die Heimat zurückgekehrt war, bevor er zum Praktizieren nach London ging, woher wir ihn holten. Eines Morgens, nachdem er tags zuvor seinen Kurs normal veranstaltet, seine Kranken fürsorglich empfangen, mit seinen Mitarbeitern diskutiert hatte, wurde *H.W.* tot in seinem Hotelzimmer aufgefunden.

Dieses Drama, das einen Posten freimachte, führte *Benmiloud* zum ersten Mal in unsere Büros. Auch wenn er nichts dazu sagte, konnte ich mir seine Enttäuschung vorstellen, nachdem mich eine junge Frau einige Monate zuvor aus Genf kommend aufgesucht hatte, um mich über *Benmiloud's* Chancen zu befragen, einen Posten als Professor zu erhalten, wenn er in sein Land zurückkehren würde. Ich begriff, dass bestimmte Verantwortliche ihm Versprechungen gemacht hatten, die sie nicht einhalten konnten, zumal ein Neuankömmling, *B.*, mit solider Erfahrung gerade von der Leitung des Mustapha-Krankenhauses zum Verantwortlichen für den Zweig der Psychiatrie ernannt worden war.

In unserem ersten Gespräch also versuchte ich, seine negative Haltung gegenüber seinen Kollegen, die er herabwürdigte, zu verstehen. Ein wenig beruhigt entdeckte ich, dass seine Verweigerung der Zusammenarbeit mit Seinesgleichen zusammenhing mit seiner immensen Verachtung uns gegenüber, den „roten" Funktionären. Es bedurfte der Intervention seines Chefs, eines Freundes seit zwanzig Jahren, der damals Professor in Genf war, bevor er am *Collège de France* Professor wurde, damit er akzeptierte, dass er seine Stinklaune erklärte.

Wir trafen uns in der *Pêcherie* zum Abendessen. Was mag aus diesem und anderen Fisch-Restaurants nach dem Durchzug der „Verrückten Allahs" geworden sein, wo man im Schatten der großen Moschee Doraden und Rotbarben, mit einem netten kleinen Weißwein begossen, kosten konnte?

Alles klärte sich auf. *Benmiloud,* Nachfahre einer der besonders geachteten Familien mit großen Zelten, konnte nicht von uns Bauerntrampeln wie einer ihresgleichen behandelt werden. Außerdem war er überzeugt, dass Minister *Nekkache* ihn aus den Krankenhäusern fernhielt, um ihn dafür zu bestrafen, dass er sich 1956 geweigert hatte zu streiken, weil er weiter in Europa studieren wollte. Beim Nachtisch lief alles gut zwischen uns. Da holte er aus seinem Portemonnaie ein Foto des Ministers, das mit kleinen Löchern durchbohrt war. Mit Hilfe einer Nadel, die er am Revers feststeckte, verpasste er jeden Tag zur selben Zeit dem Bild seines Feindes einen ritualisierten Stich. Ich hoffe, dass seine Freunde Recht hatten, dieses Voodoo-Ritual sei nur zum Lachen. Trotzdem, ein merkwürdiges Spiel für einen Psychiater.

Zumindest für eine Person war die Episode *H.W.* nicht beendet. Ich war in Paris, es dürfte im Winter 1970 gewesen sein, als eine Frau mit dunklen Locken auf dem Fußgängerüberweg vor der Metrostation *Odéon* mit Riesenschritten auf mich zustürzte und mich am Kragen packte. Sie nannte mir ihren Namen, den ich vergessen habe, und sagte, sie sei ein ehemaliges Mitglied des Hilfs-Netzes *Jeanson* für den *FLN*, das von dem Ägypter *Curiel*[86] geleitet wurde. Sie bedrohte mich mit

86 *Henri Curiel* (1914-1978), italienischer Jude, Wahlägypter, Anti-Faschist und Anti-Kolonialist, Mediator im Palästina-Konflikt, vermutlich ermordet in Paris von einem Rechtsradikalen im Dienste der Regierung. AdÜ

den schlimmsten Schikanen, falls ich ihr nicht auf der Stelle den Namen des Mörders ihres Vaters *H.W.* nennen würde. Passanten schritten ein, es gelang mir, sie zu beruhigen, bevor ich meine Angreiferin für den Versöhnungstrunk in das nächste Café schleppen konnte. Ich versuchte, sie zu überzeugen, dass alles an einen Selbstmord denken ließ, mich jedenfalls. Als ich erläuterte, dass mir sein Intimleben nicht bekannt sei, so dass ich über die Gründe seines Selbstmordes nichts wüsste, offenbarte sie mir einige Familiengeheimnisse. Ich verstand ihre Ergriffenheit, als sie mir erklärte, dass sie – frustriert über das Fehlen eines Vaters seit mehreren Jahren – geplant hatte, ihn in Algier zu besuchen, und erfahren musste, dass und unter welchen Umständen er gestorben war. Ihre vertraulichen Mitteilungen über die Enthüllungen ihrer Freunde, die ihrer Aussage gemäß weder *Ben Bella*, noch *Boumedienne* mochten, interpretierten den Tod ihres Vaters als „Liquidierung" und machten mich perplex. Sie hatte kein plausibles Argument zur Begründung der These ihrer Spitzel, deren Namen sie mir nicht nannte, nach denen ich sie übrigens auch nicht fragte. Ich glaubte zu verstehen, dass sie an eine Verstrickung der Armee dachte.

Was ich jedoch weiß ist, dass *H.W.* nicht versuchte, nach Algerien zu kommen, sondern die Ägypter es waren, die uns seine Adresse mitteilten. Seine positive Antwort auf unsere Bitte um Hilfe kam sehr schnell, als wäre unser Vorschlag erwartet worden, bevor wir ihn formulierten. Dennoch blieb der Selbstmord für mich die plausibelste Hypothese.

Als ich einige Monate später *Curiel* befragte, der allerdings später wirklich umgebracht wurde, sagte er, nichts über eine solche Geschichte zu wissen. Ich ließ es dabei bewenden, als ich mir diese Monate des Wahnsinns in Erinnerung rief, wo jeder nur nach seinen Interpretationen, Verdächtigungen und dergleichen Gefühlen handelte, die bei den meisten ihre Ratlosigkeit in Bezug auf die notwendigen Veränderungen im Leben der Stadt und in ihrem eigenen Leben ausdrückten. Veränderungen, die nicht unbedingt ihren Hoffnungen entsprachen, die sie in den Jahren der Qualen entworfen hatten, einerlei auf welche Weise sie an dem Kampf um ein unabhängiges Algerien beteiligt gewesen waren.

Aktivisten für Geschäftliches

Wir wohnten in kleinen, leerstehenden Wohnungen. Diese Weigerung, unsere Lebensweise zu verändern, die für die Leute aus dem Umfeld des Staatschefs Fakt war, war für bestimmte Leute Teil eines Populismus, dessen man die Politik *Ben Bellas* vorschnell beschuldigte. In der Küche des Präsidenten empfangen zu werden, um dort zu arbeiten und gleichzeitig auf den Fraß zu achten, schockierte uns nicht. Zeit war ein solcher Luxus!

In Ermangelung der Möglichkeit, uns als Profiteure anzuprangern, verhöhnten unsere Denunzianten, die zahlreich waren, unsere Naivität. Man machte ironische Bemerkungen über das Trio *Nekkache, Azzi, Roger*, diese konzessionslosen „Reinen und Harten". Wir blieben tatsächlich denen gegenüber gleichgültig, die uns verspotteten, wenn wir unser Dienstfahrzeug stehen ließen, sobald unsere Fahrt persönliche Ziele hatte, selbst wenn es sich um zweihundert Meter handelte. So war es auch, als die Frau des Kabinettchefs (ein „Reiner") fast im Vorzimmer des Ministers für Gesundheit entbunden hätte, während wir losgingen, um ein Taxi zu suchen, das sie ins Krankenhaus fährt… Dass der Vertreter von BMW es gewagt hat, Schlüssel und Papiere eines auf meinen Namen *Annette Roger* ausgestellten Cabriolets zuhause in meinen Briefkasten zu legen, was mich dazu verführen sollte, über den Markt der Ambulanzwagen nachzudenken, bringt mich immer noch auf die Palme. Mein Zorn brachte manch einen von denen zum Schmunzeln, die eine Villa auf den Höhen über Algier und einen Zweitwohnsitz in *Tipasa* für sich beansprucht hatten. Korruption? Ja, obwohl es während der Jahre *Ben Bella* keine ernsthaften Entgleisungen gab. Die Stimmung war nicht danach. Der Chef gehörte nicht dazu. Einige Monate nach seiner Inhaftierung und der Machtergreifung durch das Militär konnte man sich angesichts des neuen Lebensstils „alter Kollegen" allerdings Fragen über die Ursache bestimmter Meinungsänderungen stellen. Es war hart zu entdecken, dass der Wunsch, hinter dem Transparent „Alles für das Volk, alles durch das Volk" für „Geschäftliches" zuständig zu sein bedeutete, Geschäfte machen zu wollen.

Ab 1962 hätte schon der Alarm ausgelöst werden müssen. Es wäre nötig gewesen, die kleinen Diebereien zu denunzieren, deren Zeugen wir wurden, und sobald die Umstände es erlaubten, vor allem mit mehr Härte gegen Verhaltensweisen vorgehen, die die Plünderung des Landes ankündigen konnten.

Die engagiertesten Aktivisten der Partei *FLN* verwechselten die Revolution mit der Unabhängigkeit. Auch bei der Befreiung Frankreichs 1945 hatten viele junge Menschen, die von der Kommunistischen Partei vereinnahmt worden waren, weil sie ihre Geschichte nicht kannten (zu denen ich gehörte), die nationale Unabhängigkeit mit der Revolution identifiziert. Erst als alle Fahnen wieder zusammengefaltet waren, sollten wir ratlos feststellen, dass es trotz der roten Banner zwischen den Nationalflaggen nicht der „ Tag vor dem großen Abend"[87] war. Die Mitglieder der Exilregierung *GPRA*[88] hatten ebenfalls die Revolution im Schatten der Orangenbäume auf der *Avenue Bourgiba* in *Tunis* gefeiert, wie es auch die Obristen und künftigen Generäle der algerischen Armee in ihrer Offiziers-Messe in *Le Kef* taten. Sie machten die Revolution sogar in den Bergen bis in die Einheiten, in denen man jenen, die Bildung erhalten hatten, den Hals durchschneiden konnte. Ich habe nie gehört, dass diese viel zu oft begangenen kriminellen Taten, die im Namen einer schändlichen Ideologie begangen wurden, offiziell vor Gericht kamen und verurteilt wurden. Während des chaotischen Sommers 1962 wurden die Ermordungen von

87 So bezeichneten die Kommunisten die „Dämmerung", den Beginn der Revolution. AdÜ

88 *Gouvernement provisoire de la République algérienne* (GPRA), die in Tunesien sitzende provisorische Regierung Algeriens. AdÜ.

Harkis[89], die von den offiziellen Instanzen missbilligt wurden, auf das Konto von „Märzmenschen" (den Kämpfern der letzten Stunde vor dem Waffenstillstand am 19. März) und unkontrollierten Dörflern geschrieben. Nur wenige dieser Verirrten wurden verurteilt.

Das Kleinbürgertum war an der Macht. Seine Schlagwörter, Sozialismus, Revolution tönten wie die Beschwörung einer mythischen Gottheit: das Volk. In Wahrheit spielte sich alles zwischen den Gleichen ab, die aus derselben Klasse stammten und in Clans und korporativen, regionalistischen und „gymnasialen" Interessengruppen organisiert waren. Der Kolonialismus hatte aus den Stadtmenschen Konsumenten gemacht, die über die Verhältnisse ihres weiten Landes lebten, könnte man sagen. Ich konnte feststellen, dass ihr Vaterland für viele eine Kopie des reichen „französischen" Algeriens war. Man bezog noch nicht die Reichtümer aus dem Untergrund der Sahara ein.

Einem algerischen Arzt eine Stelle in fünfzig Kilometer Entfernung von der Küste anzubieten, bedeutete ihm den Befehl zu erteilen, ins Exil zu gehen... Das war ein Zeichen der Verachtung, ein Anzweifeln seiner Kompetenzen. Wie ein junger Augenarzt mir mit Arroganz sagte, als wir ihm anboten, sich mit einem Arzt der *WHO* die Leitung eines Dienstes zum Kampf gegen das Trachom[90] in den Oasen zu teilen:

„Man hat all diese Studienjahre nicht dafür gemacht, sich um diese Leute da zu kümmern…"

Marie-Jeanne, meine Sekretärin, musste meine Hand zurückhalten. Dieser junge Mann aus gutem Hause war erstaunt über meine Erregung. Sein Algerien war nicht meines, weiter nichts. Er vergrößerte bestimmt die Gruppe derer, die all unseren Reform-Vorschlägen für ihre Reichen-Medizin feindselig gegenüber standen. Wahrscheinlich gehörte er zu denen, die mir die Rolle einer grauen Eminenz zuschrieben,

89 Algerier, die auf Seiten Frankreichs gekämpft hatten. Zum Teil aus Not, zum Teil gezwungen. AdÜ

90 Augenerkrankung, die zu Erblindung führen kann. AdÜ

die ich niemals hatte.

Man sprach über meine Unterredungen mit dem Präsidenten, den ich keine zehn Male in vier Jahren getroffen habe. Was *Nekkache* betrifft, dessen gerissener Mentor ich angeblich war, hatte ich außerhalb der Arbeit so wenig Kontakt mit ihm, dass ich erst im Exil, als er in den Kerkern von *Boumedienne* saß, von seiner Wiederheirat mit einer jungen Schwedin erfuhr, der ich mehrfach auf den Gängen begegnet war, ohne mir Fragen über die Beweggründe ihrer Anwesenheit in unseren Mauern zu stellen.

Marie-Jeanne hatte ich in Tunesien kennengelernt. Sie weihte *Frantz Fanon* zu seinen Lebzeiten eine selige Bewunderung, die nach seinem Tod an Vergötterung grenzte. Sie war seine Sekretärin, bevor sie meine wurde. Ihr Mann, ein Überlebender des Genozids an den Armeniern, hatte seine Talente als Agronom in den Dienst des Landes gestellt, das ihn aufgenommen hatte, Tunesien. Auf ihr Betreiben hin akzeptierte er eine Stelle im algerischen Landwirtschafts-Ministerium, wo sie zu sehen hoffte, dass die Theorien ihres Idols angewendet würden. Sie war in Algier wie in Tunis meine Mitarbeiterin, meine Vertraute, meine Freundin. Sie folgte dem Tempo, sofern sie es nicht während eines guten Jahres selbst vorgab.

Das war ein schwieriger Wendepunkt. Es war noch nicht die Desillusionierung, aber der Enthusiasmus zerfranste. Die Ermüdung kam durch all die unerwarteten Bremsen unserer Projekte. Die Aufgabe war zu schwer, Algerien zu weit, die Haltepunkte zu verstreut. Bezeichnend. Wir waren einige, die mit Lust das Projekt eines Phalansteriums[91] entwickelten, in dem wir all unsere Utopien ins Werk setzten. *Malek* dachte an sein Dorf auf den Hochebenen, *Djamel* und *Salima* an die Kabylei, *Marie-Jeanne* an die Meeresküste und ich an Oasen.

91 Der Frühsozialist *Charles Fourier* (1773-1836) hatte eine Arbeits- und Lebensgemeinschaft für etwa 2000 Menschen mit einem schlossähnlichen Gebäude auf großem Gelände entworfen, wo vor allem Obst und Gemüse produziert und freie Liebe gelebt werden sollte. Etliche Industrielle realisierten solche Produktionsstätten, deren Gebäude zum Teil heute noch zu besichtigen sind. AdÜ

Wir hatten uns noch nicht auf den Ort geeinigt, an dem wir unseren Garten Eden realisieren wollten, als der letzte Schluck der Kaffeepause hinuntergeschluckt war. Wir gaben bedauernd den Traum auf und machten weiter damit, uns die Realität aufzuhalsen.

Es gab die Kampagne der Landarbeiten, die des Baumes, die der Selbstverwaltung. Das Volk war dabei, seine Zukunft zu erschaffen, es musste weiterhin seine kargsten Felder bestellen, seine Fabriken am Laufen halten, am politischen Leben teilnehmen. Der Anstoß war gegeben, aber wenn man einem selbstverwalteten Betrieb den Auftrag gab, Tische für eine Schule zu produzieren, mussten die Knie noch lange als Schreibtafel dienen… zuerst die Kumpel! *Marie-Jeanne* gab auf. Sie verließ mich, als ich aus dem Kabinett schied, um die neue nationale Leitung des medizinischen und paramedizinischen Unterrichts zu übernehmen. Ich war etwas sauer auf sie, obwohl ich ihr neues Vorhaben einschränkungslos guthieß. Sie hatte sich mit einer Gruppe Frauen, in der die „rotfüßigen" Europäerinnen dominierten, für die Verteidigung der Rechte der weiblichen Hausangestellten in den „besseren" Familien engagiert, die weiterhin mit den Füßen getreten wurden.

Meine einzigen Bezüge zum wirklichen Land kamen aus Kontakten mit lokalen Verantwortlichen, die keine Stelle in Algier anstrebten und nach keiner Botschaft gierten. Einige gab es schon. Wie *Lounes*, dieser Intellektuelle, der seine Sub-Präfektur im tiefen Süden den geschlossenen Kreisen in der Hauptstadt vorzog. Es war im Rahmen einer Reise zu den Oasen des Westens, südlich von *Colomb-Béchar*, dass ich ihn kennenlernte. Ich wohnte einige Tage unter seinem Dach, dem eines *Ksar*[92]. In der Nacht wirkte der Palmenhain wie ein schwarzer See umrahmt von funkelnden Felsen. Wir spielten Domino auf einer Terrasse, deren ockerfarbene Mauern in dem Lichtkranz, der von unserer Lampe geworfen wurde, eine Masse von Insekten anzogen, auf die sich kleine Reptilien stürzten,

92 Eine Festung der Berber am Gebirgsrand. AdÜ

die man in den Oasen die Eidechsen der Nacht nannte. Eine annähernde Übersetzung präzisierte *Lounes*. Die kommunikationsfreudige Liebe des Unterpräfekten zur Bevölkerung seiner Burg machte mir möglich, die Blicke zu zähmen. Er hatte mir die Bedeutung jeder Geste und jeder Betonung so gut erklärt, dass ich im Zelt des Stammeshäuptlings, den wir besuchten, schon verstand, bevor er übersetzte. In dieser Region respektierten die Nomaden die algerische Macht, weil sie die Klugheit besaß, die Waffen der Herren nicht zu beschlagnahmen. Jene, die ich traf, akzeptierten im Austausch für diese Milde einige Zwänge wie insbesondere, sich den Gesundheitskontrollen zu unterwerfen und an der Kampagne für den Kampf gegen das Trachom teilzunehmen. So fern von zuhause und ohne Anstrengung war ich präsent. Diese Tage haben bewirkt, dass ich *Isabelle Eberhardt*[93] verstand und liebte, bevor ich sie durch ihre Berichte kennenlernte.

Da ich mir meiner kulturellen Dürftigkeit bewusst war, solange ich die Landessprache nicht beherrschte, unternahm ich verdienstvolle Anstrengungen, sie zu erlernen. Ich konnte mit geschlossenen Augen auf Arabisch unterschreiben. Die Kalligraphie begeisterte mich, anders war es beim Lesen und noch mehr bei der Grammatik. Obwohl ich wusste, wie unempfänglich ich für das Erlernen von Fremdsprachen war, hielt ich bis zu dem Tag durch, an dem mich mein Lehrer, ein junger Palästinenser, schonungsvoll aufforderte, mit den Ausgaben aufzuhören. Seine Diagnose hatte die Klarheit eines Fallbeils. Ich hatte meinen Höhepunkt erreicht. Ich konnte die letzte Zeile der zwanzigsten Lektion lesen und schreiben, in der ich auf der Stelle trat, ohne die Hoffnung abzufliegen. „*Der Hund Toutou läuft dem Hasen hinterher*", in meiner persönlichen Aussprache „*Toutou el-kalb yejri wara el-erneb*". Ich kannte keine Jäger, konnte folglich meine Kenntnisse niemals anwenden. Wäre es einfacher gewesen, „*My tailor is rich*" zu platzieren?

93 Schweizer Wüstenreisende und Schriftstellerin (1877-1904). AdÜ

Ich musste mich wieder auf die improvisierten Übersetzer verlassen. In den Dörfern traf man häufig auf alte Kämpfer aus der Befreiungsarmee ihres Landes. Sie waren stolz auf diese jüngere Vergangenheit. Niemals Animositäten gegen die Französin. Eine wohlwollende Neugier für diese Freundin ihres Landes.

Zu jener Zeit schien die jahrhundertelange Tradition der Gastfreundschaft vor der Xenophobie zu schützen.

Staatsräson

Man - dieses Unbestimmte, das zahlreiche Stammgäste auf dem Parkett des Regierungspalastes, eines großartigen maurischen Anwesens einschloss - machte *Ben Bella* die zu häufigen Empfänge zu Ehren von Staatschefs, die in Algier defilierten, zum Vorwurf. Mit Ausnahme der Einladung in die tunesische Botschaft zur Feier der Unabhängigkeit des Landes, das mich als politischen Flüchtling aufgenommen hatte, lehnte ich jeden weiteren Festempfang ab. Immer mit derselben Besessenheit an der Arbeit. Ich habe jedoch wenige Stühle von *Zhou En Lai* entfernt zu Abend gegessen, um es meinen Kindern zu erzählen, und häufiger direkt neben ihrem späteren Idol, dem *Che*.

Wenn ich auch nicht am 4. Mai 1963 am Cocktailempfang für den „großen Bruder“ *Nasser*[94] teilnahm, traf ich ihn jedoch mehrfach privat im Salon von *Ben Bella*. Von dem Lärm einer Menge von mehreren Hunderttausend Verehrern, die ihn durch die Straßen Algiers begleiteten, bekam ich nur ein vages Flüstern mit. Mit Ausgangssperre belegt saß ich im Krankenhaus *Mustapha* am Bett des im Koma liegenden jungen und brillanten Außenministers *Mohamed Khemisti*. Auf ihn waren am 11. April 1963 beim Verlassen der Nationalversammlung Pistolenschüsse von einem jungen Mann abgegeben worden, der sofort verhaftet wurde. Der Minister kam nicht mehr aus dem Koma hervor, in dem er schon bei seiner Ankunft im

94 *Gamal Abdel Nasser* (1918-1970), ägyptischer Präsident. AdÜ

Krankenhaus lag. Ich wurde an sein Bett gerufen und war dort als Ärztin, aber auch als Regierungs-Vertreterin. Wir verfügten über die modernsten Mittel zur Reanimation, der Professor *De Rougemont* (späterer Professor für Neurochirurgie an der Universität in Grenoble) wurde als medizinischer Verantwortlicher verlangt. Die amerikanische Botschaft versprach ihre Mithilfe, wir beschlossen, eine Beratung durch einen Spezialisten für Reanimation zu akzeptieren, der mit seiner Mannschaft kam. Sie machten drei Runden und gingen fort, um die Oasen zu besichtigen. Die Russen wollten dem nicht nachstehen und präsentierten sich also, versuchten jedoch erfolglos, sich einzunisten.

Jeden Tag begab ich mich abends für den Lagebericht zum Präsidenten. Bis zum Vorabend von *Nassers* Ankunft versprachen die Untersuchungen einige schwache Hoffnungen, aber mit den ersten Fanfaren zu Ehren des *Reis*[95] wurde das EEG unwiderruflich flach.

Staatsraison, das Ende der Feierlichkeiten musste abgewartet werden, um *Khemistis* Tod zu verkünden. Kein Leichnam durfte die Fackeln der Volksfreude verdunkeln. Die Ärztemannschaft am Bett des Ministers akzeptierte eine Pseudo-Reanimation. Wir schlossen uns mit dem Toten ein. Ich führte an, ein neues Medikament zu probieren.

Seit mehreren Tagen waren Besuche auf die Familie und den Präsidenten beschränkt. Die anderen blieben im Vorzimmer, wo ich von Zeit zu Zeit wiederholte: „Es ist immer noch unmöglich, sich zu äußern, es ist ernst. Heute werden keine Besuche zugelassen." Die Kühnsten wagten, sich nach der Uhrzeit der Ankunft von *B.B.* zu erkundigen, auf ihn warteten sie!

Das Hin und Her beruhigte sich, um sich erneut zu beschleunigen, als der Besuch von Prinz *Abdallah*, dem jüngeren Bruder von Marokkos König *Hassan* II bekannt wurde. Seine Jacht kreuzte dort, als er die Nachricht erfuhr.

---

95 *Reis* oder auch *Raïs* = Chef. AdÜ

Eine unvergessliche Szene. Der Prinz ging auf das Bett zu, beugte sich mit ausgestreckten Händen nach vorn, als wollte er sie von dem im Tode Ruhenden die Hände küssen lassen, trat zurück, wobei er die Maske abnahm. Er informierte sein Gefolge, drei junge Männer in Alpaka, über den Zustand des Kranken. Lippen und Augen hatten sich bei seinem Anblick bewegt. Professor *De Rougemont* versuchte vergeblich eine Erklärung mit der Pathogenität.

Die Nachricht einer Verbesserung von *Khemistis* Zustand wurde bei den Abendessen in der Stadt und bis zu seiner Frau *Fatima* verbreitet, die herbeilief, um uns ihre Zweifel an unserer Kompetenz mitzuteilen. Wir mussten uns entschließen, ihr zu erklären, dass die Bewegungen, die sie selbst bemerkt hatte, eine sehr schwere Schädigung des Lebenszentrums besiegelten. Sie begriff und legte von da an ihr Veto gegen alle Konsultationen mehr oder weniger eminenter Spezialisten der Reanimation ein. Adieu Russen, Amerikaner, Kanadier, Franzosen und auch Saudis, die sich erstaunten, am Bett des Patienten nicht den *Marabout*[96] mit der höchsten Haube zu sehen. Einer der Amerikaner, Neurophysiologe, großer Liebhaber des Sporttauchens, fragte mich fassungslos, ob ich wirklich ich sei.

Mehrere Monate vergingen, der Mörder wurde verurteilt, die Verurteilung zum Tod wurde nie ausgeführt, weil er Selbstmord beging. Ich hatte ihn auf Antrag der Richter untersucht, denn er behauptete, epileptisch zu sein. Mag er in seiner Kindheit epileptisch gewesen sein, wie er sagte, so hätte es keinen Einfluss auf seine Persönlichkeit gehabt. Ich habe ihn mehrfach gesehen. Er war im Gefängnis von *Barberousse*. Wutschnaubende Schauer und trauervolle Scham empfand ich beim Eintritt in diesen Hof, wo einige Jahre zuvor die Guillotine des Vaterlandes der Menschenrechte gearbeitet hatte! Es handelte sich um einen bedeutungslosen jungen Mann, dessen trübselige Rede im Verlauf der Unterredung mehr und mehr in eine vehemente Kakophonie überging, in der sich ungeord-

96 Heiler oder religiöser Heiliger in islamischen Ländern, aber auch Vogelart. AdÜ

net seine Frustrationen wie seine Befriedigungen ausdrückten. Immer zurückgesetzt hatte er endlich gedacht, sich in die erste Reihe zu erheben. Die Psychiater machten aus ihm eine beeinflussbare, aber verantwortliche Person. Wankelmütig, infantil war er anscheinend eine leichte Beute für Manipulatoren. Ich gewann die Überzeugung, wurde jedoch nicht vereidigt, dass er der leicht zu gewinnende bewaffnete Arm einer Verschwörung war, die das System destabilisieren wollte. Es war vorzuziehen, von der Einzeltat eines Illuminierten zu sprechen. Das war beruhigender.

Die Arbeit

Als ich im März oder April 1963 zum Direktor des nationalen Dienstes für den medizinischen und paramedizinischen Unterricht ernannt wurde, wobei ich technischer Berater im Kabinett des Ministers blieb, bekam ich freie Hand für die Organisierung meiner Arbeitsmittel. Mein Budget erlaubte mir, beim Rekrutieren erfahrener Mitarbeiter nicht zu geizen. Nicht alle waren Algerier.

Dieser ausgeprägte „Rassismus" war einer der im September 1965 gegen mich von *Boumediennes* Diensten vorgebrachten Klagepunkte. Das jedenfalls war die Antwort, die mein Freund *Georges Kiejman* (später Minister der sozialistischen Regierung von *François Mitterand*) erhielt, als er wegen der Motive für meine angekündigte, jedoch nie durchgeführte Verfolgung bei dem Justizbeamten nachfragte, der des Krieges müde akzeptierte, ihn zwischen Tür und Angel zu empfangen. Ein Mann aus dem Umfeld von *Yazid*, einem ehemaligen Mitglied der provisorischen Regierung Algeriens – der mir später half, einen Schlafplatz zu finden, weil er um mein Leben fürchtete –, hatte mich schon gewarnt, dass „sie" meinen Willen hervorhoben, als Mitarbeiter nur Ausländer zu haben, Juden und Kommunisten.

Mein Kabinett-Chef *Ali* wäre sauer gewesen, wenn er erfahren hätte, dass sein Status als Algerier so verramscht wurde. Er war ein junger, sympathischer Mann, der aus der Region von *Aumale* kam. Stolz auf sein ganz frisches Diplom einer französischen Verwaltungsschule, auf der er Stipendiat gewesen war. Unsere Juristin war auch algerisch. Eine Kabylin, christlich, das ist wahr. Diskret, effizient, ein richtiges Arbeitstier war sie; 1969 habe ich sie in der Eingangshalle des französischen Ministeriums für Gesundheit und soziale Angelegenheiten getroffen, wo sie eine wichtige Abteilung leitete. In Algier waren ihre und meine Sekretärin Schwestern. Sie kamen aus dem Slum von *Saint-Henri* in *Marseille*. Ihr Vater war ohne jeden Zweifel des „Linksradikalismus“ verdächtig, er war ein ehemaliges Mitglied der französischen Föderation für den FLN. Sie sprachen beide mit dem südlichen Akzent, so dass ich oft ihr Dolmetscher sein musste. Ihr Arabisch aus den Marseiller Vorstädten provozierte ein wohlwollendes Lächeln unseres Bürojungen (des Burschen), eines meiner früheren Schützlinge aus dem Psychiatrie-Zentrum in *La Marsa* in Tunesien.

Ich war gut inspiriert, eine frühere Lehrerin einzustellen, die sich seit langem für das Problem der Besonderheit des Französischunterrichts in einem arabischsprachigen Land interessierte. Sie war eine „Rot-Füßin“ aus Oran, die sich geweigert hatte, ihrer Familie nach Frankreich zu folgen. Sie wurde unterstützt von einer franko-kabylischen Psychologin, die zu *Fanons* Zeit im psychiatrischen Krankenhaus von *Blida* gearbeitet hatte. Sie hatte sich von einem französischen Mann scheiden lassen und war mit einem Mitglied der Französischen Föderation in ihre Heimat zurückgekehrt. Verdächtig.

Es gab auch *Malika Gerrab*, Ehefrau eines Franzosen, Schwester eines der Organisatoren der katastrophalen Widerstandsgruppe der KP Algeriens 1956 und von *Rachid*, Mitglied der Armee der nationalen Befreiung, dem ich im Süden Tunesiens begegnet war. *Malika* wurde meine Freundin, und ihr Haus diente als Versteck auf dem überdachten Schulhof, geschützt vor dem Blick der Lehrer und den „400 Schlägen“[97].

97 Film von *François Truffaut* 1959 über schwierige Jugendjahre und autoritäre Erziehung. Deutscher Titel: „Sie küssten und sie schlugen ihn“. AdÜ

Ihr Mann, ein Physiker, stellte seine Zukunft als Wissenschaftler in den Dienst seines künftigen Landes. Ihre Wohnung verwandelte sich ab 21 Uhr in ein Forum. Man baute Algerien auf, indem man sich gegenseitig fertigmachte. Die Wahl der Eingeladenen, die auf Anhieb Stammgäste wurden, war zusammengewürfelt. Trotzkisten, Berber-Anhänger hielten Vorträge. Die italienische KP wurde von einem Korrespondenten der Zeitung *Unita* vertreten. Die ehemaligen algerischen *KP*ler hatten ihre Tribüne und auch die vom *FLN*. *Von welcher Partei sprichst du? Sag es genau!* Wir hatten ein Spiel erfunden. Jeder *Ismus* kostete ein Pfand, in Gläsern zu bezahlen. Ein Spiel, dessen Schiedsrichter der einzige Abstinente war, *Ali Zamoun*, der so schön von seinem kabylischen Garten erzählen konnte. Ich verließ sie gegen 23 Uhr nach der Endschlacht, um erfrischt durch dieses nach alter Sitte parfümierte Bad zu meinen Dossiers und unseren überraschend von dem Minister einberufenen nächtlichen Arbeitssitzungen zurückzukehren.

Ich hatte den statistischen Dienst an zwei Portugiesen übergeben: den, der „kleiner Josua" genannt wurde, in Anbetracht der Größe seines Körpers, aber nicht des Volumens seines Gehirns, und den anderen, Joachim, ein großer und hagerer Aristokrat, wie es sich für einen Marineoffizier gehörte. Der war Vize des Kommandanten eines portugiesischen Kriegsschiffes, der mit anderen Matrosen gemeinsam desertiert war, um sich dem anzuschließen, woraus die Rebellion der Kapitäne wurde, die später zum Sturz Salazars und zur flüchtigen Nelkenrevolution führte. Trotz seiner Steifheit war er ein sehr einnehmender Typ und in Pädagogik begabt. Seine Ansprechbarkeit war eine Gelegenheit für zwei junge Algerier, die in den östlichen Aufstandsgruppen „Sekretäre" gewesen waren.

Ab 1963 evaluierten wir, in welchen Disziplinen die Schwäche des Unterrichts erforderte, unsere Ausbilder ins Ausland zu schicken, um sich zu perfektionieren.

Der Kandidat musste sich auf einen Unterricht in Englisch und Spanisch vorbereiten, bevor er Algier mit Frau und

Kindern verlassen konnte. Der erste anfänglich begeisterte Anwärter ließ zunehmend lockerer. Seines Rumgedruckses leid verlangte ich eine endgültige Antwort. In die Enge getrieben lud er mich verlegen zu sich ein. Die Wohnung war großzügig mit einigen Räumen, in denen sich Matratzen stapelten. Ich hatte die Familienverhältnisse der zahlreichen Mitbewohner übersehen, Brüder, Schwestern, Onkel, Neffen, sie alle waren gekommen, um ihr Glück in der Hauptstadt zu versuchen. Das Zuhause eines Algeriers, der Erfolg hat und von da an seinen Stamm beschützen muss.

Wieder einmal in die Falle meiner Unwissenheit über die Realitäten des täglichen Lebens der überwiegenden Mehrheit geraten musste ich zugeben, dass das Statut des „Paten" eines Clans mit dem eines Studenten nicht vereinbar war. Ich hoffe, dass es *B.* gelang, sich von den zu schweren Familienlasten zu befreien, als er begeistert akzeptierte, Minister für das öffentliche Gesundheitswesen zu werden, der Posten, den ihm seine Putschistenfreunde anboten. Tatsächlich wäre diese glanzvolle Stelle einem anderen anvertraut worden, wenn unser Kardiologe sich zu dem Zeitpunkt, als *Nekkache* ins Gefängnis geworfen wurde, zur Ausbildung auf der anderen Seite des Atlantiks befunden hätte.

Denise Fessard, eine Pariser Freundin, erstrangige Wissenschaftlerin, tat mir einen Freundschaftsdienst und kam, um einige Kurse in Neurophysiologie zu geben. Sie sollte eine oder zwei junge Leute ausmachen, um sie auf diesem Gebiet nach vorne zu bringen. Wie alle war ich überwältigt von *Abdelmoumen*, *Momo*: intelligent, ernsthaft, einsatzbereit. Nichts hielt ihn in Algier zurück, er zog also für zwei Jahre nach Paris, während denen *Ben Bella* gestürzt und der andere Kandidat Gesundheitsminister wurde. Im Exil erfuhr ich erst, wie *Momo* kaum ins Land zurückgekehrt in Rekordzeit vom Universitätsassistenten zum Rektor wurde und dann zur *WHO* nach Genf ging. Welch eine Verschwendung!

In seiner Rede auf dem Parteikongress 1964 vertrat *Ben Bella* eindringlich: „*Es darf auf keinen Fall sein, dass die*

Ingenieure, Ärzte oder andere, die die Gelegenheit hatten, höhere Studiengänge zu erreichen, vor allem den Wunsch haben, in ein Ministerium zu kommen…" Um zu hoffen, dass er gehört würde, musste man den Zustand der Unterentwicklung des Geistes selbst bei den Fortschrittlichsten ignorieren.

Die Einheitspartei

Ich war 1964 auf dem ersten Kongress des FLN zur Delegiertenwahl für die Sektion des Ministeriums nicht anwesend. Gewählt wurde der am wenigsten erwartete Kandidat. Seine Fremdsprachenkenntnis hatte zu seiner Aufstellung als Kontaktmann zum lokalen Büro der *WHO* geführt. Tweed-Weste, Flanell-Hose, weite, lockere Gangart, so machte er ständig den Eindruck, aus der Modezeitschrift *Vogue* zu kommen. Seine Familie repräsentierte die winzige Randgruppe des industriellen Algeriens.

Mein Chauffeur kam aus einer Gemeinde bei *Souk-Ahras*, einer kleinen Stadt nahe der tunesischen Grenze, die sich dafür preisen konnte, dass sie die Vaterstadt des Heiligen Augustinus ist. *Omar* war ein kräftiger Kerl, der seinen Lastwagen von der Grenze vermisste. Er war nach dem Tod seines älteren Bruders in den Kämpfen im *Aurès* -Gebirge mit achtzehn Jahren in den Untergrund gegangen. Seine kleine Nichte *Yamina* war durch ein Zusammenziehen der Haut beim Vernarben nach einer Verbrennung am rechten Unterarm behindert. Sie hatte ihrer Mutter helfen wollen, als das Haus von Fallschirmspringern auf der Suche nach Männern im Dorf in Brand gesteckt worden war. Der Vater von *Omar*, ein Aktivist der *Bewegung für den Triumph der demokratischen Freiheiten* (MTLD)[98] hatte im Krieg in den französischen Streitkräften in Italien und Deutschland gekämpft. Er war jung an Tuberkulose

98 *Mouvement pour le triomphe des libertés démocratiques (MTLD)*, diese Gruppierung bestand von 1946 bis 1954, ihr Präsident war *Messali Hadj*. Nach der Spaltung ging die Mehrheit in den FLN, *Messali Hadj* gründete den MNA, der bald verschwand. AdÜ

gestorben. *Omar* war die Stütze der Familie, eine heilige Rolle. Seine Mutter zog mich in eine Ecke, um mich zu bitten, ich solle ihn daran erinnern, dass sein Platz an ihrer Seite sei, und ihn überzeugen, er solle sich eine Frau nehmen – wenn ihm das wichtig sei, würde eine Frau aus Algier passen. Der Übersetzer, ein Enkelsohn, zuckte mit den Schultern. Er nämlich wartete darauf, erwachsen zu werden, um ein Auto zu haben und nach Algier zu fahren. Die Mutter herrschte mit Bravour über ihren Haushalt, ihre Tochter und deren zwei Kinder, sowie die Schwiegertochter und deren beide Kinder. Die eine der beiden jungen Frauen arbeitete im Krankenhaus, die andere lebte nur von ihrer Rente als Witwe eines *chahid* („für das Vaterland gestorben"). Wie *Omar* sagte: „*Man muss sie nicht bedauern. Sie haben alles … sogar Blähungen.*"

Auch wenn er tief im Innern mir vorwarf, dass ich lieber selber fuhr, als mich fahren zu lassen, verstanden wir uns gut, *Omar* und ich. Kein einziges Mal vergaß ich, ihm am Eingang einer Stadt das Steuer zu übergeben. Es hieß niemals, dass er von einer Frau gefahren wurde! Es war ein paar Tage vor der Eröffnung des Parteikongresses des FLN. Wir sprachen darüber. Für mich hing alles vom Einfluss der Gewerkschaften und der Selbstverwaltungs-Bauern ab, sagte ich und endete mit der Hoffnung, dass die Delegierten nicht alle vom gleichen Schlag wie unser Vertreter wären. Die fragende Mine *Omars* enthüllte mir das Geheimnis der Wahlkabine: „*Glaubst du wirklich, dass der Delegierte derjenige ist, der dich am besten vertritt?*" *Omar* wusste es nicht. Immerhin, er hatte ein schönes Auto, er war gut angezogen und nicht stolz. Er grüßte alle Chauffeure, die er in der Garage traf! *Omar* hatte mir gerade gesagt, dass die anderen „Bürokraten" sich nicht herabließen, einen Untergebenen oder als subaltern Angesehenen zu grüßen. *Omar* war kein Idiot, weit entfernt davon. Man sprach viel von politischer Erziehung in den tunesischen Salons und unter den Zeltdächern von *Ghardimaou*[99]… und am Sitz der Partei in Algier.

99 Tunesische Grenzstadt, in der während des Befreiungskrieges die algerische Armee stationiert war und unter anderem *Ben Bella* und *Boumédienne*

Charlotte von Medea[100]

Waren all unsere Anstrengungen vergeblich? Was wurde aus den paramedizinischen Schulen, die mich drei Jahre lang zu einer komplett Schlafgestörten machten?

Von Mai 1963 bis zum Tag vor dem Putsch begab ich mich jeden Tag nach *Medea* zu einer Arbeitsversammlung mit den Lehrern, Administratoren und den Schülervertretern des Ausbildungsinstituts für Gesundheitstechniker. Damals war *Medea*, Hauptstadt des *Titteri*, eine mittelgroße Agglomeration des *Tell-Atlas*; auf einem Plateau gelegen erreicht man sie von Algier aus, indem man die Ebene der *Mitidja* durchquert und an der Seite der Schluchten von *Chiffa* nach oben steigt. Als ich diese Straße das erste Mal fuhr, hielt ich Ausschau nach den angekündigten Affen. Ich sah zwei in der Nähe eines kleinen Sturzbaches, der auf die Straße hinunter fällt. Man hatte mir von Makaken-Familien erzählt. Auch sie waren vom Krieg dezimiert worden, der die Gebirgsregion nicht aussparte. Die Wahl *Medeas* als Standort für die Schule beruhte auf seiner Lage nicht zu weit und nicht zu nah der Hauptstadt, auf seiner embryonalen Infrastruktur von Gesundheitszentren und auf einem hinreichend ausgestatteten Krankenhaus. Letzteres war im Rahmen des Plans von *Constantine* erbaut worden, der in der Vorstellung Frankreichs das Zusammenkommen der Bevölkerungsgruppen erleichtern sollte. Es war neu und konnte zweihundert Kranke aufnehmen sowie etwa hundert Schüler in einem Nebengebäude.

Die ausreichend bevölkerte Region hatte ihren Nutzen aus einer ziemlich florierenden Wirtschaft gezogen, die mit dem Wein verbunden war. Die „eingeborene" Bevölkerungsgruppe, die von den Krümeln des Kuchens profitierte, war trotz

---

sich aufhielten. AdÜ

100 1997 hat es eine Serie von Massakern der Islamisten in der Gegend von *Medea* gegeben. Es ist auch der Titel des antiken Theaterstücks *Medea*. Hier geht es aber um ein Neugeborenes in *Medea* namens *Charlotte*. AdÜ

des starken Einflusses der muslimischen Tradition Innovationen gegenüber hinreichend offen. 1963 brachten die Unterhaltungen mit Kranken die Verirrungen einer „kriegerischen" Gesundheitspolitik ans Licht. Einige junge „Berufene" glaubten, eine positive soziale Rolle zu spielen, wenn sie sich mehrere Wochen lang mitmachten, in einer ganzen Zone Antibiotika zu verpulvern und bei ihrem Weggang Menschen zurückließen, die mit überflüssiger Pflege zufrieden gestellt worden waren, und Bakterienstämme, die zufrieden waren, resistent geworden zu sein.

Während des Krieges war *Medea* von den Verfechtern der „psychologischen Aktion" der französischen Generäle gezielt ausgewählt worden, heute von den Schlächtern des Islam, die im Jahr 2000 mehrere Gymnasiasten dort in ihrer Schule umgebracht haben.

Das Institut sollte in sechs bis neun Jahren hundertachtzig bis zweihundert Gesundheitstechniker ausbilden. Nach Erfüllung dieser Aufgabe sollte das Krankenhaus ein Referenz-Zentrum für die Ausbildung von „Nachbarschafts"-Ärzten werden. Die Studiendauer würde sich über sechs Semester mit dreimal zwei Wochen Ferien erstrecken. War unser Institut aus den Jahren des schwärmerischen Engagements der Embryo des Universitätszentrums der Stadt *Medea*, dessen Bevölkerung sich in fünfzig Jahren verzehnfacht hat? Das Studienprogramm war mit Bildungsspezialisten von allen Kontinenten diskutiert und mit der Hilfe der *WHO* ausgearbeitet worden.

Die dem Techniker bestimmte Rolle bestand darin, nach einer kurzen Untersuchung an Hand eines Fragebogens die Kranken in den isolierten ländlichen Regionen zu den Zentren zu orientieren, die in der Lage waren, sich mit ihrer Pathologie zu befassen. Niemand konnte ohne Beurteilung durch einen Arzt Pflege erhalten. Andererseits war er an erster Stelle in der Begleitung des Kranken. Er musste fähig sein, ein Depot von Arzneimitteln und auch ein rudimentäres Labor für medizinische Biologie zu verwalten.

Als Angelpunkt auf dem Gebiet des öffentlichen Gesundheitssystems (Organisierung und Durchführung von Kampagnen für gesundheitliche Information, Vorsorge, Impfung…) sollte seine Einheit mit einem lokalen oder regionalen Krankenhaus verbunden sein, abhängig von der zu betreuenden tatsächlichen Bevölkerungszahl und ihrer Verteilung.

Das erforderliche Niveau, um am Aufnahmewettbewerb teilzunehmen, war das Abitur. Das dreijährige Studium mit Internatsunterbringung war vollkommen gratis. Der Unterricht wäre Lehrkräften übertragen worden, die jede Woche von der renommierten französischen Schule für öffentliche Gesundheit gekommen wären. Wir waren sehr stolz, diese kostbare Zusammenarbeit erreicht zu haben, auch wenn bestimmte Denunzianten einen Boykott planten, der nach Aussage unserer Informanten bis zu nachhaltigen Drohungen unseren französischen Kollegen gegenüber gehen sollte.

Alles war eingerichtet, als am 19. Juni 1965 *Ben Bella* gestürzt wurde.

Im Ausbildungszentrum von *Medea*, wo ab dem zweiten Semester 1963 Gesundheitstechniker ausgebildet wurden, empfing eine andere Schule sechs Monate lang künftige Hilfs-Laboranten. Je nach Zweckbestimmung sollten sie in zwei weiteren Monaten eine spezifische Technik lernen, zum Beispiel eine Blutuntersuchung zur Malaria-Erkennung in einer betroffenen Region. Die Schule nahm Jungen und Mädchen auf, die älter als achtzehn waren und das gemeinsame Examen für Hilfspfleger und Hilfslaboranten bestanden hatten.

Unser Programm wurde von der Fakultät und dem Rektorat ziemlich positiv aufgenommen. Nur die Bereitschaft, den Technikern zu erlauben, Arzt zu werden, löste ein Geschrei der Missbilligung aus. Das „Mandarinat“ hatte sich Anhänger verschafft. Keiner der algerischen Ärzte, die uns mit ihrer Leidenschaft für das Unterrichten, ihrer Liebe zur Jugend, ihrer patriotischen Hingabe in den Ohren lagen, war bereit, Studiendirektor in *Medea* zu werden. Wir öffneten zum vorgesehen Datum im zweiten Semester 1963 mit einer kosmopolitischen

Equipe von Freiwilligen, drei Franzosen außerhalb vom Kooperationsvertrag, einem Iraner aus der Schweiz, einem Haiti-Kanadier, den ich fünf Jahre später in Genf an der Fakultät wiederfand, einem Dominikaner und seiner kanadischen Frau, einer Biologin, und ausnahmsweise einem Algerier, den ich in den USA traf, wo er eine Ausbildung als Bachelor in Medizin beendete.

Sie wählten ihren Delegierten, den Ältesten, Doktor *Couke*. Er war ein *Chti* mit fünfundzwanzig Jahren als Arbeitsmediziner im nordfranzösischen Kohlenrevier und zehn Jahren Leiter einer Pfleger -Schule im Norden und im *Pas-de-Calais*, fern vom *Atlas* und seinen Hängen. Seine Ehefrau und seine beiden Töchter brachten sich ebenfalls begeistert in das Experiment ein, ohne sich zeitlich in ihren freiwilligen Unterrichts- und Betreuungsaufgaben zu beschränken. Die Kochtalente von *Soraya*, der Ehefrau von Doktor *Salif*, bestimmten sie zur Freizeitbeauftragten. Die gastronomischen Wochenenden taten viel für die Reputation der Schule.

Der Studienplan verlief ohne Überraschungen. Doch das Funktionieren des Internats offenbarte einige Schwierigkeiten. Die Mädchen waren in sehr geringer Zahl, aber ab dem nächsten Semester nahmen die weiblichen Bewerbungen zu. Ich schlug also die Einrichtung einer Schule in *Setif* vor, die nur für Mädchen sein sollte. Die Partei rebellierte. Man kannte mich nicht als Fortschrittsfeindin. Was denn mit mir los sei? Die Frauenunion mischte sich ein. Vor den Mitgliedern des Kabinetts, erweitert um ein dutzend Väter, Ehemänner, Brüder, Verlobte, musste ich mich bequemen, mich zu rechtfertigen: „*Einverstanden, wir vergrößern Medea, wir nehmen zwölf neue Mädchen auf, und wir richten eine Kinderkrippe ein.*“ Ich beschränkte die Aufdeckung unserer Verbrechen auf einige wenige. Mehrere Lehrkräfte hatten eine Gefängnisstrafe für Schwangerschaftsunterbrechung riskiert. Das repressive französische Gesetz gegen Abtreibungen (vor dem Gesetz *Veil* 1975) war weit davon entfernt, überholt zu sein. Meine Freunde waren am Boden zerstört. Einer von ihnen wagte:

- Das ist nicht möglich. Wie machen sie das?
- Wie alle anderen zweifellos.
- Unsere Frauen sind nicht so!
- Wie?

Ein Anderer stieß mit Vehemenz hervor – wobei er allerdings allgemeine Heiterkeit erzeugte:

- Das müssen die Franzosen sein.

Wir hatten zwei Abtreibungen, aber auch eine Geburt. Es war immer Frau *Couke*, *Hélène*, die ins Vertrauen gezogen wurde. An ihrer Panik erkannte ich, dass sie mich nicht wegen einer Lappalie anrief. Ich kam spät in der Nacht in *Medea* an. Man wartete dort auf mich, um die Meinung und die Direktiven des Ministeriums zu erhalten.

Ein Dutzend Mädchen aus Guinea und ebenso viele aus dem Kongo waren zum Studium nach *Medea* gekommen. Ihre Auswahl hatte per Wettbewerb stattgefunden, organisiert von den Botschaften in *Conakry* und *Brazzaville*.

Die ersten algerischen Wochen waren für die Kongolesinnen schwierig. Ich war gemeinsam mit ihrem Botschafter bei der Begrüßung der ersten Ausländerinnen, die nach Algerien kamen, um sich zu bilden. Es schneite zaghaft. In Algier berührten die flüchtigen Flocken nicht den Boden, in Medea jedoch waren sie fest. Unsere Mädchen, zwölf statt der angekündigten zehn, hatten ihre schönste schillernde Tunika übergezogen, manche trugen die Kleidung der Schwesternschule (Faltenrock, weiße Bluse). Nach Empfang des ganzen Blablas und der Frustration über ihren Algier-Besuch erreichten die Mädchen die Berge von *Titteri*. Die Umstände waren wirklich nicht günstig.

Die Herzlichkeit des Empfangs hätte sie aufwärmen können, wenn die ersten Zwischenfälle nicht gleich wieder die Atmosphäre abgekühlt hätten. Um die Integration zu befördern, waren die Neuankömmlinge auf die beiden Schlafsäle der Mädchen verteilt worden. Von der ersten Nacht an musste die Panik-Krise einer der Algerierinnen verkraftet werden.

Sie hatte Angst vor einer „schwarzen" Person so nah. Nach einigen Tagen war es eine kollektive Hysterie, die nicht gebändigt werden konnte, weder von den Verantwortlichen, noch den Delegierten der Studenten und auch nicht von den jungen Algerierinnen, die nicht an der „Anti-Schwarzen" schwarzen Messe teilnahmen. Diese Explosion, die aus dem Innersten hochkam, machte uns ratlos. Der Neger war der Sklave, der Ausgeschlossene, und dass Algerien vom Mittelmeer bis nach *Tamanrasset* reichte, änderte daran nichts. Wir baten hochrangige Aktivisten um Hilfe, sie konnten nur feststellen, dass der Rassismus aus Ignoranz trotz aller Parolen eine lebendige Wirklichkeit war.

Zwei Monate später zogen die Matratzen wieder um, die Freundinnen bildeten neue Gruppen. Der Schlafsaal glich einem Spielbrett. Es war nicht das geringste Verdienst der Belegschaft, erreicht zu haben, eine Stimmung fröhlicher Brüderlichkeit geschaffen zu haben, die all jene frappierte, die kamen, um sich vor Ort zu überzeugen, was wir in Medea „trieben".

Germaine K. war Kongolesin, groß mit langem Hals, Mandelaugen und einer Raketen-Frisur, niemals verlor sie ihre gute kommunikative Laune. Sie war der Liebling der Lehrer, die ihre Intelligenz und ihren Tatendrang rühmten. Nach dem Unterricht kam sie kleinlaut zu *Hélène*, um über Beckenschmerzen zu klagen. Sie wollte nicht den Arzt *Couke* aufsuchen. Es war überflüssig. Sie war kurz vor der Entbindung. Die Arztfamilie hielt das für einen Scherz oder sogar einen Wahn. *Germaine* wurde schließlich untersucht, der Muttermund war noch nicht geöffnet, die Wehen waren noch schwach und in großen Abständen. Man musste es beobachten und abwarten… vierundzwanzig Stunden, vielleicht sechsunddreißig. *Germaine* war ruhig. Niemand, ihre Gefährtinnen im Schlafsaal, die Lehrer, ihre Eltern, selbst der Vater des Kindes wussten nichts von ihrer Schwangerschaft. Nur ihre Kusine gleichen Namens und aus demselben Geburtsjahr war auf dem Laufenden. Sie war es, die die ärztliche Untersuchung vor dem Aufnahmewettbewerb hatte machen lassen.

Der Arzt der Botschaft hatte also nicht, wie wir böswillig annahmen, eine Schwangerschaft von vier Monaten „vergeigt".

Was tun? *Germaine* nach *Pointe-Noire* zurückschicken? Dafür war es zu spät, und niemand hatte Lust dazu. Sie schnellstens unter Verantwortung ihrer Botschaft nach Algier ins Krankenhaus bringen. *Germaine* hatte Angst, mit dem Baby in die Heimat zurückzukehren und dort ihren Eltern und den Behörden gegenüberzutreten. Einstimmig bat der Schulrat das Ministerium, *Germaine* und das Kind zu behalten. Die beiden *Coukes* akzeptierten, sich um das Baby zu kümmern.

Pfui Diplomatie, *Charlotte* wurde in *Medea* geboren. *Germaine* war katholisch und wie in allem eifrig. Es stand außer Frage, dass ihre Tochter getauft wurde und zwar auf der Stelle. Wir fanden den Priester, das geweihte Salz und das Taufbecken. Die ganze Schule feierte mit ökumenischem Schwung. Wir hatten beschlossen, *Charlotte* zum Kind der Freundschaft zu machen. Sie hatte sich nicht zu beklagen.

Ich war Bürgerin von *Douéra*. Ich wollte mich für mein Dorf interessieren, das von dem Krankenhaus lebte, das sich dank den Leuten aus Tunesien und vor allem den *Martini* in ein Zentrum für Orthopädie und Bewegungsrehabilitation verwandelte. Ich suchte nach einer Lösung für die fünf oder sechs Kinder mit Polio, die mangels Eltern oder Finanzmitteln dort dahinvegetierten. Am Dorfausgang erwartete sie ein Gebäude, das von seinen Insassen, verhaltensgestörten Kindern, verlassen worden war. Die Leiterin war noch auf ihrem Posten. Sie hatte nicht das Weite gesucht, sondern vorgezogen, bei ihrem Geliebten zu bleiben. Das jedenfalls sagte man mir vertraulich mit lüsternem Beiklang. Diese Psychologin sprach Arabisch. Ihr Haus wurde ein Zentrum für Kriegswaisen mit psychischen Problemen, die meisten kamen aus Algier oder anderen Städten, die aus den Dörfern wurden von der Familiengruppe betreut. Zwei junge Psychologinnen, die eine aus Marokko, die andere aus Belgien, wurden eingestellt.

Witwen von *Chouhada*[101] zogen in das Haus ein, manche mit ihren Kindern, und sorgten für die Verwaltung. Die Kinder, die dazu in der Lage waren, gingen in die Dorfschule. Bastelei, aber sie funktionierte. Nach zwei Betriebsjahren nahm das Zentrum „*Salim und Salima*" dreißig Kinder zwischen vier und zwölf Jahren auf. Unser Projekt war, mit Hilfe der aktiven Unterstützung von einigen meiner Freunde aus dem renommierten *Institut für angewandte Psychologie Henri-Wallon*[102] ein Ausbildungszentrum für Erzieher zu machen.

Bei einem seiner sonntäglichen Besuche fragte *B.B.* sich, was er mit seinen eigenen Geldern tun könnte, um den Kindern zu helfen.

- Dafür sind Sie nicht reich genug. Was hier fehlt, das ist ein Schwimmbad!

Ich hatte das Projekt im Rahmen der Arbeiten, die von den jungen Leuten aus den Ausbildungszentren für das Bauhandwerk geleistet werden sollten, schon akzeptieren lassen. Das zog sich. Ein kleiner Schubs und die Kinder hatten ihr Becken mit fast olympischen Ausmaßen und dazu einer Wasserrutsche, Geschenk des Präsidenten.

Ich nahm gern am nachmittäglichen Imbiss der Kinder von *Douéra* teil. An den Festen, die Schüler und Lehrer in *Medea* organisierten, nahm ich auch regelmäßig teil. Ich setzte mich dahin wie ein Künstler, der sein Werk betrachtet, zweifellos mit zu viel Selbstgefälligkeit, verziert mit einem Hauch Rührung.

Die Kairoer *Organisation der Afrikanischen Einheit*

Es dürfte Herbst 1963 gewesen sein. Die Konferenz der Gesundheits-Kommission für die junge „Organisation der Afrikanischen Einheit" *OUA*, die im Mai gegründet worden war,

---

101 Märtyrer des ALN bzw. FLN im Algerien- Krieg (Singular: *Chahid*). AdÜ

102 *Henri Wallon* (1879-1962) war ein bedeutender Psychologe, Arzt und Politiker Frankreichs. AdÜ

tagte in *Alexandria*.

Wir waren drei Vertreter aus Algerien, ich „leitete" diese kleine Delegation. Dieser Dienstgrad, der einem nicht-algerischen Mitglied des Ministeriums zuerteilt wurde, war nicht ohne Pep. Das Prestige Algeriens an den Tagen nach seiner Unabhängigkeit stellte uns in die vorderste Reihe und bestimmte uns für die Hauptrollen; ich wurde also auf die Tribüne gerufen, was mir die Schande ersparte, meinem Nachbarn im Auditorium zu gestehen, dass ich den Namen der Hauptstadt seines Landes nicht kannte. Repetitive Reden. Seine Erfahrungen darlegen, den Anderen seine Errungenschaften auf dem Gebiet der Gesundheit und des medizinischen Unterrichts mitteilen. Die meisten Teilnehmer vertraten Staaten, die gerade ihre Unabhängigkeit erreicht hatten, sie hatten nicht viel zum Austausch beizutragen, was die uninteressanten Redeflüsse nicht verhinderte.

Die Entscheidung war gefallen, meine Mandeln entzündeten sich, damit ich nicht lügen musste. Nach dem Arztbesuch, den ich nicht vermeiden konnte, entwickelte ich meine Eskapade. Ich hatte schon den Seitenausgang erspäht, der Hausmeister, Chauffeure und andere Leibwächter umging. Ich befand mich auf einer breiten Avenue am Meer. Richtung Stadt weiter zu gehen, bedeutete, mich den Blicken derer auszusetzen, die vor dem Gitter des Hotelparks bummelten. Ich begann diesen Tag des „Schwänzens" mit einem Spaziergang entlang den ockerfarbenen Mauern der Gärten mit ihren überbordenden riesigen Villen, die eher florentinisch als orientalisch waren und deren lepra-artiger Putz den altertümlichen Reiz noch verstärkte. Endlich ein Taxi. Wir diskutierten in einer Sprache, die sich englisch wollte, als eine „französische" Stimme aus dem Chaos des Bambus-Gerüstes erklang, das die Fassade eines Hotelpalastes verdeckte, in dem sich gerade das „Alexandria-Quartett"[103], dem ich hinterherging, hätte aufhalten können. Nach einigen Wortwechseln auf der Straße, wo sich die

103 Vier Romane von *Lawrence Durrell*, (1912-1990), britischer Schriftsteller. AdÜ

Arbeiter zusammengedrängt hatten, sprang der ehemalige, polyglotte Matrose in das Taxi. Zu dritt fuhren wir zur Begegnung mit den Helden von *Durrell* los. Es wurde ein großartiger Tag. Meine Gefährten verstanden nicht so gut, worum es mir ging, was sie jedoch nicht hinderte, an meiner Suche teilzunehmen. Als sie verstanden, dass ich Algerierin war und warum, bestanden sie darauf, mich Freunden vorzustellen. Wir statteten also dem Wirt einer Kneipe nahe dem Hafen einen Besuch ab, der vorgab, *Ben Bella* zu kennen. Ich habe ihm gegenüber nie die Richtigkeit der Äußerungen des Kneipiers überprüft. Mein Taxi-Kumpel setzte mich am Dienstboteneingang des Hotels ab. Er verweigerte jegliches Trinkgeld. Ich hatte eine kleine Idee für den nächsten Tag, als ich ihn bat, mich wieder abzuholen. Ich konnte, wie gehofft, zwei Eintrittskarten erhalten, die ihm erlaubten, zu einem Konzert zu gehen, das plakatiert war und dessen Besonderheit er mir gegenüber gerühmt hatte, wobei er bedauerte, nicht über die Mittel zu verfügen, daran teilzunehmen. Er kam am Tag nach dem Konzert in Begleitung seiner Frau, einer kleinen schwarzen Kugel, die als Londonerin verkleidet war, um mir mit immer noch vor Begeisterung strahlenden Augen zu danken.

Nach Kommissionen, Unterkommissionen, Debatten und ihren Wiederholungen wurden wir mit einem Besuch auf der Baustelle vom *Assuan*-Staudamm für unsere Ausdauer belohnt. Ein pharaonisches Schauspiel. Männer, die aus der Bilder-Symbolik der Sarkophage im Museum in Kairo zu kommen schienen, verpflanzten das Gebirge in ihren Tragetaschen, die sie auf ihrem Kopf balancierten. Sie erklommen die erleuchtete Ebene in einer langen weißen Kette. Ihre Dschellaba fegte den Staub, der sie in einen goldenen Lichtkreis hüllte. Tränen lösten sich. Wir waren ungefähr zehn Personen, die den Erklärungen des Ingenieurs eigentlich zuhören sollten, der in dieser Nacht die Baustelle leitete. Nur der Senegalese *Ba* verstand mein Gefühl. Wir sind gute Freunde geblieben.

Ich liebe Ägypten. Einige Monate später bin ich dorthin zurückgekehrt, um unsere Kooperationsverträge mit den

Fakultäten von *Alexandria* und *Asyut* zu unterzeichnen. Ich habe dort ungefähr eine Woche in einem Haus im Kolonialstil verbracht, von dessen hölzernen Balkonen ich den Sonnengott Re sehen konnte, die weißglühende Scheibe aus der Mythologie, wie sie auf den malvenfarbenen Schneegipfeln erstirbt und dann weit, sehr weit entfernt hinter der ockerfarbenen Wand einer Moschee wiedergeboren wird.

Ich bin allein im *Suq* zu den Füßen von *Al-Azhar* herumgelaufen, in den Baumwollfeldern gewandert, auf den *Feluken* der Armen gesegelt und habe Zuckerrohr geschnitten. Mein Ägypten ist das der Straße und des Nil-Schlamms. Es ist das der von Gott vergessenen Menschen, der Stolzen und der Faulen von *Albert Cossery*[104] und der Freunde von *Nagib Mahfuz*[105].

Das kalt-warme Wechselbad

Die Niedergeschlagenheit nahm zu, von der physischen Erschöpfung unterstützt. Die Stimmung war auf dem Tiefpunkt. Die Resonanz auf die Vorbereitung der Charta, die im April 1964 auf dem FLN-Kongress diskutiert wurde, ließ die Hoffnungen wieder lebendig werden. Die Teilnahme an einigen okkulten Versammlungen über Themen, die den sozialen Bereich und die öffentliche Gesundheit berührten, machte mich munter. Die in den ersten Monaten der *Ben Bella*-Regierung vorgenommenen Reformen sollten von anderen abgelöst werden, mit denen die fortschrittlichen Optionen der Regierungspolitik fest verankert würden.

Jedoch wurde die unterschwellige Zwietracht zwischen den *Ben Bella*-Anhängern und der Armee immer deutlicher wahrnehmbar. Der Gesundheits-Minister billigte rückhaltlos die Thesen der Charta von Algier, die den Generalstab und die sogenannten Freunde des Verteidigungsministers brüskierten. Unsere Rechnung ging auf. Der Kongress bestätigte *Ben Bella*

104 Ägyptischer Schriftsteller, frankofon. AdÜ
105 Ägyptischer Schriftsteller. AdÜ

in seiner Funktion als Generalsekretär der Partei. Es war ein Fehler wie andere auch. Einzige Partei, einziger Boss. Die nach einer lebhaften Diskussion beschlossene Verfassung führte ein Regime ein zwischen zwei Stühlen, weder parlamentarisch, noch präsidentiell. Der Präsident der Republik würde in allgemeiner Wahl gewählt, aber mit der Einheitspartei regieren.

Ich frage mich weiterhin, ob ein Mehrparteiensystem am Tag nach der Machtprobe eine Chance gehabt hätte. Gewiss, die Wurzeln hätten ein Trumpf für eine demokratische Entwicklung sein können, weil sie zurückreichten zur nationalistischen Bewegung der dreißiger Jahre, einer Zeit von tumultuarischen politischen Diskussionen.

Die Rückerinnerungen an den mit Leichen geschmückten Kampf, den sich der *FLN* und *Messali Hadj*'s Partei *MNA* vom Beginn des nationalen Befreiungskampfes an lieferten, hätten sich jedoch ohne eine „starke" Macht in Gewaltakten äußern können. Waren die Obristen oder aber die Kader der provisorischen Regierung, die in Tunis und in Kairo intrigierten, weil sie nach Macht strebten, Parteigänger der Demokratie oder eher der „Kumpanokratie"?

1962 hatte es mit der Möglichkeit für die KP Algeriens, sich auszudrücken, eine Öffnung gegeben. Dann kam der Wind aus dem Norden. Die Parteien, die ihre Rolle einer politischen Opposition oder einfach nur einer politischen Partei nicht ausgefüllt hatten, wurden ab August 1963 verboten, wohingegen zwei oder drei Mitglieder der Französischen Föderation in der Wüste eine radikalere linke Politik predigten. Einer von ihnen war *Boudiaf*, dessen Reden drei Jahrzehnte nach dem Ende des Krieges, der von Landbewohnern gemacht, wenn nicht sogar geführt wurde, deutlicher zu hören waren. Dieser Mann voller Talente und Tugenden – nach den Aussagen seiner Freunde – hätte unser Algerien vielleicht neu erfinden können, jenes, von dem wir geträumt hatten. Er wurde ermordet.

1963 schenkte ich einem Gerücht Gehör, das behauptete, die Verschärfung des Präsidialregimes sei von bestimmten Leuten aus dem Generalstab erzwungen worden. Keine Zeit, weiter über solche Fragen nachzudenken, die Algerier mussten verarztet werden.

Fürchtete *Ben Bella* das Auftreten neuer Parteien auf dem Markt, deren Führer sein Bild hätten verdunkeln können? Er war doch immer aufmerksam für andere, niemals arrogant, die Menschen aus dem Volk erkannten sich wieder in ihm. Leichtheit im Kontakt, Talente eines Kommunikators, wie man heute sagen würde, bewirkten einen Schutz vor Selbstbeweihräucherung. Er unterlag ihr nicht. Vielleicht wurde er gestürzt, bevor er noch Zeit genug hatte, sich ihr hinzugeben.

Einige Monate waren vergangen, als die Charta immer noch im Karton verpackt war. Nicht berauschend.

Als im März 1965 die Kampagne für die Mobilisierung der jungen Menschen begann, um den Jugendkongress zu veranstalten, der in Algier stattfinden sollte, kam wieder Schwung auf. Hoffnung, sich nicht ein weiteres Mal getäuscht zu haben. Daran glauben oder so zu tun, um das Gesicht zu wahren.

Ich begegnete den inzwischen zahlreichen Schülern der paramedizinischen Schulen. Sie machten sich die progressiven Thesen der Partei zu Eigen. Die als „linksradikal" bezeichnete Gruppe bekam wieder Oberwasser. Da diskutierte man, widersprach sich, verwarf, billigte. Sympathischer Missklang. Ein Hauch vom Enthusiasmus der ersten Monate erfüllte die Atmosphäre.

Durch meine Freunde kannte ich die Grundzüge der Rede, die *B.B.* zur Eröffnung der für den Sommer 1965 vorgesehenen Konferenz der afro-asiatischen und der blockfreien Staaten hätte halten sollen. Man sprach von der Einführung einer entschieden sozialen Politik, die keinen Platz für Privilegien ließ, sondern die Betonung auf die Bedürfnisse der Millionen Algerier auf dem Lande legte, weil sie zur Flucht gezwungen waren. Gewiss, es gab Gegner zu den Thesen der Partei, selbst in den Leitungsgremien. *B.B.* versuchte nicht – anders als gewohnt – sie zu schonen. Es wurde möglich, an eine Reform der Macht zu denken, an eine Verstärkung ihrer sozialliberalen Orientierungen. Man konnte auf einen standhafteren

Präsidenten hoffen, der weniger bereit ist, seinen Widersacher zu schonen und seinen standhaften Freund zu opfern, um die Sympathie des Indifferenten oder gar des Gegners zu gewinnen. Er musste dem Lavieren zwischen den Clans ein Ende setzen. Nepotismus in den Augen einiger! Vielleicht schuldhafte Nettigkeit!

Die Arbeit der „Linken" schien sich auszuzahlen, jedenfalls war das die Angst von ein paar tausend der elf Millionen Algerier. Eine Gruppe von Kleinbürgern am Ruder hatte in die Suppe gespuckt. Sie wollte mehr, mehr an Macht, an Privilegien, an Geld. Sie hatte zur Selbstverwaltung nicht Nein gesagt, sie sagte zur Agrarreform nicht Nein, sie trachtete danach, davon zu profitieren. Neuheit: die Armee machte ihr keine Angst mehr. Mit dummdreister Sicherheit ging sie auf die bewaffneten Arme ihrer ehemaligen Feinde zu. Trotz der gestiegenen Arroganz unserer Gegner hofften wir noch, dass Algerien, wenn wir erstmal über den Sommer gekommen wären, seinen Weg wiederfinden würde, wie er von der Charta von Algier vorgezeichnet war. Wenn uns der Kongress der Jugend gelingen würde und wir aus der afro-asiatischen Konferenz das Signal für einen Wechsel zu Gunsten der Benachteiligsten machen könnten, würde die Bürokratie freiwillig aufgeben und die Armee sich zurückziehen.

Ich weiß nicht mehr, ob ich diese Auffassung teilte oder überhaupt Lust auf diese Euphorie der Glücksgläubigen hatte. Ich erinnere mich jedoch an das Geständnis in der Beichte von *Zahouane*, dem ehemaligen Militärpolitiker der Wilaya III (grob gesagt der Kabylei) und zukünftigen Gefangenen in der Zeit von Staatschef *Boumedienne*, der 1965 noch ein führendes Parteimitglied war. Wir besichtigten gemeinsam mit einigen Verantwortlichen die Villa, die ausgewählt worden war, um die künftige zentrale Schule für das öffentliche Gesundheitswesen zu werden. Es war schönes Wetter, die Rosen verströmten ihren Duft. Die verwilderten Canna umschlangen sich in einem rot-grünen Durcheinander, die wuchernden Bougainvilleas eroberten schon am Anfang meines letzten algerischen Frühlings die Stufen, auf denen wir uns einen Moment ausruhten. Ich fuhr fort, unser Projekt für eine Zukunft zu entwickeln, in der „die Gesundheit für alle“ keine sinnentleerte Formel für 99 Prozent der Bevölkerung mehr sein sollte. Plötzlich zwickte *Zahouane* mich in den Arm und flüsterte mir ins Ohr: „Sofern sie uns die Zeit dafür lassen.“ Sie, die kannten wir. Mehrere von ihnen waren im Garten. Das Vertrauen in die Stichhaltigkeit seiner Aktionen beseitigt den Zweifel.

Der Gläubigste war gewiss *B.B.*. Trotz der Machenschaften seiner Verleumder glaubte er weiter an ihre Läuterung – mit Ausnahme von *Bouteflika*, dem Außenminister, dessen üble Tricks er sehr wohl als gefährlich für die Zukunft eines sozialen Algeriens gehalten hatte. Er ging jedoch weiter Arm in Arm mit seiner guten Fee vorwärts. Man hat mir gesagt, dass an jenem Tag *Pele* sein Schutzengel war, dieser meisterhafte Fußballspieler, den er den Jugendlichen in seinem Dorf *Maghnia* zeigen wollte.

Im Loch

Die Feuchtigkeit der Nacht machte den Schlaf unruhig. Es dürfte 5 Uhr gewesen sein. Telefonklingeln. Kein Anrufer. Ein Irrtum. Zweiter Anruf, diesmal mein Freund *Michel Martini*. Er verkündete mir ohne Umschweife:

- Die Panzer sind auf der Straße. Man spricht von Dreharbeiten zu einem Film… aber ich ziehe vor, dich zu warnen.

Bevor ich mich aufregen konnte, klopfte es schon an die Tür. Ein Diplomat, der für meinen Geschmack eine zu lebhafte Sympathie für mich hatte, informierte mich keuchend:

- Man hat gerade *B.B.* verhaftet und *Nekkache* auch.

Einer der drei bekanntesten Putschisten hatte ihm anvertraut, dass ich im selben Aufwasch verhaftet würde. Er konnte es nicht ertragen, mich in ihren Händen zu wissen, die auch seine waren, was ich ihm auch sagte. Er nahm mich mit, sobald ich einen Rock angezogen hatte. Man durfte nicht hinunter in die Stadt gehen.

Ich dachte einen Moment an die benachbarte ägyptische Botschaft, aber die diplomatischen Gesinnungswechsel sind plötzlich und unvorhersehbar.

Mein Freund setzte mich einige hundert Meter von meinem Wohnhaus auf dem *Chemin de la Madeleine* ab, der zu meinem Freund *Pampiglione* führte, einem rumänischen Parasitologen. Vor der Eukalyptus-Allee, die zu ihrem prachtvollen Haus führte, einer Villa in maurischem Stil, von der es hieß, sie hätte der Familie *Chevallier* gehört, dem früheren Bürgermeister von Algier, da erinnerte ich mich an die *Davies*. Sie würden bestimmt akzeptieren, mich ein oder zwei Tage zu beherbergen.

Ich blieb mehr als fünf Wochen in meinem Unterschlupf. Meine Gastgeber fuhren einige Tage später in Urlaub. Sie hatten aber noch genügend Zeit, bestimmte Freunde von mir zu kontaktieren, die mir ein Versteck besorgten, und mich in Bezug auf das Schicksal anderer Freunde zu beruhigen, die erst im September verhaftet wurden. Vom Garten der *Davies* aus konnte man nach einigen Dutzend Metern Gestrüpp über einen langen Laufgraben eine unterirdische Kapelle erreichen. Das historische Gerücht machte daraus eine der Kavernen aus der Seeräuberzeit im Mittelmeer. Ich würde von meinen Botschaftern über den Zeitpunkt benachrichtigt werden, zu dem ich zu diesem kargen Refugium gelangen sollte, dass in unserer Zeit keinen Schatz von Ali Baba mehr enthielt. Dreimal verbrachte ich dort einige Stunden. Sein Hauptverdienst bestand darin, dass es im Schoss des Parks der Residenz des britischen Botschafters lag. Mit einer Leiter, die hingestellt worden war – vorausgesetzt dass es mir gelänge, das Gitter hochzuheben, das in einem Begonien-Beet versteckt lag –, könnte ich Algerien nach England verlassen.

In zwei Zimmer der Villa gesperrt las ich und wartete auf die Dunkelheit, um mich auf eine kleine badewannenartige Terrasse zu setzen, die nur zum Himmel hin geöffnet war. Sublim. Das Gewölbe unseres Daches vergrößerte sich im Verlauf der Nacht mehr oder weniger. Beim Morgengrauen kam es herunter, um mich leicht zu berühren. Ein neuer Tag. Neues Warten.

Heute wie gestern und wie morgen wird einer meiner beiden Botschafter mich besuchen: der Attaché der kubanischen und der der guineischen Botschaft.

Es dürfte Mitte Juli gewesen sein; einer der beiden brachte mir die Botschaft, auf die ich mit immer mehr Ruhe wartete. Eine geheime Organisation gegen die Putschisten würde auf die Beine gestellt. Ich könnte nur von außen nützlich sein. Meine Abschiebung wurde programmiert.

Man schickte mir sogar einen Fotografen, der mit Perücken und anderen Kunstwerken ausgerüstet war… die Tage verstrichen und nichts.

Für die Nachrichten hörte ich Radio in einem Badezimmer ohne Öffnung und las die Zeitungen, die mir meine Schutzengel brachten. Ich wusste also, dass wir die Totengräber der Revolution waren, dass wir uns aus der Kasse bedienten, dass wir auf der Basis des Weißbuchs verurteilt würden, das unsere Verbrechen dem Volk aufgedeckt würden, das danach fieberte, uns am Pranger stehen zu sehen. Erprobte Methode. Denunziation. Verurteilung.

Nach meinem dritten Aufenthalt in der Kaverne schickte ich meine Freunde zu Nicht-Offiziellen, um weniger kämpferische, aber dafür objektivere Nachrichten zu erhalten. Die waren nicht sehr beruhigend. *Marie-Jeanne* setzte mich in Kenntnis, dass meine Wohnung zweimal von Soldaten aufgesucht worden war. Von *Ali* benachrichtigt, meinem Ex-Sekretär, der im selben Gebäude wohnte wie ich, hatte *Malika* mit italienischen Freunden gerettet, was noch nicht ausgeräumt worden war.

Noch einige Tage später beschloss ich, mein Gefängnis nach Art des Korsaren *Barbarossa* zu verlassen. Ich bat beide dienenden Ritter, mir ein Kleid zu kaufen. Mein einziges Kleidungsstück tat es nicht mehr. Der erste, der sein Paket öffnete, war der Kubaner. Ein Samtstoff, der einen Garten ertrug, in dem dicke rote Blumen dominierten. Ein sehr vorteilhafter

Balconette-BH, zarte Träger, Walzer-Rüschen. Es stand mir sehr gut. Ein paar Drehungen vor dem Spiegel, um die Wirkung zu ermessen, die ich auf dem Ball der Unter-Präfektur gemacht hätte, als ich noch zwanzig war. *Touré*, ein entfernter Cousin des großen guineischen Politikers *Ahmed Sékou Touré*, packte sein Paket aus, wobei seine Augen vor Begierde leuchteten. Er seinerseits sah mich als schlangenartigen Vamp. Es war ein sehr schönes Kleid. Später wurde es zum Verlobungskleid einer mittellosen israelischen Kollegin, die ich in Genf kennenlernte. Ein Etuikleid aus Rohseide mit schrägen dunkelbraunen Stoßbändern. Die Arme waren nackt, aber die Knie bedeckt. Mir war bis dahin nicht bekannt, dass es derart elegante Fummel in Algier gab.

Ich wusste, wie man zwei oder drei ausländische Journalisten anrührt. Früh am Morgen, die Hauptachsen vermeidend gelangte ich zum *Mustapha*-Krankenhaus mit dem Entschluss, mich im Dienst der Kardiologie vorzustellen. Der Chef *Toumi*, ein Algerier und ehemaliger Widerstandskämpfer hatte uns vielleicht nicht in sein Herz gefasst, aber er war ein aufrechter und mutiger Mann. Er würde sich nicht so weit erniedrigen, mich zu denunzieren.

Ich hatte geplant, in sein Arbeitszimmer einzutreten, ohne zu klopfen, und zugleich sicherzustellen, dass zwei Journalisten, einer von beiden Fotograf, sich vor seiner Tür befanden, und ihn aufzufordern, das Innenministerium oder besser noch *Boumedienne* anzurufen, um ihnen mitzuteilen, dass ich mich weigerte, mich von der Stelle zu rühren, bevor ich nicht in Anwesenheit eines Anwalts und eines Journalisten meiner Wahl mit ihnen gesprochen hätte.

Ich trug das Schlangenkleid, das mehr umhüllte als das Tänzerin-Kleid. Es stimmt, dass die Gemüsehändler, die ihre Karren schoben, um zum Markt zu gelangen, keine Experten in westlicher Mode waren. Es schien mir allerdings, dass manche männlichen Blicke eher billigend waren.

Ein Portier vom Krankenhaus wollte mich überprüfen. Er begnügte sich mit einem Finger auf meinen Lippen als Antwort, und die Augen abwendend ließ er mich passieren. Ich trat bei *Toumi* ein. Der ihm gegenüber sitzende Mann wendete sich um, es war ein Freund, *Boualem Oussedik*. Ohne ihnen Zeit zu lassen einzugreifen, stieß ich hervor: „Danke *Boualem*, dass du zum Treffen gekommen bist."

Ein Spiel über drei Ecken ging los. Ich hielt meine kleine Rede, wobei ich von *Boualem Oussedik* sprach, als sei er im Einverständnis mit mir. Weder der eine, noch der andere meiner Gesprächspartner war mir im Grunde feindselig, aber sie waren vorsichtig.

- Provozier sie nicht, sie werden dich einlochen, wir werden nichts machen können… Bevor wir sie treffen… man muss sicherstellen, dass einige Freunde dabei sind.

Schließlich nahm *Boualem* sich meiner an. Wir gingen zu *Marie-Jeanne*. Sie verbreitete sich über die Demonstrationen freundschaftlicher Unterstützung mich betreffend, darunter auch die des Bistums. *Boualem* knurrte: „*Das ist gut, alles gut.*" Sie brachte mich in mein neues Versteck, das ein Freund angeboten hatte, der bis zum Hals mit dem neuen Regime verbunden war, aber mir Gutes tun wollte. Ich verstand, dass er vor allem mich besuchen wollte in der Hoffnung, dass ich meine Dankbarkeit zu bezeugen verstünde. Enttäuscht gewährleistete er ganz gefahrlos meinen Transfer zu italienischen Freunden. Nachdem sie in die Ferien abgereist waren, fand ich mich in der Ein-Zimmer-Wohnung von *Daksi* wieder, mit dem ich sechs Jahre zuvor verhaftet worden war.

Damit schloss sich mein algerischer Kreis.

Marie-Jeanne hatte *Georges Kiejman* kontaktiert, der kam, um mich dort herauszuholen. Er verhandelte um ein Flugticket nach Tunis. Er wurde nur von Subalternen empfangen, die in den drei Stunden, die er auf dem Justizministerium verbrachte, sich mit widersprechenden Informationen ablösten.

Anklagepunkte gegen mich hätten sie, es wäre aber zu lang sie aufzuzählen. *Ich müsste schon eines Tages für meine*

Fehler bezahlen. Könnten sie das präzisieren? Die Akte mit der Anklage… *Später. Man weiß, wo man sie findet*! Schließlich am Ende des Vormittags eine Botschaft, die sich in einem Stoßseufzer zusammenfassen lässt: „*Schafft sie uns vom Hals!*" Wir besaßen die Liste der gesuchten Personen, ich stand darauf. Die Geheimdienste waren am gefährlichsten. Sie schritten gern zur Tat wie zu Zeiten von *Boussouf*. Einige von ihnen kannte ich, in Tunis war ich ihnen begegnet. *Georges* reiste am selben Tag noch ab, um in Schweden zu plädieren, wo er seit dem Vortag erwartet wurde. Ich sollte das Flugzeug drei Tage später nehmen. Ich wurde unter Hausarrest bei den *Manuellan* gestellt.

Alarm! Mein Pass lief an dem Tag ab, der für meine Abreise geplant war. Wussten sie das? Das konnte niemand sagen! Sofort wurde mobilisiert, *Marie-Jeanne* und *Malika* gingen zum Angriff über. Einer der künftigen Minister von *Boumédienne*, der fest im Sattel saß und dem ich auf seinen ersten Notsitz geholfen hatte, akzeptierte ohne Begeisterung, uns den Zeitplan vom Flughafen zu besorgen.

Uff! Ich hatte die Schwester des Offiziers der Grenzpolizei *gepflegt* – nach seiner Meinung *gerettet* –, der zur Zeit meines Abflugs diensthabend sein würde. Er brachte mich weniger als eine Minute vor dem Start ins Flugzeug und erklärte dabei, dass er tatsächlich den Befehl hatte, mich festzuhalten. Er hatte mit einem seiner tunesischen Kollegen Kontakt aufgenommen, der mich am Fuß der Gangway in Tunis erwartete, begleitet von seiner Frau, die mich sofort an den Strand von *Gammarth* fuhr, der noch im Schatten eines Eukalyptushains lag, um dort den Tag zu verbringen. In Tunesien hätte ich Wurzeln geschlagen, wenn ich gekonnt hätte. Aber ich musste an einen Zielort weiterfliegen, der von Tunis-Air angeflogen wurde. Ich wählte Rom. Der gleiche Vorgang wir in Tunis. *Moncef* begleitete mich im Flugzeug. Er hatte die Landung in *Fiumicino* organisiert. Und nun war es an mir zu handeln.

Um mir eine Freude zu bereiten wählte ich ein Hotel in *Trastevere*, das die Reiseagenturen noch nicht kannten. Es war ohne exzessiven Komfort eingerichtet, aber korrekt. Ich begann mit einer verlängerten Siesta und der damit harmonierenden Nacht. Ich musste mir irgendwie Geld verschaffen und auch Papiere, die mir erlaubten, nach Wien zu gelangen, wo ein internationaler Kongress für neurologische Wissenschaften stattfinden sollte. Mein Ex-Gatte fuhr mit dem Auto dorthin und war bereit, mich mitzunehmen, wenn meine Papiere in Ordnung seien. Das Treffen wurde auf fünf Tage später in Mailand festgelegt.

Mit der Empfehlung des Korrespondenten der *Unita* in Algier hoffte ich, Hilfe bei den Verantwortlichen der kommunistischen Partei Italiens zu finden.

Ich fasste ein Treffen mit *Enrico Berlinguer* ins Auge, der damals für die kommunistische Jugend Italiens verantwortlich war, weil ich in den fünfziger Jahren mehrfach die Gelegenheit hatte, ihn zu treffen. Andernfalls mit *Luigi Longo*, dem Generalsekretär des *PCI*, der bei einem seiner Besuche in Tunis 1962 versucht hatte, bei mir wegen Mitgliedschaft nachzufassen – zugegebenermaßen allerdings erfolglos. Er hoffte, dass ich der tunesischen Partei beitreten würde, die vom *PCI* geleitet wurde. Ich stand mir einen ganzen Tag lang die Beine in den Bauch, ohne auch nur von einem der untersten Chargen empfangen zu werden. Ich musste zur kubanischen Botschaft ausweichen. Dort wurde ich erwartet. Die „*compagnones*" in Algier hatten mein eventuelles Asyl bei ihnen ausgehandelt. Ich wollte aber nicht von diesem Angebot profitieren, sondern lieber meinen kleinen Winkel von Illusionen bewahren, die ich befürchtete, in Havannas Straßen nacheinander zu verlieren. Ich hatte mit einigen kubanischen Ärzten und dem *Che* diskutiert!

Den Fehler suchen

In meinem „Gefängnis" auf Algiers Höhen während meiner Flucht vor der Verhaftung, fast auf Wurfweite zum *Antarès*-Gebäude, das gesehen hat, wie ich mich mit meinen Akten abplagte, hatte ich Zeit genug zu versuchen, den Gang der Ereignisse nachzuvollziehen… in Gedanken.

Meine Terrasse, die in die blaue, mit Pailletten bestickte Tinte der Nacht ragte, lud zum Träumen ein, doch war es ein Albtraum, der sich aufdrängte. Den Fehler, die Fehler, unsere Fehler suchen.

Unter den Überlegungen, die ich in meinem Tagebuch notierte, greife ich einige auf, die ich hier berichte.

Während dieser Monate des Wiederaufbaus der algerischen Gesellschaft, die wir gerecht und brüderlich wollten, war unsere vordringliche Aufgabe, das soziale Gewebe wieder zu vernähen und auszubessern und dabei zu versuchen, auch nicht die kleinste Parzelle der Gesellschaft unverbunden zu lassen. Damit diese Ausbesserungen gelangen, musste als erstes eingestanden werden, dass Algier nicht Algerien ist.

Es wäre nötig gewesen, den Alltag all derer, deren Leben wir verändern wollten, besser zu kennen. Ich hätte gern mehr Bestimmtheit und mehr Zeit zur Verfügung gehabt zum Kennenlernen des Anderen, das mit meiner Funktion nahe den Freiheitskämpfern angefangen hatte. Ohne Überraschung musste ich mich damit abfinden, dass meine Eigenschaft der Kofferträgerin nicht hilfreich war, diesen für eine nicht Arabisch sprechende Ausländerin vermessenen Wunsch zu befriedigen.

Es wäre nötig gewesen, wenn auch die Zerreißprobe des Krieges und die Freude über den Sieg die Gemeinschaft der Algerier zementiert hatte, zu verstehen, dass die Festigkeit des Baumaterials dieser Konstruktion durch ein kulturelles Erbe geschwächt wurde, welches den Stamm über die Nation stellt, und sie damit unsicher macht. Mehrere Anzeichen haben mich, bevor ich mich in der Leitung eines Sektors der Gesundheitspolitik einrichtete, zu dieser Diagnose gelenkt, die mich zu mehr Vorsicht bei der Handhabung bestimmter Konzepte hätte führen müssen – wie zum Beispiele das der Homogenisierung der Programme für die öffentliche Gesundheit.

Es wäre nötig gewesen, ohne Nachlassen darauf zu achten, dass sich nicht alles „unter vier Augen“, wie man sagen könnte, in Algier gestalten lässt.

Es wäre nötig gewesen, mehr in das Herz Algeriens und der Algerier einzudringen, wohlwissend dass neun von zehn auf dem Land im „*Bled*" leben, diesem dorfähnlichen Territorium mit unklaren Grenzen, das viele Algerier gern verdrängen würden: es ist dort, aber man sieht es nicht. Zwei Jahre im Kontakt mit diesen Landsern, die meist aus dem Algerien der Hirten und Nomaden stammten, haben mich gegen diese Schwachsichtigkeit gewappnet.

Es wäre nötig gewesen, sich nicht allein mit den Versammlungen und anderen großen Gemeinschaftsgebeten als Beweis für die Teilnahme der größtmöglichen Anzahl bei der Errichtung der Nation zufrieden zu geben. Ohne die berauschende Wirkung der Demonstrationen auf das politische Bewusstsein der Teilnehmer zu vernachlässigen, weiß ich doch (wie alle Ehemaligen der kommunistischen Partei Frankreichs), dass ihr Einfluss auf die tatsächliche Teilnahme an der Aktion vorübergehend ist. Ich habe während meiner Rundreisen, auf denen ich Algerien besser kennengelernt habe als viele Einheimische, sehr wohl das Klinkenputzen versucht, oder genauer gesagt das „lokaler Verantwortlicher zu lokalem Verantwortlichen". Dieser Aktivisten-Tourismus hat nicht immer Früchte getragen. Habe ich vielleicht das Pferd beim Schwanz aufgezäumt? Ich hätte mich nicht überstürzen sollen, sondern darauf warten, über genügend Kader zu verfügen, die in der Lage waren, das in Gang zu setzen, was wir befürworteten, insbesondere die Hygiene-Maßnahmen, um die Gesundheit der Bevölkerung zu verbessern.

Es wäre nötig gewesen zu erklären, dass die ökonomischen Bedingungen des Landes geboten, dass jeder von uns seine Ambitionen mäßigt, wenn es sich um nicht vordringliche Gebiete handelte. Mehrfach intervenierte *B.B.*, so zum Beispiel, als er erreichte, dass der Tierbestand verschont wurde, indem kein Lamm für das Fest des *Aïd el Kebir* geopfert wurde. Dieser Sieg muss zu den Aktiva eines Präsidenten gerechnet werden, der dem Volk nahe war oder so angesehen wurde – und auch der Sieg, den die Frauen der Städte wie die der Felder Algerien schenkten, als sie sich von ihrem Schmuck trennten, um dem Vaterland zu helfen, eine unermessliche Opfergabe für eine maghrebinische Frauengesellschaft

Es wäre nötig gewesen, Zeit zum Nachdenken zu haben. Aber die Not gebot, wir waren ständig unter Druck, die Gesundheit wartet nicht.

Zum Glück für mich, wenn nicht sogar für Algerien hatte ich die Chance, auf einem Gebiet zu wirken, wo man über die Zeit nicht verhandeln kann. Lernen ist ein biologischer Prozess, den ein Erlass nicht verändern kann. Ich habe versucht, wie man von mir verlangte, die Zukunft der algerischen Medizin vorzubereiten, indem ich die künftigen leitenden Angestellten im Medizinischen, Paramedizinischen und Sozialmedizinischen ausbildete, mit der Perspektive einer Medizin für alle und für das gesamte Gebiet des Landes.

Mein Wille, zu Gunsten der zurückgezogenen, wenn nicht sogar von vielen der Regierenden vergessenen Populationen zu handeln, scheint mir der Treibstoff meines Motors gewesen zu sein, der zweifellos von Zeit zu Zeit eine Tendenz zum Überdrehen zeigte.

Mein Weg war vorgezeichnet. Leider war der Erfolg nicht immer zur Stelle. Von den Enttäuschungen ist unbestritten diejenige am meisten gegenwärtig, dass es mir nicht gelungen ist, so viel wie gewünscht mit den Populationen zu kommunizieren, die aufgrund der Entfernung von den Zentren und vor allem der kulturellen Not am stärksten verwundbar sind. Aber wie wendet man sich an eine Bevölkerung von Analphabeten? Reden zahlte sich immer aus.

Es wäre nötig gewesen, das Radio zu benutzen, Empfangsgeräte dort zu verteilen, wo sie fehlten, und für das Ministerium mindestens eine wöchentliche Sendung von einer Stunde zu fordern. Mit diesem Hilfsmittel hätte eine angepasste Grundausbildung in Gesundheitsfragen die isolierten Bevölkerungsgruppen anregen können, bestimmte verhängnisvolle Verhaltensweisen zu verändern. Eine klare Information ohne

Phrasen über unsere Programme, die wir dabei waren zu realisieren, hätte ermöglicht, ihnen unsere Schwierigkeiten verständlich zu machen, all ihre – wie wir wussten berechtigten – Forderungen zu befriedigen. Wir hatten vielleicht nicht viel Zuversicht zu verbreiten, aber wir hatten die moralische Verpflichtung, unsere Projekte der Bewährungsprobe ihrer Kritik auszusetzen, weil sie nie zu Wort kamen. Als wir es tun konnten, funktionierte es, das habe ich selbst erprobt, vor allem mit dem Projekt der „Matronen", das trotz der Zweifel vieler unserer „Bürokraten" ein Erfolg war.

Diese Wohlhabenden, die sich als „gebildet" bezeichneten, lachten mich wegen meiner Naivität aus. Sie sagten mir das Scheitern meines Vorhabens den Frauen gegenüber voraus, und mehr noch ihren Männern, wenn ich den Bewerbern vorschlagen werde, für sechs Wochen Haus, Kinder und Dorf zu verlassen, um sich zu bilden. Diese Skeptiker vergaßen, dass das Spezifische des Menschen sein Durst nach Kenntnis ist. Die Unwissenden waren nicht die, von denen man es hätte glauben können.

Sechsunddreißig Monate Anstrengungen, sechsunddreißig Monate mit Tagwerken von achtzehn Stunden und mehr, ohne Ruhepausen, sechsunddreißig Monate des Zweifels und auch der Hoffnung. Noch weitere sechsunddreißig Monate und wir hätten die Realisierung unserer Projekte dem Verdikt des Volkes aussetzen können. Es ist frustrierend, sein begonnenes Werk aufgeben zu müssen, es ist frustrierend, von seinen Zusagen seinen „Auftraggebern" und vor allem sich selbst gegenüber ablassen zu müssen.

Ich glaubte, zu Gunsten eines Algeriens im Aufbruch zu neuen Eroberungen, denen des Wissens, der Gerechtigkeit und des Wohlbefindens, zu handeln. Die Algerier haben darüber anders geurteilt. Ich beuge mich, aber in dem Bewusstsein dass das „Volk" im Namen der Armee Augenwischerei ist und dass ich – wie alle anderen von ihr Ausgeschlossenen – von einer Kamarilla abgelehnt wurde. Wir werden sehen, wozu diese Straßenhändler fähig sind, zum Schlimmsten, fürchte ich.

Ein Putsch kann nur zur Diktatur führen. Man redet nicht, man gebietet.

Und ich, habe ich während dieser drei Jahre nicht auch manchmal gehandelt, bevor ich verhandelte? Beim Unterschreiben der Direktive, mit der die Nomaden der Sahara für die Dauer einer Ausrottungskampagne des Trachoms zur Sesshaftigkeit gezwungen wurden, habe ich mir Fragen zu meiner Macht gestellt, meiner kleinen Macht. Ein Kritzel und zwei oder drei Tausend Menschen mussten sich meinem guten Willen beugen, dem Willen ihnen zu helfen, gewiss. Was dachten sie wohl darüber? Vielleicht hatten sie menschlichere Lösungen, die ebenso wirksam wären wie meine, damit es ein Ende hätte mit dem Erblinden von Kindern auf Grund des Mangels an Aureomycin. Mich betrübt, dass ich weiß, dass die Triebfeder für die Übereiltheit des Ministeriums nicht nur das Stoppen der Verbreitung der Krankheit und die Gelegenheit war, das Medikament schnell gratis von der *WHO* zu erhalten. Als ich die Zurückhaltung der Fakultät ansprach, ihre Versprechen einzuhalten, habe ich mich nicht bemüht, mit den Widerspenstigen zu diskutieren, bevor ich zügig handelte, weil mich das dringende Bedürfnis antrieb, gewissen Spezialisten, die ihre Pflichten gegenüber ihren fernen Brüdern vernachlässigten, zu zeigen, dass ihre Kompetenz sie nicht zu unverzichtbaren Experten für Probleme der öffentlichen Gesundheitsversorgung machte.

Trotz ein wenig Reue dachte ich nach gründlicher Abwägung in der Stille der letzten Nächte über das in Algerien Erlebte, dass ich stolz sein könnte, niemals wirklich von meinen Prinzipien abgewichen zu sein: für die Anderen das zu tun, was ich für mich gerecht finde.

Auf gewisse Weise habe ich wie all diese ohne Hintergedanken in *Ben Bellas* Umgebung engagierten Freiwilligen (davon gab es ein paar) diese drei Jahre dem Gestalten des Glücks der Anderen gewidmet oder gemeint zu widmen, die vielleicht gar nicht so viel verlangten. Jene, die mich verurteilen werden wegen einer solchen Kühnheit, sollten wissen, dass sie meinen

Willen nicht erschüttern können, für mehr Freiheit, mehr soziale Gerechtigkeit, mehr Brüderlichkeit unter den Menschen zu kämpfen, was für mich bedeutet, gegen die Unwissenheit zu kämpfen, diese Quelle der Intoleranz, des Hasses, der Gewalttätigkeiten ebenso wie der Unterwerfung und des Rückzugs auf sich selbst ist.

Freundschaften

In diesen stürmischen Jahren in Algerien musste ich niemals eindeutig sexistische Diskriminierung erleiden, wahrscheinlich weil ich Ausländerin und schon fortgeschrittenen Alters war. Freundschaften mit Männern wurden mir nichtsdestotrotz wie jeder Frau verweigert. Zwei oder drei Ausnahmen gab es, die nicht ohne Zweideutigkeiten waren. Einer meiner Verlobten, ein Schriftsteller, gab mir die Gelegenheit, zweien seiner ledigen Freunde zu begegnen, mit denen ich Augenblicke der Fröhlichkeit erlebte, die meine Einsamkeit vertrieben, wie der Sturm den Himmel reinigt. Künstler. Ihr Glockenschlag kündigte einen Spaghetti-Abend mit Einlagen an: Kommentare zur französischen Politik, Entwerfen von fiktiven Reden gegen-alles oder für-alles, Protokoll der letzten in Rom oder Paris besuchten Ausstellung, akustische Gitarre, Lachanfälle. Wir trennten uns nach Mitternacht.

Sie erzählten von ihren Eroberungen. Ich hörte die Namen der armen Kerle, deren Frauen sie intim kannten. Kindische Prahlerei.

Ich war bei Freunden zum Abendessen. Man stellte mir eine heitere junge Frau in einem eleganten Kleid, Stil *Courrèges*, vor. Ihr Ehemann kam, die Gitarre umgehängt. Er hielt es für undenkbar, mich dort zu treffen! Ich lebte in einer machistischen Gesellschaft, darunter hatte ich zu leiden. Dass diese Freunde, die keine zwei Sätze sagen konnten, ohne den Archaismus ihrer Gesellschaft anzuprangern, trotzdem das Leben ihrer Väter reproduzieren konnten, wobei sie noch Zynismus hinzufügten, war für mich das Tüpfelchen auf das I.

Von da an wusste ich, dass kein Algerier noch für lange Zeit nicht einer Frau den Status einer Person zugestehen würde, sofern es nicht seine Mutter war. Vor der Heirat oder nach der Menopause, dazwischen ein besessenes oder zumindest begehrtes Objekt wie ein endlich verzehrbares Lebensmittel, bevor es verdirbt.

Und die Frauen? Ich kannte welche, die das akzeptierten, ohne auch nur verbal zu rebellieren. Andere, großmäulig, aber selten, zogen der versklavten Ehefrau den in jeder Gesellschaft wenig beneidenswerten Status der alleinstehenden Frau vor. Diejenigen, die ich kannte, revoltierten innerlich, indem sie versuchten (und oft auch erreichten), einige häusliche Freiheiten abzuknapsen. Selbst bei den städtischen intellektuellen Männern, die ihre „Modernität" vorzeigten, drang die Sehnsucht nach der Verbannung in das Frauengemach wieder in das Eheleben.

Ich hatte schon einige „Brüder" gehört, wie sie ihrer algerischen oder ausländischen Frau das Arbeiten verboten. Wie mir einer von ihnen, ein Diplomierter von der Pariser Universität *Sorbonne* sagte:

- Trotzdem kann ich sie doch nicht in einem Büro mit Männern arbeiten lassen… Ich will nicht, dass sie belästigt wird, sie ist meine Frau.

- Du hast mir gerade gesagt, dass du versuchst, allen Frauen deiner Abteilung in den Hintern zu kneifen!

Kein Protest. Schweigen. Dann nach einigem Nachdenken:

- Weißt du, ich bin nicht eifersüchtig… es ist für sie. Sie hätte im polnischen Konsulat arbeiten können… dort war ich einverstanden.

Man sollte zweifellos hören, dass nur die Algerier Männer sind, wenn Ihr mich versteht!

Die Monate, die ich in der Leitung für den medizinischen Unterricht verbracht habe, ermöglichten mir Begegnungen mit außergewöhnlichen Menschen. Wie etwa dem Paar der beiden Schweizerinnen aus der Mannschaft von *Danilo Dolci*, von denen ich erzählt habe. Sie hatten ein Zentrum 20 km entfernt von jeder befahrbaren Straße aufgebaut. Mit den Gemüsen aus ihrem kollektiven Garten kochten sie eine ausgezeichnete Suppe, von den anfänglich misstrauischen Müttern immer besser bewertet. Eine der beiden sprach auf dem Frauenkongress, die schon 1965 den Mut und die Entschlossenheit zeigte, die wir heute bei den Töchtern und Enkelinnen bewundern.

Ich hatte auch die Chance, die Hebammen und Diakonissinnen kennenzulernen, die sich für das Projekt der „Wiederverwendung" der Matronen begeisterten. Unsere ersten Erfahrungen machten wir in der Gegend von *Annaba*. Ein Abend mit diesen beleibten „Fräuleins" in ihrer tadellosen Schürze und mit glänzendem Teint und diesen nicht weniger beleibten Frauen in Pluderhose und mit tätowiertem Gesicht war so viel wert wie ein Auftritt von Chansonniers. Sie unterhielten sich mit den Händen, Augenbrauen, Hüftschwüngen, worauf der Lärm der Absätze ihrer immer glänzenden Wanderschuhe antwortete. Für die Gelder, die ich für dieses Experiment freibekam, wurde mir der Vorwurf der „universitären Geburtshilfe" gemacht. Ich hielt mich wacker mit Unterstützung des Ministers und der *ad hoc*-Kommission der Partei.

Die Schwestern von *Michelet, Biskra* und anderswoher trugen ohne Murren zur Erneuerung der Schulen für Krankenschwestern und Pflegekräfte bei. Ihre Einrichtungen wurden „nationalisiert" und unter meine Leitung gestellt. In ihrer Struktur oder ihrem Funktionieren wurde nichts verändert.

Trotzdem kam es zu einem unvorhersehbaren Konflikt. Auf diese Weise begegnete ich Herrn *Duval*, der durchaus zum Mediator bestimmt war. Die Schwestern verweigerten, dass sie ein Gehalt bekamen, sondern verlangten Spenden für ihre verschiedenen Gemeinschaften. Das konnten wir nicht akzeptieren. Sie waren Schwesternausbilderinnen in einer staatlichen Schule. Sie hatten den Status von Arbeiterinnen mit entsprechendem Gehalt. Das Bistum gab nach. Wir würden unsere

Staatsbediensteten bezahlen und das Bistum sich mit ihnen arrangieren. Ich merkte an, dass der Vorschlag die Regeln der kommunistischen Partei kopierte, an die ein Teil des Gehaltes ihrer Abgeordneten zurückgezahlt wurde. Diese Gleichsetzung erfreute seine bischöfliche Eminenz sehr.

Im Verlauf vieler Versammlungen und Besuche machte ich mir zwei Frauen zu Freundinnen. Die „Mutter" aus *Michelet*, ihren Namen habe ich vergessen, sportlich, ein kleiner Oberlippenbart, sehr beredt, politisch interessiert. Meine andere Freundin, die „Mama" aus *Biskra*, war Schwester *Marie-Madeleine*, die reuige Sünderin. Die Wahl des Namens dieser Heiligen als Pseudonym war bestimmt nicht unbeabsichtigt. Unsere „Madre" war die Freundin von *Fidel Castro*, den sie bei ihrem Aufenthalt in Havanna kennengelernt hatte, wohin die kubanischen Ärzte unseres Krankenhauses sie mitgenommen hatten. Sie bewunderte sie. Ich habe sie im Verdacht, dass sie sie manchmal zu ihren Eskapaden ermutigt hat. An der Wand ihres Arbeitszimmers hatte sie den Christus etwas verschoben, um in derselben Entfernung von der Mitte Platz für ein Abbild des Fidel zu schaffen.

Ich weiß nicht, welche Rolle meine Freundinnen spielten oder ob sie eine spielten bei dem Vorschlag des Bistums, mir behilflich zu sein, Algerien zu verlassen, als ich in die Falle des Militärputsches geriet.

In diesen langen algerischen Monaten hatte ich nicht die Muße, mir viele Freundschaften zu machen. Die Zeit mangelte, und ich war eine alleinstehende Frau, was fertigmacht. In die Arbeit in einem fremden Land eingesperrt fand ich vielleicht zu dem zurück, wonach ich gesucht hatte, einem Bruch, einer Isolierung, einer schizophrenen Zuflucht.

Auf der intellektuellen Ebene heiße, fiebrige, enthusiastische, romantische Jahre, auf der emotionalen Ebene glanzlose, enttäuschende, irritierende Jahre. Die Membran der Machtblase ist nur von innen nach außen durchlässig. Man kann zufrieden sein über das, was man macht, aber ohne Austausch gibt es keine glücklichen Tage.

Hatten wir einen Anspruch auf Glück?

Nach Algier bin ich 1989 zurückgekehrt. Meine Freundinnen *Salima, Zoulikha, Malika* und *Zhor* erwarteten mich. *Zhor* konnte mich nicht bei sich aufnehmen; der Fahrstuhl ihres Wohngebäudes war seit drei Jahren defekt, weshalb sie gezwungen war, zu ihren Eltern auszuweichen. Bei *Zoulikha* war es ein Wasserproblem. Eine Stunde pro Tag war Duschen mit einem anämischen Strahl möglich. Sie schimpften, aber das gehörte zu ihrem Temperament. Mit einem dünnen Strahl Stolz im Schwall ihrer Vorbehalte zeigten sie mir, wie die Schafherden-Straße ausgebaut worden war. Die Palmen, die aus Spanien importiert seien – für alle, die *Elche* in der Provinz *Alicante* kennen, schon möglich –, hätten ein Heidengeld für jeden Algerier gekostet, auch die Bewohner der Palmenhaine in der Sahara, deren Herden schon lange nicht mehr weiden konnten. Sie wiesen mich auf Bärtige hin und auf einige Mädchen, die in ihre iranische Bekleidung gewickelt waren. Sie zählten auch die Moscheen. Wieder eine Neue! Von Moschee zu Moschee werden sie uns iranisieren! Ihre einhellige Furcht angesichts der ersten Anfänge dessen, was bald der Fundamentalismus werden sollte, schien mir übertrieben, auch wenn ihre verhängnisvollen Vorhersagen mich in eine Verblüffung stürzten, ohne mich von der Gefahr zu überzeugen, die jedoch unmittelbar bevorstand.

Post-Scriptum

Die Trennung war nicht so brutal, wie ich es hier ausdrücke. Alles, was war und weiter geschieht, wurde von den fünfundzwanzig Jahren meines Lebens zwischen dem Einmarsch der Deutschen und meiner Flucht aus Algerien bestimmt, vermutlich ist es das, warum sie in meinen Augen eine besondere Aufmerksamkeit verdienen. Wenn der Bruch mit Algerien nicht mit dem Fallbeil geschah, so nistete sich die affektive Distanz trotz einiger definitiver Fixpunkte fast unmerklich ein.

Noch einige weitere Jahre beteiligte ich mich am letzten Ehrengefecht der Gegner von *Boumediennes* Regime. Ich knüpfte an die Rolle des Briefträgers, des Postkastens, des Vermittlers und Schleusers an. Während der ersten nachalgerischen Jahre war es mein Freund *Raptis, Pablo*, der die meisten Chancen hatte, mich einzuspannen. Zwischen zwei illegalen Reisen zu weit voneinander entfernten Orten lebten *Pablo* und seine Frau *Hélène* in einer kleinen Wohnung, deren Fenster in Genf nach Frankreich gingen. Man begegnete dort Menschen, die Französisch wie ihre Muttersprache sprachen, auch wenn ihre Aufmachung und manchmal ihre Hautfarbe sie ebenso fern vom Mutterland wie von Algerien ansiedelte.

Es war die Vorbereitung zur Konferenz der *Trikontinentalen*, eine Versammlung der Befreiungsbewegungen und ihrer Unterstützer, zu denen die blockfreien Staaten gehörten, denen es gelang oder die vorgaben, keiner der beiden Großmächte USA und UDSSR unterworfen zu sein. Mein Interesse an diesem „Konzil", das einige Monate später im Januar 1966 in Havanna stattfinden sollte, verschaffte mir das Privileg, mich mit *Ben Barka* zu unterhalten – ein paar Tage vor der Entführung und seiner Ermordung[106].

106 Marokkanischer Oppositioneller, der wegen Kritik am König zum Tode verurteilt wurde, nach Genf fliehen konnte, in Paris vom französischen und/oder marokkanischen Geheimdienst am 30.10.1965 ermordet wurde. AdÜ

Bei *Isabelle und Genia Vichniac* traf ich einen ihrer zahlreichen Freunde, den Maler *Marek Halter*, der noch nicht der erfolgreiche Schriftsteller von heute war. Er hatte gerade ein *Aktions-Komitee für den Frieden im Mittleren Osten* (*CAPMO*) gegründet. Ich beteiligte mich mit dem Aufbau einer Genfer Sektion. Es war nach dem Sechs-Tage-Krieg, der – zum Unglück für die Welt – der israelischen Armee ermöglichte, Cis-Jordanien, Ost-Jerusalem, den Gaza-Streifen, die Golan-Höhen und die ägyptische Sinai-Halbinsel zu besetzen. Überzeugt davon, dass die gewaltsame Konfrontation beginnt, wenn das Gespräch endet, waren wir einige von *Marek* Angestachelte, die versuchten, die Mittel aufzubringen, um in einer friedlichen Konfrontation auf der Bühne des französischsprachigen Schweizer Fernsehens palästinensische und israelische Intellektuelle zusammenzubringen. Ich engagierte einige Algerier, die sich in der Schweiz aufhielten und bereit waren, unserem Projekt zu helfen, dessen Ambition von grausamer Aktualität ist. Leicht war es nicht, doch kamen wir zum Ziel. Ich erinnere mich nicht mehr, wer die vier Diskutanten waren. Die Versammlung, die auf die Fernsehpolemik folgte, wurde von zwei jungen Genfern geleitet, *Albert Nahory* und *Daniel Halpérin*, von denen ersterer ein sehr aktiver Gewerkschafter in der Schweizer Arbeiterbewegung geworden ist, der zweite ein Kinderarzt, der sich in dem weltweiten Kampf gegen Gewalttätigkeiten engagiert, die Kindern irgendwo angetan werden. Was die Diskussion betrifft, wurde sie von *Eric Rouleau*, der damals Reporter der Zeitung *Monde* und Spezialist für den Mittleren Osten war, dem Genfer Journalisten *André Naef*, *Henri Curiel* und dem Israeli *Uri Avneri* bestritten. Wir waren überrascht, etwa hundert Menschen mobilisiert zu haben für die Rückkehr zum Stand vor dem Sechs-Tage-Blitz-Krieg, um die Einführung einer friedlichen Kohabitation zwischen Israelis und Palästinensern und Herstellung eines gerechten und dauerhaften Friedens im Vorderen Orient zu ermöglichen, wie die 1967 von den Vereinten Nationen gefasste Resolution 242 es empfahl. Das ist jetzt 50 Jahre her!

Unsere Träume von damals haben sich in Gemetzel in Schulbussen aufgelöst, sie sind an einer Mauer zerschellt und unter den Bomben auf Gaza explodiert.

Einige Monate nach unserer Glanztat wurde ich zum Abendessen bei den *Vichniac* eingeladen. Die Stimmung war nicht so ungezwungen und alternativ wie üblich, es sei denn, das denke ich jetzt im Nachhinein. Nur zwei Männer waren anwesend, von denen der eine ein Hausgast war. Der andere, ein Fünfzigjähriger, stellte sich als israelischer Journalist vor, der nach Genf gekommen war, um von einer internationalen Versammlung zu berichten, ich weiß nicht mehr welche. Wir waren dabei, uns zu verabschieden, als *Isa* mich bat, ihren israelischen Gast zu seinem Hotel auf dem anderen Ufer des Sees zu begleiten und einen Umweg über *Vésenaz* auf unserem Ufer zu fahren, um den anderen Gast wegen seiner Autopanne dort abzusetzen. Vom ersten scherzenden Wortwechsel über die Schönheit der Sahara an begriff ich, dass mein israelischer Fahrgast nicht zögern würde, mich zu einem Besuch der Negev-Wüste einzuladen, falls ich interessiert wäre, wie er es wünschte, Israel besser kennenzulernen. Er fand die Personen „toll", die selbstlos gaben, um die Annäherung der „beiden Gemeinschaften Palästinas" zu unterstützen. Ich erinnerte mich rechtzeitig an ein Gespräch über die algerischen Dissidenten, das ich einige Tage zuvor mit dem Freund hatte, den wir zuhause abgesetzt hatten. Die beiden Männer, die mir nicht sehr vertraut miteinander schienen, hatten sich jedoch vor dem Tor meines Passagiers unterhalten, während ich brav auf den Journalisten in meinem Auto gewartet hatte. Wenig angemessen für die rudimentärste Höflichkeit, um nicht von Galanterie zu sprechen! Welchen angekündigten Vorschlag wollte mir der Israeli machen? Ich werde es nie erfahren, weil ich ihn davon abgebracht habe weiterzumachen, indem ich die komplett Blöde gespielt habe und mir dabei sagte, dass auch die Beiden da sich im Wert der Ware irrten.

Im Juni 1965 hatte ich das Glück, dass *Boumediennes* Panzer ihre Kasernen vor den Schulferien verließen, die meine Söhne nach Algier gebracht hätten, und einige Tage später, nachdem ich meine kleine Tochter an *Pater M.* übergeben hatte, einen Algerienfranzosen, der Algerien nicht verlassen hatte und der sie nach Marseille zu ihrer zweiten Mutter bringen sollte. Ein quälender Gedanke: wann und wo würde ich meine Kinder wiedersehen?

Immer noch in Frankreich verurteilt, musste ich ein Exil-Land wählen. Wie gesagt fällten meine Kollegen die Entscheidung, die ich auf einem Kongress in Wien traf. Die Vielzahl von Arbeitsangeboten in *Mexiko, Montreal, München, Bristol, Turin, Lüttich* und *Genf* bewirkten, dass ich in meinen Beruf zurückkehrte.

Nach einem Besuch in *Lüttich* unter garstigem Regen enttäuschte ich den Kollegen, der mit mir eine Forschungsgruppe einrichten wollte. Meine Ablehnung war die Gelegenheit für die *Timsit*, die ich nach Belgien brachte, als sie nach dem erzwungenen Verlassen ihres Landes Algerien zu mir nach Genf kamen, wo ich gerade hingezogen war. Ohne Gehalt musste ich einige Wochen darauf warten, dass die Stelle, die für mich reserviert worden war, endgültig frei wurde. Während dieser Zeit der ausgemergelten Rinder hat *Ruth Dreifus* mich beherbergt, eine junge, sozialistische Aktivistin, die damals Sekretärin in einem wissenschaftlichen Institut war und gleichzeitig zur Abendschule ging, von wo sie auf den ersten Rang der Schweizer Ökonomen katapultiert wurde. Viel später dann, nach Erfahrungen auf dem Gebiet der Zusammenarbeit mit armen Ländern, insbesondere mit Haiti, wurde sie Präsidentin der Schweizer Konföderation. Sie ist bis heute befreundet mit bestimmten Algeriern, die sie während unseres Zusammenwohnens kennengelernt hat.

Die Amnestie ließ auf sich warten. Mein älterer Sohn *Jri* war mit sechzehn Jahren wegen einiger Dummheiten nach *Lodève* in das Departement *Hérault* verbannt worden. Er war dort im Internat eines *Collège* untergebracht, das von einem Freund seines Vaters geleitet wurde. Da ich es nicht mehr aushielt, beschloss ich einen illegalen Ausflug (es war der erste, aber nicht der letzte) von der Schweiz nach Frankreich. Es gab noch keine Autobahnen, so brauchte ich eine ganze Nacht für die Fahrt. Fiebrig wartete ich mit einer Tragetasche voller Süßigkeiten und Bücher vor dem Tor und starrte auf meine Uhr. Beim Klingeln Punkt 10 Uhr öffnete sich das Gitter. Ich fühlte mich verloren in diesem gewaltigen Schulhof des Gymnasiums, dessen Gebäude zur Glanzzeit der Stadt unter Ludwig XV. erbaut worden war. Ein Mann von etwa fünfzig Jahren kam auf mich zu, ergriff meine Tasche und erkundigte sich nach ihrem Inhalt. Er wollte sich vergewissern, dass sie keine verderblichen Lebensmittel enthielt, die er sonst in die Küche gegeben hätte. Diese Frage überraschte mich doch sehr, bis er mir verkündete, dass *Jri* bestraft worden sei. Wie seine Kameraden, die vergangene Nacht über die Mauer gestiegen waren, musste er den ganzen Tag in einem Gefängnis-Klassenzimmer nachsitzen. Angesichts meiner Situation, der durch die lange Fahrt entstandenen Ermüdung und der Tatsache, dass ich meinen Sohn seit mehreren Monaten nicht gesehen hatte, führte mich mein mitleidvoller und redseliger Führer in den Salon des Direktors. *Jri* erwartete mich dort für ein Zwiegespräch. Es wurden zwei schwierige Stunden. Der Adoleszent vor mir, mein Sohn, versuchte, große Töne zu spucken, während ich fühlte, wie er ständig den Tränen nah war. Ich sagte ihm mehrfach, wie glücklich ich sei, ihn zu sehen, wobei ich wusste, dass er meine Enttäuschung und meine Angst nicht übersehen konnte, die von Lächeln und Umarmungen selbstredend nicht überdeckt werden konnten.

Schuldbewusst wartete ich auf das Ende um 12 Uhr wie auf eine Befreiung. Ich konnte endlich in den Straßen und Gärten von *Lodève* herumstreifen – mit einem griffbereiten Taschentuch. Ich fühlte mich als die einzige Verantwortliche für alle Strafen, die meinem Kind, meinen Kindern jetzt oder künftig auferlegt wurden. Ich ging mehrfach um das ganze

Collège herum, vielleicht in der verständlichen Hoffnung, *Jri* würde sein nächtliches Abenteuer wiederholen.

Endlich kam die Amnestie. Noch ein oder zwei Wochen, und das Konsulat gab mir einen blau-weiß-roten Pass. Er musste eingeweiht werden. Ich fuhr los, um meinen Sohn *Gilles* am Genfer Schultor zu empfangen und im französischen *Divonne* zu dinieren. Ich kannte diese Grenze nicht – im Gegensatz zu vielen anderen gut durchlässigen. Die Schweizer Zöllner ließen mich durch. Am französischen Grenzposten hielt ich richtig an, drehte mein Fenster herunter und wendete den Blick ab, als der Zöllner uns mit schlapper Geste zum Weiterfahren aufforderte. *Gilles* verbot es mir und schwenkte meinen Pass, bis einer der Beamten bereit war herzukommen, um zu sehen, was passierte. Nichts! Er warf anscheinend unwillig einen flüchtigen Blick auf unser kostbarstes Gut, Zeugnis unserer Wiedereingliederung in unser Land. *Gilles* Enttäuschung war so groß, dass unser Abend dadurch verdorben wurde. Um die Sache wieder gutzumachen, brachte ich vor, dass wir bei der Rückkehr mit Sicherheit kontrolliert würden, weil wir in die Schweiz zurückfahren müssten und das noch bei Nacht. Wir wurden tatsächlich angehalten, ich jubilierte. Ein schüchterner junger Mann mit einem schneidenden alemannischem Akzent machte mich darauf aufmerksam, dass das linke Vorderlicht meines Autos nicht ginge, und riet mir, es schnellstmöglichst reparieren zulassen, denn „die Gesetzeshüter mögen das nicht so". Uff! So viel Wohlwollen brachte *Gilles* zum Lachen, so dass er seine Enttäuschung vergaß.

An diesem Tag wurde Algerien für mich zur Fremde, aber blieb bis heute ein so gefühlsreicher Teil von mir, dass er in meinen manchmal staunenden, oftmals tränenverschleierten Augen mir ein gewisses Recht gibt, über dieses Land zu urteilen – mit genügend Abstand, das hoffe ich.

Epilog

Von der Résistance bis Algerien, fünfundzwanzig Jahre voller Erfahrungen, Herausforderungen und Rollen, die von den Umständen aufgezwungen wurden. Fünfundzwanzig Jahre von aufgehäuften Erinnerungen, Material für eine Rekonstruktion, die ich so wenig subjektiv wie möglich wollte. Diese Rückkehr zu meinen jungen Jahren, die ich mit den Maßstäben von Erfahrungen aus mehr als einem halben Jahrhundert bewerte, hat mir die Chance bestätigt, wenn nicht gar aufgedeckt, dass ich mich den Dingen des Lebens, der Liebe, des Todes, der Politik in einer Zeit geöffnet habe, wo in einer binären Welt die Wahl einfach war. Wenn wir auf der einen Seite die faschistischen und nationalsozialistischen Diktaturen mit ihrer auf Rassismus basierten Doktrin haben, auf der anderen die Demokratien, die –jedenfalls in der Theorie – Abraham Lincolns Formel „Regierung des Volkes, durch das Volk, für das Volk" für sich übernehmen, dann ist es einfach, sein Lager zu wählen und leicht zu handeln, wenn man achtzehn Jahre alt ist.

Wenn sich alles durch das Gewicht der beruflichen Hoffnungen und vor allem das Gewicht der Familie verkompliziert, verlangt die Entscheidung für die Aktion mehr Nachdenken und mehr Mut. Die moralische Herausforderung für den Kampf an der Seite der Unterdrückten muss sich uns auf absolute, unwiderlegbare Weise aufdrängen, um alle Wagnisse einzugehen, selbst an seinem Engagement leiden zu müssen und das für lange Zeit. Leiden bedeutet nicht abzufallen, selbst wenn dieser Rückwärtsgang in meinem Leben mit dem Scherbenhaufen der Reue darüber endet, dass ich nicht ermessen, nicht vorausgesehen habe, was für meine Kinder das sein würde, was sie nur als Fallengelassen-Werden erleben konnten. Ich glaube, dass sie sich bemüht haben zu verstehen, dass der Aktivist sich durch einen Schutzengel im Dienst seiner Sache abgesichert fühlt, wenn er kein Kamikaze ist. Ohne diesen Optimismus gäbe es weder Engagement, noch Heldenmut.

Résistant, Djoundi[107], derselbe Kampf. Kämpfen, damit die Unterdrückung aufhört. Kämpfen, damit auf der ganzen Welt die Fahne der Freiheit weht, der individuellen und kollektiven Freiheiten. Kämpfen, um den Hunger zuhause und auf der Erde auszurotten. Kämpfen, damit unsere Feinde von heute unsere Freunde von morgen werden. Kämpfen, damit die endlosen Konflikte und die Explosionen von Gewalt aufhören, die durch den immer breiteren Graben zwischen den Satten und den Hungernden erzeugt werden.

Kämpfen für eine Utopie der „Zukunft, die singt"[108] in allen Sprachen und auf allen Kontinenten.

Das Engagement ist individuell, und die Aktion ist kollektiv. Für die Algerier war es auch eine Suche, um in ihrer Integrität eine Identität wiederzugewinnen, die vom Kolonisator misshandelt, beschädigt, manchmal entwürdigt wurde. Das Bestreben vieler *Résistants* gegen die Nazibesatzung beschränkte sich nicht auf die Wiedergewinnung des Rechtes, französisch zu sein, es schloss den Kampf ein gegen den Rassismus und die Verteidigung der Rechte aller Menschen, frei und gleich zu sein.

Die von meinen Eltern vermittelten Prinzipien und Werte reihten mich in diese Kämpfer ein.

1941 engagierte ich mich in dem Kampf gegen den Unterdrücker, 1956 war ich selbst auf der Seite der Unterdrücker. Meine Hilfe den Algeriern zu leisten, deren Aktion dem Kolonialismus einen kräftigen Schlag versetzte, diese Art der Unterwerfung, in der Profitgier mit Rassismus um die Wette eifert, das war auf gewisse Weise Wiedergutmachung und vor allem aber, meine Handlungen mit meinen Überzeugungen in Einklang zu bringen.

Mit einem Wort, es war eine äußerst egoistische Geste von einer, der man schon in der Kindheit beigebracht hat,

---

107 *Résistant* = Widerstandskämpfer gegen die deutsche Besatzung, *Djoundi* = Kämpfer der Algerischen Befreiungsarmee. AdÜ

108 Der Kommunist *Paul Vaillant-Couturier* hat 1937 ein Lied gedichtet, dessen letzte Zeile ist: „Wir werden eine Zukunft aufbauen, die singt." AdÜ

dass es bedeutet, das Menschsein des Anderen zu leugnen, wenn man ihn schikaniert und versklavt, insbesondere wenn er schwächer ist.

Die Geschichte, die ich im Alter von 86 Jahren aufgeschrieben habe, gehört ins vergangene Jahrhundert. Und wie geht es der Welt heute? Schnell, sehr schnell trotz seiner Passagen von Langsamkeit, Stagnation, Rückgang. Wie viele andere frustrierte mich der Sieg über Hitlerdeutschland, weil „die Zukunft nicht am Singen war". Gerade mal eben wurde a Kapella gesummt, aber Europa kommt nur mit Hängen und Würgen vorwärts.

Natürlich wünschte ich mir, dass es mit den Hoffnungen seiner Gründungsväter und mit meinen Träumen einer Antirassistin und Antikolonialistin mehr übereinstimmte. Ich möchte es gastlicher, großzügiger, sozialer, was mich aber nicht daran hindert, mit Befriedigung festzustellen, dass es existiert. Junge Franzosen heute spielen, studieren und machen Kinder mit jungen Deutschen, die mit jungen Polen, Engländern oder Italienern spielen. Frankreich bekommt wieder Farbe ins Gesicht und wird dabei besonders dann immer schöner, wenn es dafür kämpft, trotz aller politischen Unwägbarkeiten ein großzügiges und tolerantes Asyl-Land zu werden. Jedes Glück muss Tag um Tag erobert werden. Ich wünschte mir, dass alle Kinder der Welt sich bei mir zuhause fühlen; das ist gewiss nicht der Fall, wenn jene, die den Faschismus ertragen mussten, mit Steinwürfen junge Menschen töten, deren einziges Verbrechen ist, rumänische Zigeuner zu sein; das ist gewiss nicht der Fall, wenn man die Kinder des Elends auf der Welt im Dschungel von *Calais*, in den Lagern auf Sizilien oder anderswo alleinlässt… aber Hoffnung gibt es; die besten englischen Schriftsteller sind heute Hindus oder Pakistaner, und zu den angesehensten französischsprachigen Autoren zählt man eine Anzahl Algerier.

Was verletzt, mich verletzt, das ist, dass Algerien trotz Reden und anderer Verwünschungen nicht gestartet ist, dass es sich der Moschee und der Armee ausgeliefert hat, dem Schwert und dem Weihwedel, diesen bekannten Erzeugern der freiheitbedrohenden, korrupten, inkompetenten Macht. Wenn mich diese Feststellung auch bedrückt, vernichtet sie mich doch nicht. Die Enkelkinder der Befreier, die Kinder der Revoltierenden von 1988, der Überlebenden von den Dementen und Dämonen des religiösen Fanatismus werden sich nicht von der Außenwelt abschließen, als hätten sie sich in einen lähmenden Fatalismus eingeschlossen. Sie werden sich überzeugen, dass ihr Land Anderes verdient, als ein oder mehrere Männer, die erschöpft sind, weil sie die Kampfbereitschaft ihres Volkes aufgebraucht, seinen Stolz erschüttert, seine Zukunft auf dem Altar der Lüge und der Verachtung geopfert haben.

Deshalb finde ich mich nicht damit ab zuzusehen, wie mein Land in abscheulichem Fremdenhass versinkt und dabei desillusioniert zuschaut, wie die sozialen Errungenschaften aufgezehrt werden, die vom „Rat der Résistance“ gefordert und bei der Befreiung erhalten wurden und an die ich meine Enkel versucht habe zu erinnern. Für sie habe ich diese Zeilen über die positiven Wirkungen des Aktivismus geschrieben.

Deshalb finde ich mich nicht mit dem Scheitern der jungen Algerier ab, der „Harragas“[109], und wende mich an sie. Ich möchte gern, dass meine Enkel und ihre kleinen algerischen Freunde verstehen, warum meine Überzeugungen mich dazu verpflichteten, ihren Großeltern Hilfe zu leisten, die ihnen schmerzvoll ihr Land zurückerobert und eine Fahne gegeben haben.

109 Illegale Einwanderer, die ihre Papiere verbrennen. AdÜ

Nachwort von Mohammed Harbi[110]

Es ist eine ziemlich furchterregende Aufgabe, für jemanden das Nachwort zu schreiben, den man liebt. Ich tue es voller Emotionen, weil dieses Buch an meine zweite Begegnung mit *Anne Beaumanoir* erinnert, als ich nichts weiter als ein politisch Verbannter war. Es war im April 1973. Ich war gerade zusammen mit *Hocine Zahouane*[111] aus dem Aufenthaltsort ausgebrochen, in dem die Regierung von Oberst *Boumedienne* mich seit November 1971 unter Hausarrest gehalten hatte.

Unter falscher Identität hatten wir Tunesien durchquert und waren in Genf angekommen, endlich frei. Wir hatten ein Notquartier, aber der Schleuser, den man uns genannt hatte, konnte uns weder unterbringen, noch helfen, die Schweiz zu verlassen. Zu unserem großen Glück erinnerte *Hocine Zahouane* sich, dass Anne, die nach dem Militärputsche am 19. Juni 1965 ausgewiesen worden war, eine Stelle an einem Genfer Krankenhaus hatte. Er machte sich auf die Suche und es gelang ihm, sie zu finden. „*Ich habe eine Lösung*" sagte sie zu ihm.

Noch am selben Tag unseres Treffens brachte sie uns nach Einbruch der Dunkelheit über die französisch-schweizerische Grenze und setzte uns in Lyon am Bahnhof ab, wo-

110 *Mohammed Harbi* (geb. 1933) war führender Kader der algerischen Befreiungsbewegung des FLN, hat in *Evian* mitverhandelt, war Berater von *Ben Bella*, wurde beim Putsch 1965 verhaftet, weil er sich widersetzte, und floh 1973 nach Frankreich, wo er als Hochschullehrer und Schriftsteller wichtige Texte u.a. über das Innenleben des FLN veröffentlichte. AdÜ

111 *Hocine Zahouane* war schon als Jugendlicher aktiv, wurde Mitglied im Politbüro des FLN. *Harbi* und *Zahouane* wurden von *Boumedienne* der Linksabweichung beschuldigt. Beide waren Widersacher des Militär-Putsches von *Boumedienne* und Mitglieder des *Mouvement démocratique du renouveau algérien (MDRA)* für eine demokratische Erneuerung, das zerschlagen wurde. *Zahouane* kehrte nach *Boumediennes* Tod zurück und beteiligte sich am Aufbau der algerischen Liga für Menschenrechte. AdÜ.

bei sie uns ein Urlaubsgeld von 2000 Schweizer Franken in die Hand drückte, das wir ihr später zurückzahlten, obwohl sie nichts von uns verlangt hatte. Diese Geste allein, Inbegriff von Brüderlichkeit, resümiert schon die Bedeutung, die Anne dem Aktivismus gibt. Wenn ich diese Erinnerung anspreche, so um deutlich zu betonen, dass ihr Lebensweg sich von ihrem Engagement in der Résistance gegen die Nazi-Okkupation bis zum Algerienkrieg einer klaren Linie folgt. Gerecht ist sie gewesen. Gerecht bleibt sie.

Mit diesem Buch wird uns ein Zeugnis über eine Epoche geliefert, in der die Reaktion auf eine barbarische Regression die Hoffnungen ganzer Generationen auf eine bessere Welt genährt hat. Anne ist eine mutige, herzensgute Frau. Sie gibt hier den Ablauf der Ereignisse wieder, in dem ihre Reflexion gereift ist. Das bringt uns einen packenden Bericht voller Informationen und bar jeder Gefallsucht. Es gäbe viel zu sagen über ihre Beobachtungsgabe, ihre Begegnungen, über die Porträts von Personen, denen sie näher gekommen ist und Situationen, die sie erlebt hat, als sie Aktivistin war. Man spürt in ihrem Vorgehen die Stärke des emotionalen Einsatzes. Aber wenn sie ihr Engagement wie eine Leidenschaft gelebt hat, blieb doch ihre Freiheit des Denkens und Handelns intakt. Wenn die Werte, derentwegen sie zur Aktivistin wurde, in Frage gestellt oder auf die schiefe Bahn geraten sind, beweist sie ihre geistige Unabhängigkeit, die sich übersetzt in Ungehorsam und Widerstand. Ihre Bestimmung ist die einer „Häretikerin“.

Das Zusammentreffen Annes mit dem Antikolonialismus inspirierte sich aus dem Erbe der Französischen Revolution und dem von Karl Marx. Wir wissen, dass der Antikolonialismus in Frankreich verschiedene Formen angenommen hat. *Jean-Pierre Bondi* und *Gilles Morin* haben in einer bemerkenswerten Synthese[112] die Verschiedenheit der Vorgehensweisen und die Spezifität der Bewegungen in der großen

112 *Les Anticolonialistes (1881-1962), Jean-Pierre Bondi/Gilles Martin, 1992*

antikolonialistischen Familie dargestellt. In ihrer Mitte nimmt die revolutionäre Linke einen besonderen Platz ein. Seit der Geburt des „Nordafrikanischen Sterns" 1926 hat sie „es verstanden, dem Maghreb Modelle, Vorgehensweisen und eine manchmal unschätzbare Unterstützung vorzuschlagen. Der unabhängige Maghreb verdankt diesen revolutionären französischen Maulwürfen sehr viel mehr, als es sich eingestehen mag.", worauf *Charles-Robert Ageron* hinweist.[113]

Anne, die wir bewunderten, war einer der linken „Maulwürfe". Konfrontiert mit der Gleichgültigkeit der großen linken Parteien bezüglich der Probleme, die der Krieg gegen das algerische Volk ausgelöst hatte, hat sie versucht, diesen – durch den Beschluss von Sondervollmachten noch verschlimmerten – Mangel wettzumachen an der Seite anderer Freischärler, die sich in den Netzwerken von *Jeanson* und *Curiel* zusammengefunden hatten. Diese Frauen und Männer, die dem bewaffneten Widerstand direkte Hilfe geleistet haben, waren die Vertreter einer anonymen Menge. Die Kolonialisten klassifizierten sie als Verräter des Vaterlandes, andere, von links, beurteilten zu Unrecht ihren Aufruf zum Widerstand als „Abenteurertum". Man wird ihr Engagement zu Ehren des französischen Volkes würdigen. Ihre Résistance ist jedoch einer Vielzahl in Algerien unbekannt, wo eine Neubewertung der Opposition zum Krieg angebracht ist. Für uns ist es eine Ehrenschuld denen gegenüber, die ihr Leben riskiert, ihre Karriere abgebrochen oder ihr Familienleben gefährdet haben.

Aktivistin der Gegenwart, Zeugin der Vergangenheit gibst du uns, Anne, ein Buch, das man mit der Freude liest, die eine schöne Sprache verschafft.

Mohammed Harbi

113 Zitiert nach *Benjamin Stora, Nationalistes algériens et révolutionnaires français au temps du Front populaire, 1987*

Edition
Contra-Bass
Anne Beaumanoir
Wir wollten
das Leben
ä n d e r n
Band 1
Leben für Gerechtigkeit
Erinnerungen 1923 bis 1956

Als Franco 1936 mit Teilen des Militärs gegen die junge Republik putschte, war es das Startzeichen für Arbeiter und Bauern, für Frauen, Männer und Jugendliche, eine andere Ordnung zu erschaffen: Sie kämpften nicht nur gegen den Faschismus, sie übernahmen Ländereien, Fabriken, staatliche Betriebe, Cafés, Hotels und Friseursalons, taten sich in Kollektiven zusammen und organisierten die Arbeit und das Leben ohne Herren und Meister. Diese – anarchistische – Revolution ist beispiellos.

Sie starb nicht an ihren eigenen Fehlern, sondern wurde gezielt vernichtet von der organisierten Macht der Stalinschen Kommunisten. Stalins Politik akzeptierte den Faschismus eher als eine freiheitliche Gesellschaft.

Die 500 000 Flüchtlinge, die Ende Januar 1939 über die Pyrenäen an die französische Grenze strebten, wurden unterschiedslos vom französischen Staat wie Kriminelle behandelt: Sie wurden an den nackten Stränden Roussillons hinter Stacheldraht gesperrt, Sand, Wind und Kälte ausgesetzt.

Die Strände sind heute für die Touristen reserviert, aber es regt sich seit einigen Jahren (erst) die Erinnerung. Die Kinder der Geflüchteten haben sich zusammen getan: FFREEE ist ihre Organisation, die im Namen trägt, wofür ihre Eltern einst gekämpft haben.

Livres imprimés sur des papiers labellisés
- *Certification garantissant une gestion durable de la forêt* -
Fabriqué en France

Achevé d'imprimer sur les presses du
Centre Littéraire d'Impression Provençal
Le Rove - France
www.imprimerieclip.fr